铁鞋

朱彩辉·著

UNITY PRESS 团结出版社

图书在版编目（CIP）数据

铁鞋/朱彩辉著. --北京：团结出版社，2017.9

ISBN 978-7-5126-5578-2

Ⅰ. ①铁… Ⅱ. ①朱… Ⅲ. ①长篇小说—中国—当代 Ⅳ. ①I247.5

中国版本图书馆CIP数据核字（2017）第224026号

出　　版	团结出版社 （北京市东城区东皇城根南街84号　邮编：100006）
电　　话	（010）65228880　65244790
网　　址	http://www.tjpress.com
E-mail	65244790@163.com
经　　销	全国新华书店
印　　刷	北京佳信达欣艺术印刷有限公司
装帧设计	成都天恒仁文化传播有限责任公司
开　　本	165mm×230mm　1/16
印　　张	19
字　　数	230千字
版　　次	2017年9月第1版
印　　次	2020年1月第2次印刷
书　　号	978-7-5126-5578-2
定　　价	66.80元

第一章

永乐四年伏月，这天辰州府甲第巷的天亮得比平时早。沅陵知县符世清刚刚起床洗漱，范师爷便已候在符府的院子里了，他比平日早来了小半个时辰。符世清听到范师爷和管家向本孝有一句无一句在聊天。这么早来肯定有事，会是什么事呢？沅水船帮又在德山码头闹纠纷了？盘古溪的案子有了新进展？朝廷来了加急文书？丫鬟春桃帮符夫人穿好外衣后，端了洗脸水退了出去。符世清坐在梳妆台前让符夫人给他梳髻戴丝网，看着镜子里梳了一个桃心髻的娘子，符世清觉得夫人的发型虽然时髦精致，却过于呆板老气，反而不好看。但符世清没作声，只是挑了挑眉毛。两个人生活在一起久了，好也罢丑也罢都不打紧，就如夫人带过来的嫁妆，雕花大床红漆马桶，当初入眼不入眼，现在都已落地生根，跟符府宅院融为一体了。符世清和夫人用“相敬如宾”这个词很合适，但是，既然“如宾”，就少了一份亲昵和活泼，就如枯水季节里风平浪静的沅水河。不过，符夫人认为居家过日子就是这个样子，没觉得有什么不好，特别是儿子贤儿出生后，更是万事大吉，这两年甚至有些微微发福了，腰上的赘肉藏都藏不住，一不小心就从衣裙里溢了出来。符世清挑眉的动作没有逃过符夫人的双眼，夫人一边给符世清扎发髻，一边偷偷瞄了一眼镜子里的自己，看看银丝髻是不是没戴好。符世清任凭夫人打理头发，无所事事中抬眼看到黄亮亮的格子木窗外，一只喜鹊在桂花树上叽叽喳喳。夫人终于将他的头发用网巾扎好，符世清从衣帽架上取下乌纱帽轻轻戴在头上，对着铜镜端详了一会儿，镜子里的男子三十左右，带些儿书卷味，仰首伸眉、清癯俊朗，皮肤黄中泛黑，一副父母官的模样。符世清眯了眯眼睛，原本细长的双眼更像是芭茅拉了一条缝，神情风流。

符世清双脚刚迈出堂屋门，聊得起劲的范师爷即刻打住话题，对符世清道了一声“大人早”，符世清嗯了一声，用询问的眼光看了看范师爷。范师爷抬起头来，下巴上的一撮胡子像一把修理得过于整齐的猪鬃毛刷子先指向了天空。同僚们笑他的胡子是假的，他却不无得意地捋着他的胡子，说那是他的“智慧之须”。范师爷是符世清肚子里的蛔虫，立马读懂了符世清目光投过来的意思，将声音稍稍提高了半度道：“兄弟们从董老板那里收购了一根特大号楠木，据说围径有两丈，昨夜酉时已运到了中南门。”

“两丈？”符世清迅速在脑海里想象有两丈围径的楠木，嗯，两丈，十个成年人都合抱不过来的大树！那该有多大？好一会儿，符世清仍不能想象出两丈胸径的大楠木的具体样子。谁说这南蛮之地不是风水宝地呢？南有雪峰山脉，北有武陵山脉，重峦叠嶂，原始森林遮天蔽日，古树参天，其中楠木尤称辰州的树中之王。据记载，文渊阁、乐寿堂、太和殿、长陵等古建筑皆为辰州楠木建成。皇帝决定修建北京皇城紫禁城后，颁布诏书，令川、赣、粤、湘各州府务必尽力搜集各地材质上等木材。符世清虽然未在皇上面前信誓旦旦保证找到大楠木，得到诏令后却也信心满满。在他的心里，大辰州方圆几百里，最不缺的就是树木了，哪里又找不到皇帝要的好木材。符世清派衙役们在各大码头、木材商行间四处打探，搜访大楠木。这不，不出三个月，果然就找到了一棵大树。一阵狂喜涌上心头，“喜鹊果然是报喜来的。”符世清自言自语着就往院子外面走。

“老爷，早饭准备好了呢。”向管家站在大门口道。符世清摆摆手头也不回只顾着往院子外走。

范师爷转身对向管家拱了拱手算是告辞，跟在符世清屁股后面出了门。

符世清有个习惯，就是每日早上去衙门，不坐轿，让范师爷或是一个衙役来甲第巷陪他一起走路去衙门。他喜欢穿过甲第巷的清幽，也更喜欢徜徉在热热闹闹人来人往的河街的感觉。

甲第巷原来叫梧桐巷，不知哪一朝哪一代开始，辰州群贤名士，科举中甲第者皆聚居于这条巷弄，日久，梧桐巷便被当地人称作为“甲第巷”，与龙兴讲寺一东一西遥相呼应，成为辰州府两大鸿儒咸集之地。符世清的祖辈父辈以前并不住甲第巷，而是住在尤家巷符家大院内，符世清中举之后携父母兄弟在甲第巷购屋居住。巷子内的房屋或为青砖乌瓦房，或为吊脚楼式木屋，每户皆修有一座高大的门楼，门楼上方刻有斗盘大的福字或是寿字，大门或为黄铜铆钉大门，或为朱漆镂花双扇木门，门楣上挂一对写有某某府字样的大红绢制灯笼算是各府标记。清晨的甲第巷格外静谧，数丈高的风火墙使得巷弄愈发逼仄幽深。谁家风火墙墙眼上青郁的兰草开着紫红的细碎花朵，淡淡的清香弥漫在清幽深远的巷子里，符世清深深地吸了一口气，倍觉神清气爽。偶尔遇到一二个提着竹篮买菜回来的下人，见着符世清也不避讳，停下来靠着风火墙低下头，略略躬一躬腰，算是对知县大人行了礼。符世清则永远一副迎春花儿向阳开的笑脸，一派少年书生意气郎的模样。

符世清和范师爷穿过甲第巷，一盅茶的工夫便至辰州河街。

河街每天不是被公鸡的啼鸣唤醒的，而是被这一湾沅江水弄醒的。码头边停泊的船只或下洞庭湖，去九江、镇江、扬州，或上麻阳、铜仁、托口。每天有每天的路程，天还只是灰蒙蒙的亮色，便有船工橹手揉着蒙眬睡眼爬出船舱，掏出家伙朝河里撒尿，收上船锚缆绳，欸乃桨声荡醒一夜酣畅的梦，又有好唱山歌的橹手的歌声划破晨曦的宁静，有船老大站在船头对着河街放开喉咙喊同伴的声音，河街人听着这些声音，便知是起床的时辰了，陆陆续续从被窝里爬出来，女人洗漱打扮，男人一边披衣，一边起身开店门。店门是一垛拆装方便的木门，镶在木槽里，一块一块木板拆下来，便算是这一天开始做生意了。

符世清站在甲第巷的入口，衙门在中南门与上南门之间，他习惯性地朝上南门那一头看一看。河街两边全是店铺：米行、药铺、绸缎铺、客栈、茶楼、缝纫铺、棕索铺、制秤铺等等，或宽或窄或大或小挨挨挤挤，店主十之八九皆是辰州府本地人，祖宗八代代代相传的店铺，谁都认识谁，究到底，兴许还是转弯抹角的亲戚。在这些老店主的心里，符世清是辰州府沅陵县的知县，更是符木材家的二佬。彼时，河街开始了一天的人间烟火。水手、衙役、商人，另有诸多行商地摊，或卖甜酒汤圆、旱烟药膏，或是一筐萝卜几把青葱摆放在某个阶檐下。一个卖鸡的中年汉子眼睁睁地看着过往行人，范师爷向他的鸡瞟了一眼，中年汉子便追着范师爷的目光自言自语道：几多好的仔鸡婆呢，还未下过蛋，买一只回去炖汤啊。街边卖肉的胡屠夫胖得像只吹满气的大气球，古铜色的脸像用桐油油过，可是他的一双手却好看得能羡慕嫉妒死辰州街所有的女人，粉嫩嫩胖乎乎的手掌，手指纤细，指尖红润，指甲透明如白玉。符世清远远地看到他的屠桌上摆着整腿肥膘厚厚的猪肉，几个挎着细篾竹篮的女子站在屠桌边。胡屠夫一边用他的纤纤玉手挥舞着屠刀剁肉，一边和买肉的女人讲浑话。这胡屠夫，符世清也是认得的，小时候都住在尤家巷，一起打陀螺，放风筝，一起进私塾，读三字经。胡屠夫看到符世清走过来，眼睛笑成了一条缝，正欲张口问候，符世清倒先开了口道："早啊！"胡屠夫忙不迭地连声道："大人早，大人早！"举起的刀子半天没有放下来。一位穿蓝色细碎花的女子待符世清走远，即刻道："哎哟，看不出你一个屠夫跟知县大人这么熟络。""你才晓得啊，我们一起光屁股长大，老庚呢。"胡屠夫不无自豪地说。曾有人将胡屠夫认老庚的事说给符世清听，符世清也只是笑笑，不置可否。不过，符世清也确实关照过胡屠夫。比方说，每年收屠宰税时，符世清都给衙役们打招呼，能免的免，该减的减。胡屠夫结婚的时候，符世清还亲自去送了人情，这件事让胡屠夫在外面吹嘘了两三年。"有一位知县老庚罩着，你这是哪世修来的福气啊。我们也得沾沾光。"蓝碎花女人一边说，一边将一块未过秤的脆骨头顺手放进了自己的菜篮。胡屠夫今儿个心情好，也没计较，只嘿嘿地笑着，脸上的肉堆得越发高了。

符世清和范师爷在河街上不紧不慢地走着，不时有人向他打招呼，给他打躬作揖，他颔首点头，偶尔也打拱回礼。作为一方父母官，符世清喜欢这种现世稳妥的感觉。符世清虽然是正儿八经的科班官员，骨子里的那份本性却还是刻着辰州人的特质。在他的眼里，宗族间的血拼、兄弟或邻里间打破脑壳都不是什么大惊小怪的事情。多数时候，符世清并不完全依照大明律例行事，而是按辰州的乡风民俗来酌情处理。他一直认为辰州百姓虽然未有外面那般开放开化，却也敦厚忠良，并不如外人所道乐于为匪，逢货必抢，见人必杀，野蛮到无可理喻。符世清自高中举人以来，从县丞到知县，一直都在本府本县，对沅陵百姓知根知底，乌纱帽倒也戴得稳稳的。当然，也有让符世清头疼的事，比如沅水船只各船帮之间扯不清的皮。

这一江沅水，上至川黔，下至洞庭湖，又有沅溪、巫溪、辰溪、橫溪、酉溪五溪支流，沿途有黔阳、浦阳、辰州、龙阳等十多个州县，几十个船帮，几百个码头，几千只木船在沅陵境内来来去去，免不了的船碰船，浪打浪，免不得打翻船，打破头。又比如沅水船帮和德山码头之间的纠纷年年不断，不，应该说是德山有码头，沅水通航以来就没断过。符世清做知县这几年，沅水船帮在德山码头还出过两次人命案，死的是沅水船工，沅水船工多次在大堂递状纸喊冤，符世清几次去德山协调，但案子发生在人家的地盘上，符世清拿不到有力的证据，帮不了沅水船工。这些年，德山码头成了符世清的一块心病。

越往中南门码头，河街便越发显得热闹，州府和县府的官船、沅陵几大药材、桐油、茶油商的商船都停靠在这个码头上。码头边泊满了大大小小趸船、货轮、乌篷船，另有许多船只在江上进进出出。码头常年堆满了木材、油桶、官盐以及桂皮、黄柏、鸡血藤等各类药材干货。商人、橹手来来去去，忙忙碌碌，似乎没有一个闲人。

符世清远远地就看到木材商人董老板和瞿老板站在一家米粉店的屋檐下。这两人一高一矮，一胖一瘦，对比鲜明，像是老天爷的经典之作，少了谁都不行。符世清尚未走近，米粉店红烧猪脚浓浓的香味已先飘过来了。这家叫“来一碗”的米粉店生意甚是好，餐桌都摆到门外来了。符世清看到一位橹手装扮的中年男子坐在百年米粉店门口，他的面前摆着大半碗包谷烧，一碗热气腾腾的米粉，米粉上堆着诱人的酱色猪脚板，鲜红的剁辣椒。橹手微闭了双眼呷了一小口酒，那神态似乎将人世的酸甜苦辣也一并吞了下去，沅江的险滩大浪彼时他也全不记得了。符世清平素最喜欢吃猪脚粉，橹手的吃相勾起了他的食欲，想着是不是先去吃一碗米粉，董老板和瞿老板已大步走过来朝符世清作揖：“恭喜符大人。”

“同喜，同喜。”符世清朗声笑道，一行人一齐朝码头走去。

符世清走到码头边就看到江面上的大楠木如一垛高墙横在江面上，不由得打出了一声“哦嗬”，瞿老板也不由自主地叫道：“好大的树啊！”码头上的人听到叫声纷纷停下脚步，回头朝江边方向望过去。依了“辰筏”的老规矩，一架木排一般是九根排成一列，叠三层，联数列为一排。这根大楠木直径至少有五米以上，长约三十米，比一列木排还要大，但在大河放独木排又极不好驾驭，放排佬不得不在两边各钉了一根柳杉木。符世清三步并作两步走下码头，朝大楠木奔去。大楠木如一头被五花大绑的青龙困在众船之间，鹤立鸡群而又动弹不得。真是一根大楠木！树干挺拔，有如墨线弹过，未有半分歪曲。材质细密坚韧，色泽光亮红润，温润柔和，纹理整齐淡雅。大楠木清淡的木香弥漫在江面上，符世清围着大楠木转了一圈，又转了一圈，朗声道：“真是一根国家栋梁啊，也只有皇宫大院才配得了这样的神木，这山中怎么会有这么大的树呢？”

瞿老板道：“楠木成材时间极长，一百厘米以上的楠木需历经百数十年。加之材质紧密，一棵大楠木往往上万斤，人工根本无法运送下山，这也是在深山老林能找到千年老楠木的原因。”

符世清道：“俗话说，良禽择木而栖，看来，这大楠木也是有灵性的，晓得皇上要修紫禁城，不早不晚，让我们寻到了。”

一直跟在符世清身后的董老板拍马屁道：“符大人加官晋爵指日可待！”

董老板的话让符世清一个激灵，是啊，我何不亲自进京将大楠木进献给皇上呢？符世清回过头来拱手道：“董兄，寻得此大楠木，要给你记上一大功！”

“为我大明王朝，为知县大人效力理所应当。”董老板掩不住自己的高兴劲儿大声说道。

“多谢了！就为你这一番话，我要择日请你喝酒。”符世清喜悦之情溢于言表。

辰州府多的是游闲人，或做些闲散的生意，或靠祖业过日子，或什么也不靠什么也靠不着，凭着一些正当的或是不正当的手段谋生活。他们有一个共同的特点，就是多空闲，常年聚于某些店铺或码头扯闲谈，管闲事，辰州街上任何的风吹草动都瞒不过他们，而他们也都会在第一时间赶赴现场看个究竟。中南门码头上有大楠木的消息一传十，十传百，不出一个时辰，辰州府老少皆知，皆跑来一探究竟。大楠木像才下轿的新媳妇一般被人们围得水泄不通，中南门码头如赶集一般人头攒动，好不热闹。看客们在船只之间跳跃，都想涌到大楠木边一睹为快，更有三五好事者跳上大楠木，赤膊上阵，说要感受一下这大楠木的大，哪晓得爬上树的人倒显得蝼蚁一般，惹得围观者起哄大笑。

第二章

符世清看完大楠木，决定先去辰州府一趟。各位看官，作者在这里先要赘述一下辰州府。依了大明朝行政区划管理体制，辰州府隶属湖广布政史司，下设沅陵、麻阳、辰溪、黔阳、沅州、溆浦五县，府衙设在沅陵。沅陵县府衙在城西，辰州府衙在城东，周围有布政司、按察司、县学、崇盈仓、预备仓、府学。虽然说县衙周围也有巡捕厅、管粮厅、养济院、儒学、城隍庙等，但其格局气势人员流动远远不如州府。依了范师爷的话说，就是级别决定一切。不过符世清不在意，虽在县衙上班，但进出州府却如进出自家院子一样自由。知府石敦晟现年 55 岁，符世清的岳父。彼时，正是上班时分，人来人往，官员和衙役们看到符世清，皆笑着与他拱手问安。虽然符世清谦和低调，但大家都心知肚明，辰州知府这个位子迟早是符世清的。到了府衙，符世清让范师爷在外面等候，他单独进去。石敦晟早上刚进府衙，就有衙役报告中南门码头有大楠木的消息。符世清细细地描述了一番后，石敦晟更是高兴不已。

“寻得这么大的楠木，恐怕在两京十三政布司里也是首屈一指。”石敦晟高兴道。

“这回皇上一定对我们辰州另眼相看了。”符世清道。

“师大人不晓得该有多高兴呢。”石敦晟道。

“是啊。”符世清道。

“我觉得你应该亲自押送大楠木进京。”石敦晟道。

“我也正这么想。”符世清笑着看了看石敦晟。

“你这次也算是去邀个头功。近年来我身体差了许多，告老还乡是迟早的事。我这个位子，麻阳的吴知县、黔阳的江知县觊觎已久，其他两县的知县虽然没有明显的表现，但也都蠢蠢欲动。这次总算是有了一桩让其他四县心悦诚服的功绩，我将来在奏章里也有实质性的内容可写了。”石敦晟道。

“多谢岳父大人提携。”符世清作揖道。

符世清回到县衙，衙役们也陆陆续续到了县衙，打扫庭院、整理文书，在各自的岗位上忙碌，看到符世清进来，皆放下手中活计给符世清请安，符世清背着双手四处看看后，进了大堂后面的偏房。范师爷便吩咐杂役去街上买了一碗猪脚粉回来。

符世清坐在书桌前的太师椅上，大楠木的影子在他心里盘桓不去，硕大的楠木让符世清感觉像梦一般的不真实。辰州是楠木之乡，这么大的楠木，符世清第一次看到，该要用几百年上千年的时间才能长这么大吧？符世清甚至于有些说不出的异样和惴然。不过，又可以进京了，上次去京城还是一年前。想到进京，符世清像个孩子一样咧开嘴笑了。

符世清吃完早餐，端着茶杯欣赏墙上松雪道人的《汲黯传》，符世清学过蔡襄的《茶录》《荔枝谱》，也描摹过米芾的《蜀素帖》，至后来最喜欢的还是赵孟頫的楷书，他认为赵的书法集古今楷书之大成，其结构精工，字字敦厚简洁，没有深厚的意蕴，更无佛家的静谧、道家的超逸，如辰州百姓一般憨厚淳朴，无花花肠子，不必设防，让人心安。

这时范师爷进来通报，说是龙兴讲寺的主持李秀才派了人过来，请符世清去寺院。符世清这才猛地想起龙兴讲寺的诗会，赶紧叫范师爷备轿。

龙兴讲寺在下南门，营城的外面，背倚社稷坛，面朝酉水和沅水的汇流处。符世清透过轿帘看到汇流处的江面宽阔如大湖，水流汤汤，烟波浩渺，堆积得山一样高的木排从江岸一直排到江心。下南门是符世清最不愿来又不得不来的地方，街尾住户多数为渔夫、船工、放排佬，一个实打实的穷人窝。江岸边一字儿排开盖着杉树皮或是茅草的低矮木棚子，木棚子单薄得一阵大风就能掀开屋顶，将里面的孩子抛向江中。有些木棚一半伸在江面上，下面用拳头大的木棍支撑着，每年春上一涨水，船工、放排佬们时常只来得及一手提着他们吃饭的家什，一手拧着他们的儿女跑上江堤，这些棚子便如一片树叶一样让大浪冲走了。当然，也有来不及跑出木棚子的，半夜三更江水不知不觉间涨来了，便连同木棚子一起冲到江里，一路滔滔去做了洞庭湖龙王的乘龙快婿。年年青黄不接，县衙府衙开仓施粥的时候，下南门去讨粥的人总是最多。符世清有心给他们温饱，可解决了他们一餐的饥饿，却改变不了他们一世的贫穷，一代又一代，永世走不出苦难的命运。然而，既然要在这世间存活，就得有一个营生，靠山吃山，靠水吃水，不做船工橹手，不做放排佬，又去靠什么讨生活呢？符世清常常想，富贵和贫穷或许就是这人世间的双胞胎，就是人和影子的关系，永世也不得消除。

符世清在龙兴讲寺的巷子口下了轿。龙兴讲寺圣儒之地，自己官再大，也曾是讲寺的门生，狂妄不得。符世清太熟悉龙兴讲寺了，十来岁时被父亲送入寺内，跟着讲寺主持李秀才学习诗文，一晃眼二十年了。韦陀殿、后殿、东西配殿、檀阁、弥陀殿、观音阁，符世清闭着眼睛也能描述每间殿宇的样子及殿内摆设。时光真是一把双刃剑，它无情地裁减着人的寿数，又一刀一刀不断地修剪着每一个人，给他吉凶祸福，给他才学功名，把一个蓬头稚子修剪成一个翩翩才俊，最后让他庞眉皓首，画上生命的句号。符世清想，若是没有踏上仕途，或许自己就如李主持向秀才一般，一辈子在这龙兴讲寺过着读书教书的生活。

符世清横过一条宽而短的小巷子，抬眼便看到古树掩映中飞檐琉瓦的龙兴讲寺。李主持和向秀才已恭候在龙兴讲寺的第一道寺门前，两人隔了老远便向符世清躬腰作揖问候，符世清回了礼，寒暄了两句，便一起走上陡而长的条纹石铺成的台阶。第二道寺门与韦陀殿之间有一块约二三丈的方方正正的草坪，草坪中间有两人合抱不过来的玉兰树，玉兰树主干挺拔，树冠如一把撑开的大伞，直径也约三丈，似乎这树冠就是专为这大草坪量身定做的一般，多一分则多，少一分则少。彼时，正是玉兰花盛开季节，白瓷碗一样大小的玉兰花清香扑鼻，符世清受不住，连打了几个喷嚏。符世清至今仍记得小时候第一次随了父亲来这拜师读书时，内心的那股神圣神秘的感觉。自己能有今日，或许正是龙兴讲寺的庇佑，是沾了龙兴讲寺的灵气，至少，学问文章的根底皆缘自这龙兴讲寺。所以，符世清虽然为官数载，但还是喜欢隔三岔五来龙兴讲寺，一来他十多年的同窗士子都在这里，二来这里的氛围不同于县衙府衙，每每置身于龙兴讲寺，便不觉性情疏阔，襟怀萧散。

一群秀才早已聚集在大雄宝殿，殿内空旷，高大的拱顶做工精细繁复，阳光从屋顶的几片明瓦上筛下来，尘埃在光束下自在飞舞。一人合抱不过来的殿柱皆是楠木，符世清记得辰州州志记载：唐贞观二年，敕建龙兴讲寺，于辰州西坪村取楠木建造大雄宝殿（后来皇帝赐名西坪村为楠木村，沿用至今）。这殿内的楠木跟他早晨看到的大楠木，真是小巫见大巫，符世清不禁在心里嘀咕。有两个秀才为着一句什么诗正争得面红耳赤，看见符世清，即刻住了嘴。只听得一句半句的符世清倒来了兴致，一脚跨进殿内问道："在论什么呢，说来听听？"

俩秀才相互看了看，高个秀才道："我们在讨论李后主那句'问君能有几多愁，恰是一江春水向东流'算不算有出处。"

"自然是有出处的。李太白的《金陵酒肆留别》里有'请君试问东流水，别意与之谁短长'之句，南唐李后主这句'问君能有几多愁，恰是一江春水向东流'只是在李白的诗句上略加融点，不过，比'别意'更为形象鲜明，情思也更为深厚。还有，寇莱公的《夜度娘》里有'日暮汀洲一望时，柔情不断如春水'也算是模仿了李白的这句诗，并且句意和诗仙的也所差无几。另有秦少游的'春去也，落红万点愁如海'实际上与李太白、南李主的皆有相似之处。秦观的这首是伤春，是'离别宽衣带'的离情别绪，加上前面的'日边清梦断，镜里朱颜改'这一句，整首词便和李后主的这首《虞美人》有得一比了。不过，我更喜欢李后主的这一首，恰是一江春水向江流，虽然给人亡国之痛，却也壮阔浩大，不失君主的气势。哈哈。"符世清接过高个秀才的话题，在众秀才面前滔滔不绝地作了一番演说，也算是今天填词作赋的开场白。众秀才们洗耳恭听，一个个如入定之人，大殿内只有符世清清亮的嗓音。

龙兴讲寺的李主持道："大人的一番高论，令我等醍醐灌顶。古话道，听君一席话，胜读十年书，实在不假啊。"

众秀才皆点头附和。符世清抱拳连声道"过奖，过奖"。一脸春风浩荡。向秀才请符世清上坐。平日里条案原本是朝讲坛横向摆放，今日因要一起作诗，李主持叫下人将条案木椅置于讲堂两侧，秀才们见符世清落座，各人也按长幼尊卑相向而坐，下人随即送上茶水及各类果饼。

李主持道："往日论诗作赋是命题作文，各自为战，今日要改革一番，共作一首长诗，这样也有趣些。考虑大人公务繁忙，我等私自做主，还请符大人海涵。"

"是个好主意。"符世清平时更喜欢填词，他觉得词的意境比律诗更好营造，表达的情感也比律诗要绵和悠长。不过，李秀才提出要共作长诗，符世清觉得也挺有趣，对大家也是一种挑战。

众秀才无有不赞成的。

李主持便接着道："长诗的主题我这几天也细细想了想，前些日子诸位一起去了壶头山，伏波将军在辰州壶头山征战的故事大家也都了然于心，今天就以此典故作诗，谁来起首句？"

众秀才你看看我，我看看你，有两个年轻的秀才像是怕被先生点名答题，不待李主持的目光投过来，赶紧低了头。符世清一边品茶，一边饶有兴趣地看大殿外一只绿尾雀一忽儿飞进白玉兰花树中，一忽儿又飞出来，忙得不亦乐乎。

众秀才各自低头冥想，好一会儿后，符世清将目光从绿雀鸟身上收回来道："大家都谦虚啊，怕枪打出头鸟吗？怕什么呢，我来起首句：沅江流来几千里，乱石束涛蹴空起。急撑官航上岣崖，闲倚驿楼望山水。"

"好！"一直站在主持席前的李主持一边赶紧将符世清的诗句用小楷毛笔记在毛边纸上，一边道，"文章开头难，符大人为大家解了难题，接下来就能顺理成章了。"

众秀才沿着符世清打开的思路冥想起来。

一会儿，一位穿青衣的秀才道一声："我来。隔江万叠云峰稠，一峰平立名壶头，去是伏波驻兵处，至今石室留山陬。”

瘦秀才不甘落后，冲口而出道：“忆昔炎纲断如缕，草窃纷然据环宇。宁知田牧隐奇才，挥斥奸雄识真主。”

胖秀才看了一眼瘦秀才，然后闭眼摇头晃脑道：“西征实藉聚米忠，南伐谁侔铜柱功。中兴诸将数筹略，直与贾邓争豪雄。”胖秀才的神情似乎已沉潜进伏波将军当年千军万马的征程里，吟完后半天也未睁开双眼。符世清觉得他和瘦秀才是这群秀才里最有趣的人。

黄衣秀才站起来，在几案边踱着方步吟咏：“老去甘向边陲没，誓扫群蛮静坤轴。壶头一死非无名，天遣英雄镇南服。”

“好诗！好诗！”高秀才不由得抚掌道，“我也来几句，跳梁小丑胡为哉，竟因遗算稽颡来。谁云未雪薏苡谤，白璧本自无纤埃。”

李秀才看到高秀才接了上阙，彼时也来了灵感，张口便吟：“昔于青史高奇识，今日荒山览遗迹。怒涛犹带薄伐声，愁云似是忠愤积。”

矮秀才跟在李秀才后面神情笃定地吟道：“壶头马候真丈夫，大器果与凡才殊。庙食勋名几千古，英风激我章句徒。”

矮秀才说完最后一句，众秀才顿觉像是结了尾，但又似乎意犹未尽，大殿内一时鸦雀无声。符世清抬头看了看大殿屋顶，又扫视了一下众秀才，笑道：“今天这诗虽然个别地方有待斟酌，但总体尚算连贯流淌，一气呵成，不错不错。”

李主持将众人的词合在一起念了一遍，众秀才一边品评一边又对诗里某些词句斟酌了一番，一时间里大殿内热闹起来。

大家正议论间，范师爷进了大殿，跟符世清耳语了几句。

符世清站起来和大家道别。

原来，早晨符世清在码头当众说要请董老板喝酒，董老板觉得自己很有面子。符世清离开后，董老板一时高兴，说请几位老板去白水茶楼喝早茶。董老板铁公鸡一样的人，平日要他掏半文钱请客吃个包子都不容易，今日竟主动说要请大家喝早茶，瞿老板原本是在家吃过早饭了的，听说董老板要请大家喝早茶，便说，即便撑破肚子也要去才算对得起董老板。一行人你一言我一语笑着来到白水茶楼，恰巧符世清的兄长符世根也在茶楼同一位黔城过来的木材商一起用早餐。符家世代商贾，祖辈主要经营木材，拥有独立的水运码头，大小船只不下二十艘，到了符世根手里更是芝麻开花节节高，不仅做木材生意，还做大宗的桐油、药材、私盐等买卖。前两年又成立了符氏商行，商贸往来上至滇黔，下至九江扬州。符世根在沅水流域算得上一个有头有脸的人物，辰州府大小商贾对他无不敬畏三分。符世根还不晓得大楠木的事，大家七嘴八舌描述着大楠木，末了，董老板将知县大人要请他喝酒的话也复述了一遍。

说到喝酒，董老板灵机一动道："这知县大人的酒借我个胆子也是不敢去讨的，但一家人不说两家话，知县大人的大喜事，也是符兄你的大喜事，不如，这早茶就由你符老板来请。"

符世根刚想答应说好，瞿老板马上大手一挥道："那怎么行！犁是犁路，耙是耙路。你请客有你的缘由，符老兄请客是另一码事。再说了，符老兄在我们辰州府商界坐的是头把交椅，由他来请客，断不至于请我们喝杯早茶就作数了的，大家说是吧？"

众人鼓掌附和。

符世根摇着头笑道："这世间的道理都被你说完了。不要说董老板替胞弟找到了大楠木值得一起喝一杯，就是平日，我们同道中人，请大家喝杯酒也是应该的嘛。"

几位木材老板一起合计，觉得择日不如撞日，趁热打铁，下午就去符世根家，同时，大家又提出一个特别要求，到时候由符世根牵线搭桥，请知县大人赏脸过来同大家一起喝一杯。

长兄如父，哪有拒绝之理。符世清即刻起轿回甲第巷。

未时，十来位商行老板已陆续到了符府。平日，商贾们各忙各的生意，难得碰在一起，今天悉数齐聚符家，符世根脸上堆满笑容，请这个上座，请那位入席，忙得他团团转。

两兄弟的家仅一墙之隔。符世根家单从风火墙上看与符世清家并无区别，跨过高高的门槛后却别有洞天。进大门后，右手边是耳房，耳房边有长亭，供下人及轿夫临时歇息。桤木打制的两顶式样略有不同的轿子放在长亭里，丝绒绣花门帘，两边侧窗则用长长的绿色流苏装扮。二米见方的青石板平安缸置于院墙左侧。蜡梅桂树散种院落，看似不经意，却是有心点缀得恰到好处。廊阶用几块长丈余许的横条纹青石板铺就，房子为吊脚木楼，坐南朝北，二层二进。第一进正中为堂屋，堂屋设有镂花神龛，神龛上用大红纸书有“天地国亲师位”字样，符府列位祖宗牌位皆置于神龛上，神龛下是长条形两层木制祭桌，桌面雕花虫鸟兽，桌角边镶嵌木格子，祭桌上的青铜香炉里线香缭绕。今日是符府大喜之日，符世根更是用三牲供奉。堂屋两边为厢房。第二进楼房与第一进楼房之间有四方天井，天井用整块硕大青石板铺设，青石板上凿有蝙蝠图案（寓意福禄满庭），四周各设一枚青石铜钱漏。符世根今日宴客席设在第一进右手厢房。

不待众商贾落座，符世根已叫下人端上上好的龙井茶，摆了时鲜水果和糕点。商人们聚会，三句话不离本行，董老板从大楠木打开话题，各自的生意经便如汤汤沅江水，从木材、药材到海货、苏绣，从沅水上游托口的桐油到锦江的柑橘，从武昌人的烈性到德山码头老大的滑头。一时间，符府内笑声朗朗，好不热闹。

符世清回府更衣后便过来和众商人打招呼。往日，符世清跟辰州府各路商贾也有来往，各类捐税的收缴，委派徭役，以及官盐桐油等上供物品等事务总是要牵扯到他们。符世清虽然不善商务也不喜商务，却较为开明，凡事能站在商贾的立场上考虑，当然，这也是因为他的兄长符世根时常跟他提供商务信息，让他了解其间的利益和难处。董老板之流偶尔要奸逃税，符世清内心明了，却也不做过分的惩治，往往是点到为止。他与商贾往来不过分亲密，也不过分生疏隔膜。

符世根的夫人朱氏怕家中厨子佣人不够用，叫下人在外面河街凤凰酒楼里请来一位大厨及几位帮工。符世根原本好客大方之人，胞弟走上仕途后，生意做得更是顺风顺水，人脉亦愈加宽广。今日来喝酒道贺的尽是辰州街上的各路富商，符世根自是不计小财，美食美器，尽府中厨房所有。为了以示重视，符世根还吩咐下人摆上珍藏的景德镇青花瓷饭碗。凤凰楼的大厨也拿出看家本领，做了一道凤凰楼的主打菜——烤小鹿。烤小鹿立于八仙桌正中，其他冷盘、荤菜、素菜轮流上席，各色肴馔足有十几二十盘。

符世清是真高兴，也是真心实意要和大家喝酒，连敬客人们三大杯，以董老板为首的商绅们也轮番回敬符世清，符世清来者不拒，酒席从申时直喝到戌时方才散席。

打发走客人后，两兄弟坐下来安心喝茶。符世清说他准备亲自送大楠木进京，符世根心里咯噔了一下，把端到嘴边的茶放在茶几上道：“去年不是才去过嘛。”

“这次不同，那么大一棵楠木，皇上不定有多喜欢呢。”两兄弟虽然分开过日子，但祖上的商铺却没分，由符世根一手打理。去年符世清进京，符世根主动从商铺拿来银子。符世清以为兄长心疼钱，忙解释。

“我懂你的意思。但是，你想过没有，皇上才下旨几个月，你就亲自送这么大的楠木进京，皇上嘉奖你的同时，也会加大对楠木的征收力度。紫禁城才开始修建，要的是大树古树，你这一次寻到大楠木是你运气好，但你能保证你每年都能征收到这么大的树吗？”符世根冷静地给符世清分析。

“你想得太多了，现在，全国上下都在为修建紫禁城搜寻各类材料。”

“小心行得万年船。为皇上当差，做得好未必有功，做得不好未必有过。要时时记得给自己留条退路。”

“辰州这地方，天高皇帝远。朝廷唯一怕的是叛乱，没有叛乱，皇上恐怕都记不得他的版图上还有沅陵县这个地方。我从进入仕途以来，还一直没有什么特殊的政绩，这次皇上修紫禁城，征收大楠木，对我们这些偏远州县来说，亦不失为一条擢升的途径，听闻已有好些州县的知府知县亲自押运奇石巨木进京。”

“我没有其他意思，只想让你考虑周全一点。”

“多谢兄长理解。早上我也跟我岳父大人谈过，他已有告老还乡之意，辰州知府的位子不久即会空出来，让我趁此机会进京打点打点。”

符世根不说话了。其实，符世根不想让符世清进京另有原因。他年初在报恩寺请曹师父打卦，没打一个好卦。但符世根知道自己说了也白说，有些事情该来的它总会来，拦是拦不住的。

“商行里一时支不出这许多银子来？”符世清见兄长不说话，问道。

“那倒还不至于，只是……”符世根将嘴里的话又咽了回去。

符世清在心里笑兄长把官场当商场。两兄弟一时无话，各人端了茶杯喝茶。这时，符世清家下人来报，碣滩茶庄的刘老板来了，符世清赶紧起身回家。

掌灯时，下人报告符世根，天井里凿有蝙蝠图案的大青石板不知什么时候断裂成三块了。符世根心里像被蜂子蜇了一下，赶紧随了下人来到天井边，看到青石板上蝙蝠的一对翅膀像是被谁生生砍断了。符世根的酒意顿消，沉着脸回了房间，下人们吓得个个没敢作声。

隔日，符世清撰拟奏章，上报寻得大楠木，不日将亲押大楠木上京都。沿路驿站加急传递，奏章顺风顺水抵达京城，皇帝阅后自是欢喜不尽，翘盼符世清进京送大楠木。

数日后，所有要进献给京城的木材及特产皆准备就绪，符世清择黄道吉日，身着散答花绯袍，腰系金荔枝丝带，头戴乌纱帽，脚蹬黑靴，在辰州府码头鸣锣开道，三声响炮过后，楠木系红绸起航。

第三章

官船沿沅江顺水而下。虽然汛期未到，但前些日子连续落了几场大雨，沅江水又涨高了好几尺，江水丰盈有度，江平浪静，船工们掌舵划桨便不吃力，有两三个老橹手甚至放下船桨，斜靠在木排上望天讲野话。符世清伫立船头，两岸青山如影像般一节一节往后移，黛色高耸的崖石上，一丛丛幽香炫目的奇葩，或开成一片火海，或汇成一簇纯白的浪花。有小木船泊于峭岩下的深潭边，十数只乌黑的鸬鹚慵懒地立于船舷上怅望天际，间或懒洋洋地扑弄一下双翅。立于船头的渔夫原本也是一副闲散的模样，但他只许自己快活，不准鸬鹚偷懒，用了桡片对着鸬鹚横扫过去，鸬鹚们“扑”的一声飞起，在空中盘旋了一会儿，三三两两“嗖”的一声钻入水中，不知去向。符世清正呆然间，船上渔夫“噢罗噢罗……”地呼唤起来，鸬鹚们一个个如训练有素的水手，又结伴三三两两飞回小舟上，鼓鼓的嗉囊让人担心鸬鹚会呼吸困难。渔夫放下桡片，提起鱼篓走到船舷边，一手倒提起一只鸬鹚，一手将鸬鹚嗉囊稍稍一捏，嗉囊里的鱼即刻吐进了鱼篓里，然后渔夫随手将鸬鹚脖子上的麻绳一扯，从鱼篓里捡起一条小青鱼，连同鸬鹚一起丢在船板上，鸬鹚一口将渔夫赏赐给它的小青鱼吞食了，如听话的孩子，没事一般跳到船舷上。江面即时又变得高远空阔，唯有大片的云朵悠悠然渐飘渐远。渔夫收拾起他的鱼篓，走到船尾，拿起桡片正准备划离峭岩，一抬头，看到不远处符世清的官船以及官船后面硕大的楠木，而立于官船上的符世清似乎也在看他看得出了神，渔夫突然打了声长长的"哦嗬——"后，边划船边亮开嗓子唱道：

时不通来运不通，
十处栽花九处空。
船不顺风空荡桨，
鱼不进网枉费功。

木排上的老橹手听到了渔翁的歌子，骂了一声，老干鱼，你唱的什么狗屁歌嘛，随后尖起嗓子唱起来：

四月里发春水，
上河涨水水面阔，
今年好放排，
告别小阿妹，
排歌就唱起来，
山药干货一排排，
换回缎子来，
哟嗬嘿，

给我的妹妹带回缎子来。

……

这个老橹手唱到最末一句“我的妹妹”的时候，声音忽然痞痞地转了一个弯，逗得船上所有的橹手都嬉笑起来，一行白鹭听到笑声从山崖边拍着翅膀飞过来，飞过符世清头上的天空……

官船一路顺风顺水，第二天至烧纸铺，也即沅水第一险滩——青浪滩。烧纸铺因了青浪滩而存在，烧纸铺人也靠着青浪滩生存。烧纸铺与沅水两岸其他诸多沅水码头不一样，什么五金杂货、屠户油坊、烧纸铺全没有，码头上去左手边唯一一家客栈兼餐馆，右手边一家药铺和一家杂货店，其余几家店铺全是专卖纸钱线香爆竹的店铺。当然，这些卖纸钱线香的店铺也有吃货可卖，糕点、干果、酸梨，但是，在店主买主的心里，这些吃食主要是做供果，而不是给人吃的。这烧纸铺好像也不是为生人设立的，而是为死人准备的。青浪滩重滩叠岭，怪石巉崖，素有民谣唱道：青浪滩啊，青浪滩，天下一道鬼门关，人过脱层皮，船过底朝天！来来往往过青浪滩的人不是过滩，而是切切实实过一次鬼门关，闯不过去，那烧纸铺的某一小扎纸钱，某几炷线香，某一挂爆竹就是为他准备的。每一年，不晓得有几十上百只木排货船打翻在青浪滩，又不晓得有几十上百的生命消失在青浪滩中。烧纸铺的人隔三岔五看人用门板抬着裹着白布的尸体，一点也不稀奇，顶多随口问一句哪里人，低下头便又去做手中的活计去了。当然，也有好事者，会说一句，他是今年第 ×× 个了。

青浪滩两岸悬崖壁立高耸，河谷狭窄，终年江雾缭绕，江岸房屋低矮阴浸，符世清曾听地舆先生说，女人，特别是阳气不足的人是住不得烧纸铺的。然而，烧纸铺却有两种女子特别打眼。一种女子是青浪滩上“跑短的”人。所谓跑短，就是在青浪滩上拉纤。她们极不讲究，终年拉纤，终年蓬头垢面，衣襟褴褛，皮肤黢黑，终年赤脚，手如鸡爪，肩膀上结起的厚厚的茧如鼎罐煮出来的锅巴，她们也大都同男纤夫一样一边肩膀高一边肩膀低。跑短的女子大多性格倔强泼辣，唱歌特别在行，沅水号子、拉纤号子在她们的口里唱出来是清脆脆的，连青浪滩峡谷里花纹绮丽叫声清脆的扇子鸟都自愧不如。女子们在青浪滩上背纤喊号子的时候，无数的扇子鸟就倚立在峭壁的枝丫高一声低一声地和鸣。烧纸铺跑短的人都集居在烧纸铺的西头，一间一间像鸟笼一样风挂雨漏挨着青浪滩。平日里，过往船只要喊纤夫帮忙，只需立于河堤上大喊一声：“有跑短的吗？”即刻会有女子拉开房门在屋檐下答应。

另一种是吃四方饭的女子，不多，十来个，皆聚集在烧纸铺东头的巷尾处。这些本地的或外地的女子，大都生得有几分姿色，或是少年不知人世长，或是年纪轻轻守了寡，无了依靠，没了去路，投入这个行当，久而久之便把它当作自己的营生。她们的客人也大都是过往的商贾船工橹手，这些就要过青浪滩的人，或许，明天，他们的生命就会消逝在这莽莽山水间，在这里及时行一回乐，用他们流血流汗的几吊铜钱换取他们的身体之需。烧纸铺民风淳朴，不像外面开化，但往往越是不开化的地方，人的思想物欲就越简单，越接近人性的本能。在他们的心里，人生在世就是赚钱花钱，就是洒几行汗水行几回乐，男欢女爱本就是人世应有的生活。因此，在青浪滩这里，吃四方饭的女子并不如何伤风败俗。她们除去做那种营生，日常生活并没有特别不同之处，同烧纸铺其他居民一样过着日出日落、咸咸淡淡的日子。但吃四方饭的女子相互间却很少往来，她们各有自己的长客短情，各自守着一份不算苦亦不算甜的日子，即便碰巧在大街上撞见了，也只是相互点头笑一笑。她们在自己的阁楼里，做女红，纳鞋垫，看沅江的船只来来去去，让她们的青春岁月随了这沅水一起流逝。

符世清的相好小月也住在烧纸铺。

船到烧纸铺后，符世清带领全体船工，去青浪滩头的伏波宫烧香。史载，建武二十三年（47 年），武陵五溪“蛮”抢掠郡县，光武帝令马援率领四万余兵士前来青浪滩降伏五陵蛮。谁知降蛮未成，反而全军覆没，马援将军和全体兵勇的阴魂都化成这青浪滩上红嘴黑身的五寸河鸦。马援死后，建武皇帝降旨在五溪建伏波宫，并追封他为“新息侯”。后来，湘西民间逐渐习惯借将军神威以服水邪，故又称马援为“伏波将军”。清浪滩的伏波宫有了年头，红沙石围墙水渍斑驳，庙内昏暗，伏波将军端坐于太师椅上，赤面赤身，手抚长髯，威风凛凛。符世清稍正衣冠后，踏进庙内，立于神像前，对着将军躬身拱手，然后接过范师爷递过来的线香，跪下三叩首后，朗声道“今辰州府沅陵县知县符世清押楠木进京，欲借大将军神威，助在下平平安安行过青浪滩……”说毕，符世清又作了三个揖，然后，将线香插进神案上的香炉里。立于后排的范师爷船老大也跟在符世清后面叩头进香，船老大嘴里亦念念有词，请求大神伏波将军让他们顺风顺水闯过像鬼门关一样的青浪滩。

且说符世清吩咐船老大祭过河神后，交代了几声，便直奔小月的住处。

小月是常德武陵人，父亲是洞庭湖上的船夫，十二岁那年，洞庭湖一场暴雨，父亲随船沉入洞庭湖底，不久，母亲不知所踪。小月最初是跟着渔村一个名叫巧姑的唱莲花落的妇人走村串户，小月嗓音娇柔清亮，记性又好，什么样的莲花落在她耳朵里过一遍，便记到了心里。隔年，两人一路唱到了德山码头，巧姑天天带她到码头给船夫水手过往商人走卒唱歌，码头上有一个人叫“毛赖子”的五十多岁的码头管事，头上的毛发掉得一根不剩，胸口当中却长着一撮黑黢黢的茂密毛发，终日横披了油布一样的衣服。小月觉得他比渔村那条掉光毛的癞皮狗还恶心，可他偏偏看上了小月，给了巧姑三两银子。巧姑唱三年莲花落也得不到三两银子，又觉得无父无母的小月能有一个归宿总归不是坏事，爽快地将小月许给了毛赖子。小月不敢想象自己如何跟一只癞皮狗过生活，心里如装着十只蛤蟆在跳，害怕得双腿打战，连夜逃到一只沅水商船上。

沅水商船过桃源后，船老大才发现船舱里的小月。船老大倒也没有为难小月，小月在烧纸铺下了船。小月初到烧纸铺时给码头边的客栈洗碗打杂。花苞苞一样的小月是客栈高挂门檐的一尾诱人的沅水红鲤，来往烧纸铺的船工橹手如馋猫一般，闻香而来。客栈里有一个名为生贵的烧火佬更是对小月动了春心，一双眼睛，一天到晚像钉子一样钉在小月的身上。有一天，客栈客人不多，几个伙计围在伙房聊天，从盘木号子扯到了莲花落，大家晓得小月会唱莲花落，一个二个哄着小月唱一曲，这让小月想起了自己的身世，想起了跟巧姑颠沛流离的日子，想起了令人恶心的毛赖子，想到这些，小月真是唱不出口，但大伙平日都把小月当自己人待，小月不晓得要如何推辞，只感觉唱也不好，不唱也不好。厨倌师傅道："小月，叫你唱你就唱一个嘛，未必怕我们割了你的舌头不成？你看西头那些跑短的女人唱号子歌几多放得开。"

"是哦，是哦，我们一辈子只听过跑短的女人唱哎哟嗬，小月你就让我们开开荤嘛。"店小二路生道。

生贵不说话，只用眼睛直直地盯着小月，盯得小月心里咚咚地跳。

小月感觉再不唱就是自己的不是了，于是张口唱道：

作一个揖来唱一个诺，

打一声竹板敲几声鼓，

唱一曲莲花哥哥听……

那天，去长沙府出差的符世清刚上烧纸铺码头就听到了如鸢鸟般动听的莲花落，追着歌声进了客栈。小月出来给客人们筛茶，符世清一眼便喜欢上了这个不施粉脂、如洞庭湖鲜嫩的莲藕一般的女子，便借故去长沙府船上需要使唤丫头，客栈老板乐得送顺水人情。在官船上，一个月色阔绰的夜晚，生贵的眼神尚在小月的心里盘旋，小月便成了符世清的女人。从苦水里泡大的小月经历了家庭的变故，对人生对未来原本无奈无助，不敢有过多的幻想和奢求，能够成为知县大人的女人，无异于洞庭湖大浪冲上堤岸冲进她怀里的一尾大鱼。这一年，小月十四岁。

从长沙府回来后，符世清为如何安置小月为了难，带回辰州府自然是不行，外有王法内有家规，前有追兵后有堵截。后来，范师爷出主意，把小月安置到了朱红溪，离辰州府不过一个时辰的路程，但符世清疏忽了符夫人的外婆家就在朱红溪，不久就有风言风语吹进了辰州府。加之，老是有不知内情的过往船工橹手去骚惹小月，符世清无法，只得又将小月送回了烧纸铺。小月并没觉得有什么不好，之前，小月在烧纸铺已生活一年多，她认识这条街上的每个人，而码头客栈更像是她的娘家，厨倌师傅、店小二路生，还有烧火佬生贵都像她的亲人，对于符世清的安排安然接受。符世清每个月过来住上三两天，烧纸铺与辰州府隔着一天的水路，几年下来，属猫的符夫人虽然闻到了鱼腥味却一直没有抓到小月这条美人鱼。

小月在烧纸铺每天的日子是清闲而寂寞的。开始，她还偶尔和楼下的婆婆聊聊天，去码头客栈坐一坐。烧纸铺人都晓得她是知县大人的相好，也都不去招惹她。小月如旷野里的山花，太阳光温暖她，风雨沐浴她，健健康康地盛开着。一个女子应有的丰腴美丽，上天一样不少全给了小月。

符世清每次来烧纸铺，都能感觉出小月在长大，在绽放。也因为一个月才来一次的缘故，小月的变化，符世清愈发感觉惊奇和欢喜。越来越有女人味的小月似乎也有了女人的矜持，不再轻易去码头客栈，楼下的婆婆有时一整天都看不到小月下楼，怕她病倒，上楼来看她，但每次也只看到她在临江的窗棂下一心做鞋子绣鞋垫。小月在烧纸铺一住三四年，也从来没有说过要去辰州府，更没有想到过回洞庭湖，她仿佛已完完全全成了烧纸铺人。符世清每次来，小月只全心全意地服侍他，将她的好、她的美悉数呈现给他。这更让符世清感到遗憾，就像他小时候特别喜欢去码头边钓鱼，但他娘就是不准他去，说他命里不容水火，即便喜欢，也要克制自己，装作不喜欢的样子，符世清只能把小月放在烧纸铺。其实，小月也不是没有想过这个问题，但她更明白既然老爷不能让她去辰州府，她就只有住在烧纸铺。

符世清每次来烧纸铺，都是小月的节日。符世清的官船一进入烧纸铺，小月便在她的小阁楼的窗户里看到了。又差不多有一个月没有见到符世清了，小月内心真有些想念符世清，这个比她大十来岁的男子，几年相处，虽然离多聚少，但小月已很知足。命运之舟载着她风里来，雨里去，她不晓得她的彼岸在哪里，她只有随舟随浪漂泊，随遇而安。看到符世清的船只慢慢靠岸，小月嘴角泛起笑意，对着铜镜照了照，换了上街的碎花蓝布衣，到大街上买了符世清喜欢的卤牛肉和尖椒盐花生，又亲手炒了一盘五花腊肉以及两样时鲜小菜，然后净身更衣，换上碧绿的翠烟衫，散花绿草百褶裙，对镜薄施粉黛，高挽发髻，把自己打扮妥当，静坐格子窗前等待符世清的到来。果然，不出一个时辰，便听到了符世清上阁楼的脚步声，小月起身到门边迎候。

符世清一进门便摘下官帽，小月一边微笑着轻声叫了声：“老爷，您一路辛苦了。”一边双手接过符世清递过来的帽子。“嗯，还好呢。”符世清说着顺手从后面抱住小月，亲了亲小月的后颈，小月一个激灵，全身柔软，像一阵清风朗朗拂过。“老爷，恭喜您找到大楠木。”小月浅笑着从符世清的怀里挣脱出来，把帽子放在梳妆台上。“你看到了？真是一根大树呢。”符世清边说边在方凳上落座。小月急走几步，打来一盆水，放在符世清的脚边，把半新的帕子拧干，递到符世清的手中。符世清接过来揩了揩手脸。桌上冒着缕缕热气的卤牛肉和五花腊肉的清香勾起了符世清的食欲。小月拿起酒杯给符世清倒上。符世清自得到楠木以来，心情一直特别好。他叫小月另外取来一只杯子，陪他一起喝。小月在洞庭湖边生活时，父亲每次出船前都会叫她去小店沽酒。虽从不曾陪父亲喝过，却喜欢烧酒散发出来的浓浓香气。清香甘醇的水酒，如清泉汩汩流进小月的肺腑，三杯下肚，小月两颊绯红，就像一朵悄然绽放的花，在符世清面前，娇嫩的花瓣一瓣一瓣地打开，露出她粉红的花蕊。符世清端起酒壶又要给小月倒酒。小月握着符世清的手浅笑道，醉了，不能喝了。小月是一个性痴的女子，不善言语，不会随机应变，把所有的情感和爱恋都装在心里。一个人守着吊脚楼过日子是寂寞的，那些日子其实不是被她过完的，而是让她一天天数完的。她等着符世清来看她，特别是到了临近符世清要来的日子，她常常感觉日子长得没有边际，像个无赖，白天天老不黑，夜晚天老不亮。现在，符世清就在她的跟前，她的心是如此地安定和满足，觉得过去所有空白的日子和内心的无奈，这一刻得到了全部的补偿，又仿佛符世清一直就在她身边，永远也不会离开一样。她就如一朵深谷里安静绽放的小花，如山林里一只温顺的小兔，而符世清是她的大山，是她的大树，是她生命里的清泉和阳光。小月定定地看着符世清，一双明眸里流泻着无限的柔情。符世清何等聪明的人，人醉心不醉，哪里体会不到小月对他的情意，他将小月拥在怀里。酒就像火苗一样，点燃了小月和符世清的激情。小月融化在符世清的怀里，两人如沅水上的一只顺水船，在两岸满是兰芷的清香、迷人旖旎的风光里，自在快活地航行，航行……清亮的月光从木窗照进来，如一袭白纱裹在缠绵的两人身上，吊脚楼下的沅水一波一波地荡漾着楼脚，像温柔的手的抚摸，像甜蜜的舌的撩拨，小月甚至听得到波浪撞击楼柱的訇訇声。符世清觉得小月也似一湾清澈无比的小溪，在他身下肆意地流淌，而他自己则是一尾快活的鱼，在溪水中畅游、嬉戏、扳籽……

第四章

次日，符世清别了小月押船北上。官船转过一个弯，便到了青浪滩前。青浪滩的险，符世清哪里不知道，五年前，兄长符世根送一船山货去常德，船过青浪滩“打排岩”时，船翻货尽失不算，还赔进去两个年青橹手的性命。为了官船和大楠木安然无事过青浪滩，符世清昨天还特意吩咐师爷，请了烧纸铺所有跑短的来拉纤。符世清下了官船，由范师爷和一名年青衙役搀扶着走旱路。符世清叫艄公让木排先过滩。他怕万一大楠木上不了滩，他的官船上了滩也没用。

大木排在河面上开始缓缓移动，河滩像有千军万马在奔驰，惊涛卷起千层浪，翻转着、呼啸着撞击礁石。无数礁石时隐时现，如千年老鳄的黢黑背脊。原本晴朗的天空，忽然暗了下来，站于岸上的衙役禁不住“哦荷”一声，原来成百上千只河鸦盘旋于大木排的上空，“哇哇”地呼叫着，来势汹汹，像是要冲下来，啄食木排上的橹手，掳走大楠木。艄公不慌不忙，端起木排上的鼎罐，揭开盖子，抓起一团团尚有余温的饭团撒向空中，河鸦也像是训练有素，在半空中准确无误地接食饭粒。艄公一边撒饭，一边口里不停地祈祷：“求神兵帮我们消灾除难！求大将军保佑我们的木排平安过大滩……”饭团撒完，大群河鸦像是听到号令，“哇哇”着在空中盘旋一阵后，便不知去向，剩余不多的数只河鸦像是派驻下来的护航使者，在木排的上空上下翻飞。老艄公怕捆绑楠木的钉牛（旧时放排专用物品）不牢靠，一边提起斧头从船头一路“嘭嘭”敲打到船尾，一边大声吆喝着让水手们看着方向，一片片水花从他们的大桡上飞舞上来，荡起一道青白的低矮瀑布。上第一个滩了，船老大在前头作总舵手，数名艄公双手中的竹篙左右挥舞，在船老大的叫声喊声中，手起篙落，几十个手水有节奏地“哗哗”划橹，白浪将木排抬起来，又重重地摔下去，白浪中的大礁时隐时现，木排跌跌撞撞，进进退退，水手的屁股被抬起来，然后重重地挫下去。大楠木太长太重了，大木筏不仅没有上滩，还有要横在滩前的架势，船老大赶紧做了一个手势，左边十多个桡手放下大桡一齐跳入水中，用背，用胸，用双手死命地抵住大木筏，想要让木筏绕过暗礁，但木筏依旧在巨浪中左摆右摆，就是不上滩。往常，货船上这一个滩是不要纤夫的，河岸上几十个纤夫正准备到下一个滩口等候，船老大看到危机四起，哑着嗓门吼道：“你们这些狗日的，两只眼睛长到屁股上的啊，还不快下水帮忙！”

纤夫们赶紧跳下河滩，把纤板上的短绳缚定在大木排上，将纤绳的一头搭到自己的肩背上，弯下腰去扯直纤绳。领头的是一位单瘦高个的老头，老头儿应该有六十岁了，稀稀拉拉花白的胡子，毛毛糙糙散乱的头发，黝黑的脸，颧骨高耸，脖子和双手的青筋似乎要从皮肤里蹦出来。紧跟在他身后的每一位汉子又穿插着一位女子，汉子们一个个光着晒成古铜色的上身，或打赤脚，或穿草鞋，躬着腰。女纤夫们一个个头发凌乱，肤色与汉子们并无二致，衣服补丁上加补丁，已看不出原色布是哪一块了。纤索将他们串成一串，他们一只手吊住自己肩上的纤绳，一只手拉住旁边的主纤绳。单瘦老头回过头看大伙已各就各位，沉着嗓子吼道：嗨……

纤夫们晓得这是出发的号令，迈开脚步，深深地躬下腰去，如拳头粗的竹缆即刻深深镶进他们的皮肤里，他们一起跟着吼道：

嗨——
打起号子过险滩啊，啊嗬嗨，
青浪险滩多又长，啊嗬嗨，
险滩送我千般苦，啊嗬嗨嗬嗨，
我过千滩呀，啊嗬嗨，嗨，
浪低头啊，啊嗬嗨啊嗬嗨啊嗬嗨呀……

瘦高老头每喊出一声号子，后面的纤夫们便沉沉地吼一声“啊嗬嗨”，大木筏在青浪滩上挣扎了一炷香工夫，终于一步三回头上了第一个滩头。

船老大未让纤夫水手们缓过气来，继续指挥着上第二个滩，第三个滩……午时后，终于将大木筏送过青浪滩。

符世清带着大木筏，过柳林、界首，一路顺风顺水进入常德府地界桃源。

数日后，抵达德山，入洞庭湖。初夏的洞庭湖杨柳依依，波光粼粼，如万千碎银于水面上跳跃，让人睁不开眼。码头边数百大小船只挨挨挤挤进进出出，各类货轮商船的船身上写有“九江”“镇江”“汉口”“洪江”等字样，大包小包的货物以及无数长袍短褂商贾船工上上下下。一个码头老大带着几个小喽啰对一位麻阳船工大声呵斥，船工只是低声下气地一味给那码头老大讲好话。符世清刚走出船舱便见得这情景，不由自主地皱了一下眉。

“大人，龙阳李知县到码头迎你来了。”范师爷眼尖，隔老远就看到站在码头张望的李怀廷一行人。符世清出发之前跟李怀廷发了信函，一方面是要经过他李怀廷的地盘，送的又是皇木，有必要打声招呼，另一方面符世清想顺便了解一下盘古溪船老大和德山码头纠纷案的结案情况。

“恭喜！恭喜！”李怀廷看到符世清走下跳板，隔着老远就拱手道。

“托李兄福。”符世清忙打着拱走近李知县身边。

“真是一根千年大树啊，符大人一定花了不少心思。”李怀廷一行人立在码头边观赏江上巨龙一样横卧着的大楠木。

“哪里，哪里。”符世清打着哈哈道。

符世清和李怀廷说起来还有些渊源。李怀廷比符世清大三岁，当年，和符世清相伴进京赶考，符世清不服水土，幸而李怀廷一路照顾。进京后，两人同住一个客栈读书，考试后两人又一边相伴在京城附近游山玩水，一边等着发榜。不想，符世清金榜题名，而李怀廷却名落孙山。李怀廷觉得脸上无光，不告而别回了常德。三年后李怀廷方中了举人，做了龙阳县丞，隔几年，又擢升为知县。这几年，两人曾多次共同处理德山码头和沅水船工扯皮的事。李怀廷认为符世清对于德山码头和沅水船工的纠纷干涉过多，不像官员办案，像个老家长，纠缠不清，但符世清毕竟比他先中举，并且都是工部尚书师逵大人的门生，算起来符世清还是师兄，言语上得罪不得。而符世清觉得自己与李知县的思维及处事风格完全不同。李怀廷心思缜密，有如一口深潭，让人摸不到深浅。符世清每次跟他打交道，感觉他热情的表象下是泥鳅一般的溜滑，这让符世清心里很不痛快，然而，同朝为官，又时有公务上的交集，由不得他喜欢不喜欢，痛快不痛快。

李怀廷在桃花源酒庄款待符世清一行。

酒过三巡之后，符世清说起盘古溪的案子。原本，盘古溪的案子很简单。盘古溪船帮放排到德山，因交码头费和德山码头的人大打出手，德山码头老大仗着人多势众，用斧头砍散了盘古溪的木排，流失了很多木材，官司打到龙阳县，李知县要盘古溪船老大拿出办出口的原始单据，根据单据上木材的数量赔损失。可是，由于竹货税的税率高，如果按朝廷的税率，木材商们就没什么利润。于是，多年来，沅水流域的木材商们有个不成文的规矩，就是办二个码的出口，运出去三四个码的木材，办五个码的木材出口也可能运出去十个码。尽管各州府每每加大查办力度，但仍是禁而不止。如果按出口单上的木材数量来算损失，盘古溪的木材不仅没有流失，还多了半码。盘古溪船老大到沅陵县府衙申诉，符世清劝船老大吃了这个哑巴亏算了，可是，盘古溪船老大不干，符世清不得已派衙役过来处理，李怀廷揣着明白装糊涂，符世清自然也不敢挑明，只是一味地要李怀廷酌情处理。李怀廷哪里不晓得个中原委，心想，你符大人也太不晓事了，我未到皇上面前参你木关管理不严已是大幸了，你还在这里替你的辰州百姓跟我斤斤计较。李怀廷大手一挥说，这等小事，符大人就别操心了，大楠木送入京城之日，就是符大人高升之时，来，来，来，敬酒，敬酒。说着端起酒杯敬符世清。符世清心里愣了一下，随即打着哈哈道：多谢李大人吉言。

不得不喝的应酬酒喝起来最容易醉。符世清一杯又一杯，喝得半醉。宴席将要完的时候，李怀廷说县衙里有急事要处理，请符世清先到驿馆歇息，晚上再聚。说完就急匆匆地走了。

符世清感觉李怀廷是在敷衍自己，话不投机半句多，留下来晚上再聚也没啥意思。看看才过午时，兄弟们又都吃饱喝足了，不如干脆继续赶路。符世清于是带着醉意叫船老大解缆起航。船老大心里十二分不乐意，兄弟们提着脑袋从沅江险滩里出来后还没有缓过劲来，又要上路，这不是要人命嘛。可是船老大又不能不从命，一脸不高兴地叫橹手们解缆上路。

符世清的官船驶出码头一个时辰后，原来还是浩日当天，艳阳高照，转瞬间太阳便不知去向，洞庭湖阴沉下来，船老大抬头望天，南边一片巨大的乌云正朝洞庭湖滚滚涌来，心中暗叫一声见鬼了，便跑到船头向符世清报告了情况。符世清看了看天，说不过是一场阵雨，没什么好担心的，要船老大继续向前行驶。船老大在心里叽咕了几声回到自己的木排上，叫船夫们各自小心着。船继续向前行驶，未曾驶出两里，暴风雨如期而至。一时间，狂风大作，大雨倾盆而下，打在人身上生生作疼。洞庭湖掀起巨浪，咆哮着，怒吼着滚滚而来，似乎要吞噬湖上的木排。湖面上浓浓的雨雾让人看不清十丈内的任何什物。船老大和他的船夫们想要极力稳住木排，而木排此时在巨浪中好像也变成了一片随风而飘的树叶，巨浪把木排不断地抛向浪尖，然后又重重地摔落下来。符世清酒意全醒，心里直叫“坏了，坏了！”然而此时返航显然已不可能。雨势越来越猛，风浪越来越大，怒海崩堤一般。船在湖里失去了方向，船夫们已不能控制住木排，各自紧紧抱住木排以防跌落湖中。蓦地一个大浪盖过，和大楠木固定在一起的红柳杉的一排钉牛被巨浪打落，红柳杉的一头滚入水中，船老大顶着风浪爬过去想把红柳杉拖上水，重新固定在大楠木上，可是未待他把红柳杉的一头从水上拖上来，又一个大浪紧接着打来，红柳杉的另一头的钉牛也被巨浪冲落，红柳杉被巨浪抛入水中，随即，没有了固定的大楠木如脱缰的野马，“轰”的一声，滚落水中，船老大躲避不及，随了大浪跳入水中。符世清在官船中看着这一切，不禁跺脚惊呼：“天灭我也！天灭我也！”

天老爷似乎是专程来取大楠木的。大楠木落入湖中后，暴风骤雨顿时缓和下来，一盅茶工夫，天空明净，艳阳高照，洞庭湖风平浪静，若不是湖面上漂流着的几根大木，凭谁也不会相信刚才下过一场暴雨。被大浪冲出几十丈远的船老大也安然无恙，船工们手忙脚乱地把漂在水面上的木材打捞上来，却唯独不见那根大楠木！船老大指挥大伙在方圆几里内搜索，仍是不见楠木半点踪影。符世清一时气急，晕死过去。范师爷慌忙掐他的人中，好一会儿才见其回过气来，却已是如痴人一般，呆坐在船上，半天不能言语。

丢失了大楠木，符世清一下子崩溃了，不晓得自己还要不要去京城。去的话，又会有什么样的命运在等着他，降职？鞭笞？削职为民？发配充军？株连九族？符世清想要从脑子里搜索一些类似的案例，但他的脑子乱得像一团糨糊想到深渊一般的未来，符世清除去害怕就是害怕，他只想掉转船头回去。他不停地敲打自己的脑袋，希望大楠木的丢失是一个噩梦，希望自己从来就没有找到大楠木，更没有给皇帝老爷上奏过什么喜报。范师爷倒还算冷静，替符世清分析道：大楠木丢失了，更得去京城，虽然是去领罪，但若不去，会罪加一等。况且，皇帝如何降罪，一切都是未知数，你还有许多机会。如你现在转身回去，带着妻儿隐姓埋名远遁他乡，你这一辈子就会被朝廷通缉，一辈子不得安宁，你的子孙后代都没有翻身之日。符世清别无他法，听从了范师爷的劝说。范师爷安排大伙整理好木排，继续上路。

符世清一路垂头丧气，长吁短叹。范师爷倒还乐观，替符世清打理日常事务，闲下来的时候，陪符世清聊天扯谈。这天，他看到符世清像个呆子一样坐在甲板上望着对岸青山发呆，对符世清说：“大人，你要想开一点，丢的不过是一根楠木而已，大不了今后多找几根，我们辰州缺什么不缺木材。”

“我昨天晚上又梦到那棵大楠木了。”

“日有所思，夜有所梦。”

“它做了一户人家的殿柱，那一定是个大户人家，好大的厅堂，整个厅堂就只用我的那根楠木支撑着。”

“大人，不要去想它了，它不会回来的。”

“但是那栋房子好奇怪，像是修建在水中，我在房子里转悠，却感觉到水像空气，像风一样流淌，摸着如丝绸、凝脂般舒畅，一点也不妨碍人，不湿人衣，不令人窒息，不觉得自己在水里。”

“只有龙宫才建在水底。对了！大人，你的大楠木就是被洞庭湖的乌龙劫去的。大楠木突然无影无踪，我一直也觉得离奇古怪，不可思议。现在你的梦给了解释。洞庭湖属乌龙管辖，一定是乌龙也看中了大楠木，起了贪念之心，兴风作浪将它掠走了。皇帝要修皇宫，乌龙也要修龙宫，皇帝自然是不能跟龙王争大楠木的。你昨夜的梦一定也是乌龙托给你的，要你转告皇帝，是他征用了大楠木，不能怪罪于您。”

一路上，范师爷又如此这般为符世清谋划，将乌龙掠走大楠木的细节添油加醋。符世清自从大风暴之后一直打不起精神，懵懂度日，心中更无良策。符世清对范师爷的谋划将信将疑。

月余，符世清一行终于到达京都，安顿好之后便带着范师爷抬着厚礼去拜见工部尚书师逵。师逵听了符世清的消息自是吃惊不小，符世清长跪在地，请师逵一定救他一命，在皇上面前为他说情开脱。师逵一直以来很看重符世清，觉得他是个可用之材，也很想帮他一把。再说，皇上责成他全权负责楠木的征收，现在出了问题，他也脱不了干系。于是，他便把符世清从地上扶起来，如此这般地吩咐了一番，符世清连连点头称是。是夜，符世清带着范师爷又连夜去了几位大官员家。第二天，师逵和符世清一起上朝，进入皇宫时，符世清害怕得双腿如筛糠般颤抖不停，师逵回过头来看了他一眼道："不要怕！拿出你湘西南蛮的血性来！"师逵的话如一道激灵震醒了符世清。是啊，事到如今，我怕什么呢？原本就是领罪来的，罪大罪小都是罪，杀人不过头点地，有什么可怕的！符世清长长地吸了一口气，挺直了自己的腰杆。

符世清在皇帝面前把他在洞庭湖如何看到乌龙，乌龙又如何掠走楠木添枝加叶地描绘了一遍，几位大臣也引经据典说了诸多神仙与凡人抢财物的典故，皇帝亦知道洞庭湖的来历，知道洞庭湖有乌龙之说。不过，想到正在兴建中的紫禁城，皇帝还是龙颜大怒，认定符世清有押送不力之过，当即命人摘去符世清头上七品乌纱帽，脱去官服，打入大牢。师逵和其他官员赶紧一起为符世清求情。师大人上奏道：为修紫禁城，全国各地皆有大批材料运送京城，途中损耗在所难免，如果对符世清的处罚过重，恐怕会影响其他州县运送材料进京的积极性。皇上认为师逵说得有理，免了符世清的牢狱之灾，并恩准其戴罪立功。但死罪可饶，活罪难逃，廷杖二十大板，同时罚十斗瓜子金，十万两雪花银。符世清受罚后连连叩谢皇帝不杀之恩，立誓一年内给皇帝寻得更大的楠木，如若寻不到，任由皇帝发落。

符世清为大楠木丢了官职，被皇帝重罚的事情，不待符世清回家，消息已长了翅膀先飞回了辰州府。符府更是炸开了粥，上上下下一片恐慌，有胆小的佣人听到消息后连夜打起包袱逃跑了。夫人除了哭哭啼啼什么也不知道，好在和符世清隔墙而居的胞兄符世根临危不乱，放下生意过来帮忙处理家务，安抚人心，一面又加派了人手护家看院。

且说这符世清在师逵的帮助下免了牢狱之灾，暗自庆幸不已，谢了师逵之后便立即启程往回赶。到了德山码头，符世根派来的家丁接到了他。符世清脱去了官服，加上日夜赶路，衣冠不整，心身疲惫，一脸颓废愁苦相。

第五章

小月在烧纸铺过着深居简出的日子。那一夜，她怀上了符世清的孩子。符世清虽然没有名正言顺纳她为妾，甚至一直把她藏着掖着，但是小月能感觉到符世清对她的好，她相信符世清也会要这个孩子。再说，她在吊脚楼太过孤单寂寞，需要一个伴。这兴许是老天爷给她想的一个法子，为着孩子，符世清能将她收房，让符府接纳她，将她接到甲第巷去。小月常常坐在窗前一边做女红，一边描画自己的未来。

一日，小月去码头边买菜，一位老街坊一把拖住她，神神叨叨地把符世清丢楠木丢官的事告诉了她，小月听后几乎站立不稳，手中的黄豆沿路像播种一样撒了一路，迷迷糊糊回到吊脚楼，在窗前呆坐了一整天，晚饭也没有做，直到天完全黑下来，才强迫自己起身点灯，洗了手脸准备上床睡觉，想起自己一天没吃东西，摸了摸小腹，想着腹中的孩子一定饿了，饿了自己可以，饿了孩子可不行，小月复又生火炒剩饭吃。灶坑里吐出的火苗将小月的脸照得红红的，小月不由得重重地叹了一口气。这几年，由符世清养着，不用像别的吃四方饭的女子那样日日面对不同的顾客，不要养家养父母，日子算不上富贵却也衣食无忧，正暗自庆幸自己已在颠沛流离的生活中安定下来，不想，洞庭湖一个大浪，便打掉了她的全部人生计划，命运之神不由分说又把她推进黑暗之中。现在，符世清是泥菩萨过河——自身难保了，小月不晓得自己的明天在哪里。灶坑里的柴火什么时候熄了，小月也全然不知。一颗流星从窗前倏地划过，小月从沉思中惊醒过来，复又将一根木柴塞进灶坑，一股浓烟滚出来，熏得小月眼泪双流。小月越发悲从心中来，埋头于双膝中啜泣不止。

符世清路过烧纸铺时也没有心思来看望小月，直接回了辰州府。日日守在小窗边的小月看着沅水的乌篷船从远远的青浪滩边驶过来，又看着它从烧纸铺码头渐渐地远去，她不晓得哪一艘船里坐着符世清，坐着她牵挂的人，改变她命运的人。码头一如既往迎来送往，船来帆去，不动声色地打发着岁月光阴，窗前的沅水日复一日，年复一年地向东流淌，印证着青山不老，岁月无痕。

这些日子，小月感觉自己整个人没有一点劲儿，整天昏昏沉沉，什么东西都不想吃。有时怕饿坏腹中的孩子，熬了些稀饭，可吃了不到几口，便全部吐了出来，小月以为这是怀孕反应，也没有太在意，想着等饿了的时候就能吃得下的。时值初秋，江边早夜温差大，江风习习，寒意袭人。小月整日坐在窗前绣花做女红，看船来船往，帆来帆去，看着青浪滩上的船工们背弯得像大虾一样，在只容得下一双脚的峭岸上拉着粗重的纤绳；听纤夫橹手悠长好听的渔歌，听山鸟清脆响亮的鸣叫，听阵阵江风摇得对岸山上的梧桐树呼呼作响。小月看得呆了，听得呆了，冷了也不晓得加衣。临到做晚饭的时候，小月才想起米袋里没有米了，看看锅里尚有些早上剩下的稀粥，便勉强吃了一些，然后早早地上了床。半夜，小月感觉自己很冷，将身子缩做一团，却仍是冷，还时时感觉口渴，起来喝了几次水。后来迷迷糊糊终于睡着了，梦到自己在洞庭湖边，还看到爹的船了，爹说要带她去个好地方，要她快上船，小月赤着脚尽力地追赶，却怎么也追不上，爹的船越行越远，小月眼睁睁地看着船消失在洞庭湖的极目处，不由得放声大哭起来。小月在梦中哭醒时，天已蒙蒙亮，透过窗子，薄薄的晨雾如白纱一般笼罩在江面上，有渔夫正撒网打鱼，来往渔船隐约朦胧。小月赖在床上，回忆起梦中的情景，回忆起曾和爹娘一起在洞庭湖边生活的日子。小月独自出来讨生活以来，很少梦到过爹娘，特别是娘，是一次也没有梦到过的。昨晚竟然看到了爹，虽然样子不是很清楚，但小月心里知道梦里的那个男人就是她的爹。小月不知道自己怎么会梦到爹。起床的时候只觉得头重脚轻，身子轻飘飘的，头烫烫的，小月晓得自己受风寒了。洗漱好后下楼到码头边去买米买菜。大家和往常一样与小月打招呼，不过这些街坊邻居的招呼和眼神里已明显地多了一些怜惜和慨叹，小月看得到也听得出，心里有些不好受，但在每一个街坊面前，小月的嘴角仍挂着浅浅的笑。

路过药铺的时候，小月进去请郎中给她开两服中药。郎中看了看小月的脸色，没有急着给小月开药，而是叫小月坐下，取过一个棉手垫给小月把脉。好一会儿，老郎中问小月是不是怀孕了，小月含羞点头。郎中告诉小月，怀孕的人很多味药是不能吃的。于是小月什么药也没有买，回到家，用老姜和紫苏叶熬了汤水服下，又用棉被捂着好好睡了一觉，醒来后，感觉舒服一些了，起来坐在窗边做针线活。临到掌灯的时候，小月又开始觉得难受起来，摸了摸自己的头，感觉烧得厉害，又熬了一碗姜汤水喝下。然而，这次的汤水似乎没有了效果，头还是痛得厉害，一会儿畏热，一会儿又畏冷，加穿了一件厚夹衣也不抵用，上床捂上棉被仍冷得哆嗦。

在床上躺了三天，粒米未进的小月觉得自己虚弱得快要死了，想爬起来，却怎么也爬不起来。这天上午，房东婆婆上楼来了，她几天没有看到小月下楼，也没有听到小月的房里有动静，觉得奇怪，上楼来看看。当看到脸色灰白，双眼深陷，宛如在鬼门关边飘荡的游魂一般的小月，房东婆婆吓了一跳，对着气息奄奄的小月道：这孩子！

第六章

掌灯时分，符世清回到辰州府。甲第巷依然清幽深长，符世清悄无声息穿过长巷，谁家的狗却还是闻到归人的气息，猛地一阵狂吠，把符世清吓了一跳。至自家府门前，下人忘了点门楼的灯，黑黢黢的一片，大红灯笼投下的影子在夜风里轻轻摇晃。符府静得没了人气。看到符世清，符夫人话未出口已先嘤嘤哭将起来，符世清除了叹气也不晓得如何开口和夫人说话。兄长符世根早已在大堂等候。兄弟俩相对无言。符世根叫下人端水让符世清洗漱更衣。待符世清洗漱妥当，两兄弟进了书房。

“年初，我去报恩寺烧香，曹师父占卦讲我们家今年运程主凶，没想到有这样大的霉运。”符世根一边关了房门，一边叹气道。

符世清呆若木鸡地坐着，不着一言。

“请辰州商人们吃饭那天，我那边天井里的蝠石莫名其妙断裂了。”符世根又道，接着便问此次在京城的详细过程。

符世清便将在洞庭湖如何丢失楠木，师逵如何替他谋划，他如何打点相关官员，朝廷又是如何处置详详细细给符世根叙述了一遍。末了又道："到如今，仍感觉像是在梦里一样。"

符世根长长地嘘了一口气道："我们自己莫先乱了阵脚。皇上还是给你留有后路，我们辰州，最不缺的就是木材，重新上山去找就是。当前，紧要的问题是如何先凑齐皇上的罚金，十斗瓜子金，十万两雪花银可不是个小数目。"

符世清道："为官近十年，俸禄根本不够维持家用，虽然每年田产也多少有些收入，但家里人丁多，各项开销都大，加之这两年连续去京城，往来舟旅及在京城的各项打点也不是小数目。你晓得的，我打小就不善财务会计，尽收尽支，家中所存金银加起来不够罚金的十分之一。"

"我这边倾家积蓄也不过五斗瓜子金和五万两雪花银。"

"那是兄长你省吃俭用，半生挣来的辛苦钱啊。"

符世根如今经营的商行是祖上留下来的，符世清一心读书，从不过问生意上的事，走上仕途后，符世清搬到甲第巷居住，算是从大家庭里分离出来，那时，父母尚在人世，考虑到他新成家立业，用度大，花费多，光靠他做知县的俸禄怕是周转不过来，就拨了一些田产到他名下，符家大部分的产业还是由符世根一手管理。这些年，符世根倒也多次提出要给符世清算算家底，并存一些现银到符世清名下，符世清觉得一家人没必要分得那么清楚，每次兄长提及，都是一句，不用算，更不要给我，放在我这里就是纸，放在你那儿才是钱。符世清打小也没缺过钱，未有多少金钱观念，虽然晓得兄长的产业里有他的一份，但他真是从来都没有想要动用过。后来，符世根也在甲第巷买了房产，两兄弟虽然分灶吃饭，但在人情生意及符世清田产上的打理上，符世根全力而为，未分彼此。

"都这个时候了，一家人不要说两家话。想想如何凑齐罚金。"符世根道。

“我明天各处去借。这些年，我曾在捐税等各方面给过辰州府的大商贾许多人情，现在，向他们每人借个几千两银子应该不是问题。”

“此一时彼一时，这世间锦上添花的多，雪中送炭的少，你讲的那些人，恐怕躲都躲不及，哪里会肯帮你？”符世根一边说一边端起茶杯，用眼角瞥了一眼符世清，不知是茶水有些烫还是想吹开漂在水面上的茶叶，轻轻地撮了撮茶杯的边缘，头也跟着晃了晃，嘴角浮起苦涩的浅笑。

“不会的，不会的。像余老板，这几年若不是我的关照，他的药材生意能有那样红火？还有木材商董老板，他那几宗大生意不都是我给他促成的？我明天就找他们去，相信他们不会不给面子。”符世清提到这几个人的时候，信心满满，精神马上抖擞起来。

符世根又轻轻地摇了摇头，不好再说什么，嘱托符世清凡事想开些，早些休息，然后便起身回隔壁自己家。待符世根走后，符世清这才想起回来后一直还没有见到儿子贤儿。回到内房，贤儿早已在奶妈怀里睡着了。夫人倚床而坐，看到符世清进来，不待说话，眼泪又来了。符世清在床榻边坐下，安慰了夫人几句，夫人止了泪，叫奶妈抱贤儿去睡。几个月来的奔波，符世清身累，心更累，回到家，感觉自己是一艘漂泊数月的船终于靠了岸，虽然晓得诸多麻烦事正在前头等着他，可这一夜，符世清睡得非常安稳，一夜无梦，一觉到天明。

第二天，符世清用过早餐后便叫家丁备轿去余府，身着便服的符世清在余府下人的指引下来到大厅，余老爷正在厢房会客，符世清正想在大厅的正位上落座，想想，自己已不是往日的身份，便又在大厅左方的太师椅上坐了下来。好一会儿，余老板才从书房出来，永远是一副笑弥佛嘴脸的余老板对符世清倒还是一样地打躬作揖，问长问短，与符世清兄弟相称，符世清听了心里安慰不少，便壮起胆子提出借银五千两，余老板连连敲着自己的脑袋，说："真是不巧，真是不巧，老兄我刚刚才从扬州进货回来，资金都积压到货上去了。真的，真的，我不骗你，你家长兄前几天看着我的几船货进码头的。"余老板怕符世清不相信，恨不得在他面前指天赌咒发誓。符世清也不好多讲什么。两人又七七八八地说了一些生意场上的事，一起感叹世事难料，人生多变。符世清便告辞出来，余老板客客气气将符世清送出大门。

符世清从余老板家出来，想起昨夜兄长的话，心思一下变得沉重起来，感觉靠借贷筹措欠缺的银两恐怕不容易。家丁富贵连问了几声去哪儿，符世清也没有听见，富贵只得掀起轿帘问符世清。符世清回过神来，叫轿夫们去董府。到了董府，董府大门紧闭，董府家丁好一会儿才出来给符世清回话，说董老板去了乡里收购木材，过几天才会回来。符世清没有心情再去瞿老板家，叫轿夫直接打道回府。

轿子抬进甲第巷的时候，符世清看到自家院子还停了两抬轿子，知道家里来客人了，赶紧下轿进屋。心想，这时候，人人躲避不及，谁还会主动上府呢？走到阶檐下，听到兄长符世根、岳父石敦晟、舅舅张老爷聊天的声音。符世清原本一肚子的气，看到两位老爷，忙控制住情绪，向他们问了安，然后简单说了去余、董两家借贷的情况。两位老爷听着都不作声，舅老爷把杯中茶喝得"呼噜呼噜"响。符世清也不落座，在大厅来回地踱着，一个人自言自语喋喋不休。终于说得累了，方在太师椅上坐下。

"如今，辰州府所有的眼睛都在盯着符府。在外人的眼里，符家家大业大，人人都等在巷弄口看你们抬出来十斗瓜子金、十万两雪花银。抬不出来，就去典卖家产，去沅江码头做搬运工，去当水手纤夫都是你们的命运，别人帮你十两百两银子，是别人的情谊，但不是别人的义务，再说，如今符府的困难恐怕不是靠别人帮得过来的，求人不如求己，伤筋动骨也是没办法的事。”岳父石敦晟沉声道。符世根请他过来，就是向他讨主意来的，他既是辰州府知府、又是符府亲戚里位高权重的长辈，他不出声，没有人敢出声。

“虽然说现在是免了牢狱之灾，但是这十斗瓜子金，十万两雪花银的罚金，符家用二十年时间恐怕也不能恢复元气，再说了，谁又能保证一年内能寻得大楠木？”舅舅张老爷附和道。

符世清和符世根两兄弟都不作声。舅舅张老爷把茶喝得“呼噜噜”直响。

“你们两兄弟有何打算？”石敦晟打破沉默道。

符世根道：“事已至此，别无他法，把商铺和码头全处理了，再将我那边的房子卖了，应付了这次危机，日后发达了再作打算。”

符世清连忙说：“把你的住宅卖了？那如何使得，不能再想想其他办法了？退一步讲，就是要典卖房产，也只能卖我的。”

“还能想出什么办法？交罚金的日子近在眼前，千万不能再节外生枝，弄出些麻烦来。”符世根道。

“但无论如何，也不能卖你的房屋。”符世清道。

“你的房产不能典卖。家族的兴旺全指靠着你，这甲第巷的房子在，我们符家的根基就在。你现在虽被削去了官职，却还有东山再起的机会。另外，你现在是戴罪之身，只有住在甲第巷，才能消除朝廷的疑虑，你也才能一心一意去寻找大楠木。况且，经过这一次的事件，为兄也有另一方面的打算。”符世根道。

“另一方面的打算？”符世清一脸的疑惑。

“是的。另有图谋。”符世根端起杯子清了清嗓子说：“人这一辈子许多事情真是说不清白。比方说你这一次事故，谁能想得到了？简直是飞来横祸。这一次是万幸，去财免灾，但皇帝的大罚也让我们符家几代的奋斗付诸东流。最让我担心的是，你现在不在任上了，想要寻得大楠木恐怕也不是三天两天的事。一切都不在我们的预算和掌控之内。这几天，我思来想去，不怕一万，就怕万一，先典当了我这一房的家产，搬出辰州府，这样不仅解了你的燃眉之急，我那边也可以全身而退。”

大楠木丢失的消息从洞庭湖传回来的时候，舅舅张老爷就曾劝符世根携了财产带着家眷先逃，符世根担心符世清，也舍不得他半辈子奋斗来的家业，但他万万没想到皇帝老爷会狮子张大口，开出十斗瓜子金、十万两雪花银的巨额罚金。现在想来，符世根觉得自己跟兄弟符世清一样的天真迂腐。

符世清这些天一直后悔当初没听兄长的劝告，亲自送大楠木进京，搞得符家倾家荡产。小时候，父母请麻溪铺的瞿瞎子给他们两兄弟算命，瞿瞎子捏着他的手只说了一句话：成也萧何败也萧何。命相之说，符世清是从来不相信的，觉得瞿瞎子说得过于玄乎，但不知为什么，这句话当时就像钉子一样钉在他心里，并且如一只藏在床底下的老鼠，偶尔跑出来，与他四目相对。从京城回来的路上，符世清一直想着自己还有将功补过的机会，对未来一直还怀着一份微薄的梦想。现在，听着符世根的分析，忽然又想起了瞿瞎子的那句话，不禁悲从中来，不由得泪眼婆娑道：“怎么得了！是我毁了这个家啊！”

“人一辈子哪能没风没雨。”符世根接着说：“还有一事，趁着你岳父大人和舅老爷都在这里，想跟你商量。你也知道，我和你嫂子结婚这么多年，未曾生下一男半女，能不能把贤儿过继给我，一来带着他出去躲一躲，二来续我这一房的香火。”

“啊……你未必要远走他乡？”符世清惊愕道。兄长的话，符世清事前没有半点思想准备，一时竟不知如何回答。这一年来，符世清也曾私下里跟夫人聊过过继的话题，但也只是想有了老二、老三后再作考虑，贤儿是他们的长子，自然是想都没有想过。

“那倒未必，但起码暂时要离开辰州府一段时间。”符世根再次记起前些年，他陪娘去鹿鸣塔还愿，塔内的一位老僧对他娘说，开枝散叶都是有季节的，他一生躲得过灾祸，逃不过命运，他们两兄弟之间的命数是唇亡齿寒。现在想来，那老僧的话是只能信一半，他已过而立，妻子仍未给他生养一男半女，他只能出此下策。

“兄长准备搬到哪儿去？”

符世根也不接话，只是端碗不停地喝茶。茶碗是正流行的上好的景德镇青花玲珑瓷，碗身五朵青色牡丹铮亮剔透，碗沿青色波纹相缀。碗盖正中亦是五朵牡丹，盖沿青色波纹。符世根一手端杯，一手托盖，抿一口茶即盖上盖子，碗盖碰撞间发出清脆玲珑之声，如轻敲钟吕，余音绕梁，整个大厅愈发阒寂。符世根抬头环视大厅，这个他居住了近十年的地方，屋内陈设多由他亲手添置，每一样家具来自何处，价格如何，他皆记得清清楚楚。想着如今这房屋将要归为他人，符世根心里不禁隐隐作痛，他习惯性地咬了咬下唇。

这时，富贵来报，胡屠夫来访，并说一定要见符大人。石敦晟和张老爷亦起身告辞。符世清抹干眼泪随富贵去了厢房。

胡屠夫站在符世清的厢房中央，他第一次来符世清家，站也不是，坐也不是。看到符世清进来，揖手道：“知县大人……”

符世清摆了摆手，一边吩咐下人看茶，一边请胡屠夫入座。胡屠夫局促地坐下，旋即又站起来，摸摸索索从怀里掏出一个包袱，双手递给符世清道：“晓得您家有了难处，我这有二百两银子，给您应应急。”

“这怎么使得。”符世清忙站起来，双手推回胡屠夫送过来的包袱。

“你是看不起我胡屠夫？”

“不是，不是。我看你挣的也是几个辛苦钱。”

“没把我当外人，就收下啊。”

“可是，可是……”

“别人不相信你能东山再起，我相信。我们辰州这地界，缺什么，不缺树。”

符世清还是不想收胡屠夫的银子，虽是发小，同在尤家巷长大，但无功不受禄。胡屠夫一边将包袱往符世清怀里塞，一边道“你拿着吧，权当我借给你的。”符世清接过胡屠夫再次递过来的包袱，眼泪又在眼眶里打转，他极力地忍住。胡屠夫看着符世清，张口诺诺着，想说些什么，却不知说什么好，朝符世清揖揖手道：“大人，我走了。”符世清忙揖手道：“兄长之恩，世清没齿不忘。”一边将胡屠夫送出院门。

符世清回到内室，跟夫人说起兄长符世根典当家产迁出辰州府的事。夫人道：“一人得道，鸡犬升天，一人获罪，全家遭罪，没想到把他大伯一家也拖下水了。你要是寻不到大楠木，符家不定还有更大的灾难，想想都害怕呢。”

“这个家要跟着我受苦了。”符世清忧心忡忡道。对于飞来横祸，对于自己及家人的命运前途，符世清一直未曾作过细细的自省、谋划。以前读书、为官，一切来得轻松，从未曾有过忧患，以为自己的前途就如顺流而下的沅水一般，无阻无挡，直归大海，哪晓得一个大浪就打翻了他的命运之船。符世清在心里轻轻地叹了一口气。

这时，奶娘抱着贤儿进来了。

夫人伸手接过贤儿道：“只要我贤儿平安就好。”贤儿看到符世清手里端着茶杯，伸出小手，依呀着“爹、爹”。

符世清道：“他大伯想让贤儿过继给他。”

“那不行。”夫人脸色立刻变了。

“我也不想，毕竟贤儿是我们的长子。但这次要不是他大伯肯变卖家产顶了大梁，你和贤儿恐怕连栖身之所都没有，既然他大伯都提出来了，先让他把贤儿带出去躲一阵，等我寻到大楠木再说过继之事？”

“不，我的心肝宝贝，寸步也不能离开我。”夫人在贤儿的脸上重重地亲了一口。

“贤儿又不是永远不回来了。”

“你怕寻不到大楠木？”

“寻不到大楠木，我们符家的灾难还在后头，贤儿更要离开。”

“可是贤儿才这么大，我舍不得。”夫人不由得抱紧贤儿，生怕人抢去似的。

“我们目光要远一点，你现在舍不得，不定就是在害他。”符世清坚定了送走儿子的决心。

“我不。”夫人摇头道。

“听我的，没错。我们的处境一好转，我立马就把贤儿和他大伯伯娘接回来。”符世清继续劝说夫人。

夫人一想着母子离散，眼泪忍不住就来了。贤儿在母亲的怀里，正伸手去拔母亲头上的簪子，看到母亲一脸伤心，眼泪双流，吓得“哇”地一声大哭起来。夫人连忙拭了泪痕，柔声哄逗贤儿。

过两天，符世根问起贤儿过继的事，符世清含糊着说先请兄长带贤儿出去躲一阵，过继的事日后再说。符世根心里有些不高兴，但也没有多说什么。

世根便开始着手典卖家产。一时间，辰州府再一次掀起波浪，甲第巷内遥言纷起，称符家自此大势已去！符家两位主人丝毫不理会外面的各种传言。符世清终日闭门不出，符世根则加紧处理自己的所有家产，变卖房屋田地，清退家丁，整理行装。不出多少日子，符世根便把一切都打理妥当了，把筹备好的银两抬到了符世清的府上。符世清看到兄长变卖家产为自己换来的罚金，再次恸哭，长跪在地叩谢兄长。

符夫人再是不舍，也还是听了符世清的话，让符世根带走贤儿。贤儿一直未断奶，符夫人几次试着想说服奶妈跟着一起去，奶妈一听到要背井离乡，便死活不肯。符世根也认为不妥，凑足罚金后，符世根已是囊中羞涩，哪里还有余钱带奶妈。符夫人只好作罢。不过，她临时请了裁缝给贤儿赶做四季的衣服，单衣，夹衣，棉衣，长的短的，够贤儿穿到五六岁。可符夫人还担心不够，又到布店买了几匹布，放进随行的大柜里。还有贤儿平时玩的各类把戏，吃的各类糖食，又装满两箱子。

符世根看到符夫人准备的大大小小的几个箱子，皱着眉苦笑道："他弟妹，你怕我虐待贤儿是不？"

"不是，不是，我只是舍不得贤儿呢。"说着眼泪就来了。符世根赶紧住嘴。

这日，天还未亮，符世根辞别符世清，叫家人把行装抬上早已悄悄准备好的船只，符世清和夫人抱着儿子来码头相送。贤儿尚在睡梦中。符夫人眼睁睁看着符世根将贤儿抱上船，心疼得像被剜去了一块肉一般，几次欲跳下船抢回自己的儿子，符世清死命地扯住她，符世根看到这情形，亦不敢跟符世清多聊，赶紧解缆开船。乌篷船如黑夜里的一颗流星，很快便消失在江雾的深处，消失在浩浩沅江里。夫人回到家，除去哭泣还是哭泣。符世清怎么劝慰也不起作用。

第七章

符世根带着家眷溯江而上，过溪子口后，拐入白河。符世根一路紧抱贤儿，到四方溪时，天大亮，平时由奶妈陪睡的贤儿，一睁眼，看奶妈不在身边，张口大哭。以前，在家里，符夫人只要听到贤儿的哭声，便会叫奶妈将孩子抱过来。贤儿只要一到母亲的怀里，便会安静下来。符府上下都说贤儿是只精怪。贤儿哭闹不止，符世根久哄不住，抱了贤儿到船舱外，眼前风光像一柄打开的淡蓝底子的水墨折扇画，如黛的青山屏风一般直入云端。山腰间或为吊脚楼，或是青砖乌瓦的窨子屋，错落有致的马头墙，每一垛都划出一道优雅的弧线，像伸展的水袖，两端垛头或是鳌鱼出水，或是鹊尾戏天。木屋青砖屋都像是水洗过的，掩映在鲜活青翠的树林间，不由得也生出一份翠绿来；一匹一匹轻纱似的岚雾在山水树木房屋间游弋，水袖一般，袅袅腾腾、迷迷漫漫、恬恬静静。白河逶迤而来，那般深幽青碧。一大群鹭鸶在水面上滑过。一岁多的贤儿打出生未离开过辰州府码头，符世根抱着他走出船舱，哄着他道："佬佬，看鸟鸟，鸟鸟。"群鸟的叫唤清脆响亮，压过了贤儿的哭声，贤儿大概也听到了鸟叫，从符世根的怀里抬起头来，看到水面上飞翔的水鸟，立马止住了哭声。清晨的白河，雾气重，寒气也重。伯侄俩看了一会儿，符世根怕贤儿着凉，便抱他进船舱。可是，双脚还未进船舱门，贤儿便像是被人狠狠地掐了一把，哇地一声又开哭了。符世根没有办法，只得返身回到船舱外面。

傍晚，符世根抵达凤滩。贤儿在反反复复的哭闹中再次睡去。符世根将贤儿交到妻子朱氏手中，朱氏感觉贤儿呼吸声有些重，便伸手在贤儿的额头上试了试，还真有些发热。朱氏担忧地问符世根要不要上岸去捡副中药回来，符世根也伸出手替贤儿试了试温度，感觉并不太热，说，他哭闹得不歇气，身上哪有不发热的道理。朱氏下意识地将手伸进贤儿的背堂，内衣果真湿透了，朱氏才想起自己疏忽，贤儿整天的哭闹，内衣不定湿了又干，干了又湿都好几回了，赶紧从背篓里取了一块干毛巾塞进贤儿的后背。符世根将船泊在码头边，生火煮饭，菜也没炒，就着从辰州府带上船的一碗酸辣椒，两口子胡乱地吃了饭，也没上岸投宿，在船上休息了一晚。而贤儿除了喝了些水，什么东西都喂不进去。第二天清早，符世清将船拐进了永顺土司王朝的地界——小溪。贤儿一夜睡得很沉，醒来后，仍旧哭闹个不停，但不像先一天那般厉害，精神哀哀的，小脸蛋红朴朴的，体温明显高了许多。符世根沿途几次找码头休息，第三天中午，一家人抵达小溪的尽头——罗衣岭。

贤儿的病来势汹汹。符世根夫妇用尽了从辰州府带来的土药土方都不见效，相反，烧得越发厉害，除去药汁，粒米未进。符世根夫妇有些慌神。这人生地不熟的地方，方圆十里也不过十来户人家，跟符世根家挨得最近的一家尚隔着一道山坳，走一趟需得半炷香的功夫。当初决计搬到这儿来时，只考虑到偏僻，是个避难的好出处，别说辰州府官府不会来，即便永顺宣慰史司的衙役一年恐怕也难得来一次。符世根决计到附近村民家去问一问，看能不能就近请个郎中来。符世根叮嘱妻子好生照顾贤儿，便从内屋取了一封辰州酥糖，背了背篓拿了一把柴刀出了门。

符世根住下来三天了，都还没来得及正眼瞧瞧新家周遭的山水。这里汉人苗人及土家人杂居，远离州府，百姓大小事务均由当地土司主持。不过，不到万不得已，土司不来这里，罗衣岭人也不去找土司，除去偶尔到永顺城去卖山货买盐巴等日用品，很少走出大山。他们如鸟兽一样，依靠山林生存，最后也将生命交付给山林，化为山林的一部分。符世根多年前曾到罗衣岭收过一次山货，被这儿清幽原始的自然风光所吸引，也惊叹这里竟然无官府无人情世故的纷扰。楠木事件后，符世根首先想到的避难之地便是罗衣岭。符世根极目远眺，眼前世界是厚重的绿，从极目处的山巅一路包抄着流泄而来，茂密的原始森林，老树参天，灌木浓密，草丛深厚。符世根记得上次来买房时，房前还清清爽爽地有一条山路通向对面山坳那户人家，仅一个月工夫，山路几乎被芭茅灌木封死。符世根一手拿刀砍去横在路中央的荆棘，一手用木棍不停地拨动路边的草丛。符世根刚上到一个小山坡，一回首，发现自家的房屋已隐进树林里，连屋脊都看不到了。再转过一个山坳上一道坡，符世根远远地看到了一栋掩映在树林中的木屋。远远地，一只黄狗闻到了生人的味道，对着山下一阵狂吠。在这荒无人烟的森林，听到狗叫，符世根倒觉得亲切。山路也宽敞了许多，符世根丢掉了木棍，把柴刀放进背篓里，加快了脚步。快要到达山坡屋场时，听到有人在呵斥黄狗，黄狗像是受了冤屈一般“呜呜——呜呜——”了两声，摇着半截尾巴站在主人的身后。随后，一位扎头帕的中年男子在屋场边高声对着符世根道：“这位老弟一路匆匆的，要到哪里去啊？”

“阿哥好。”符世根快走几步，上了屋场。“我就住在你家对面山坡下，三天前才搬过来的，是你的新邻居，专程来拜访阿哥您呢。”符世根说着指了指对面山下。

“半个月前，原屋主人来和我辞行，说是有个表亲要住过来。就是老弟你啊！好咧！好咧！”扎头帕的中年男子忙给符世根搬竹椅筛茶。

“今后还要靠阿哥您多多帮衬呢。阿哥贵性？”符世根一面问，一面心里暗忖道，当初买房时，曾叮嘱原房主，外人问起时，说是表亲来住。看来原房主还真是记在心里了。

“免贵，姓向。在兄弟中排行第二，大家都叫我二哥。老弟，你呢？”

“我姓凌，名金生。”这是符世根来之前就想好了的，原房主姓凌，自己作为表亲，同姓，才是最妥当的，在来的路上，他给贤儿也另取了名字——凌峋，贤儿则当做乳名叫。

“我今天来，一来是认个门，二来想向阿哥打听一下，这附近可有郎中？我家小儿在来的途中受了风寒，这几日高烧不退，煎药吃了，也不见好转。”

“郎中？没有没有……”二哥听到符世根的话十二分地惊异，头摇得像拨浪鼓似的。

“这深山老林里哪来的郎中。小孩子发烧，没事呢，那是在烧骨头。烧骨头才长得快。我家里备有退烧的草药，你带些回去，给孩子煎些汤水喝，过两天就好了。”说着起身回屋里取了两大束干藤干草，符世根赶紧起身双手接过来，并把带来的酥糖递到二哥手里说：“这是辰州酥糖，带给二哥你尝尝。”

“不要这样客气的。这一束，你熬一大锅水给孩子洗澡，记得不能渗生水进去。这一束，你分三次煎成汤药引子，用木炭熬最好，汤水不能多，小半碗就够。”二哥仔细地吩咐着。看着细皮嫩肉的符世根，心里疑惑他怎么会拖儿带女到这深山老林里来安家。不过，这是人家的私事，人家不说，他也绝不会问。符世根不住点头。两人又东拉西扯地说了半个时辰，符世根看看时辰不早，贤儿也不知怎么样了，便背上背篓告辞。临走时，二哥又在坪场边用柴刀割了一把艾蒿，叫符世根拿回家挂在房檐上。

回到家，贤儿在睡觉。妻子几天劳累，也趴在床榻前睡着了。符世根轻轻叫醒妻子。夫妻俩麻麻利利分别给贤儿熬了洗澡水，煎好药。贤儿醒来，只哼了几声，几天下来，贤儿已瘦得不成人形，双眼无神。符世根心里生出疼，不由得紧紧地将他抱在怀里。夫妻俩给贤儿洗了澡喂了药，又给贤儿擂了些米糊，可贤儿还是不肯吃，喂进去吐出来。到了半夜，贤儿烧得竟抽起筋来。符世根害怕起来，决计天亮后，带贤儿去永顺府找郎中。

符世根夫妇一夜不停地给贤儿冷敷，天快亮时，贤儿终于不再抽筋，沉沉睡去，折腾了一夜的夫妇俩也累得睁不开双眼，和衣睡着了。

辰时，贤儿仍在睡梦中，夫妻俩起来洗漱，匆匆煮了饭吃，正捡拾去永顺要带的东西时，二哥背着背篓来了。他来给符世根家送些蔬菜。听到符世根说要带孩子到城里去，赶紧道："莫着急，莫着急，让我先看看孩子。"

符世根将贤儿从厢房抱了出来。二哥伸手摸了摸贤儿的天灵盖，又看了看贤儿双耳后根，然后道："孩子被山妖挟了魂魄。要去找神巫来捉妖才行。"

"可是……"

"你和弟媳妇在家好生照顾孩子，我去请神巫来。"

"那太麻烦您了。"

"什么麻烦不麻烦的嘛，都是隔壁邻居。你才来，人生地不熟的。"

"那要到哪里请神巫呢？"

"听说前几日，灵溪村有人老了，神巫一定在灵溪。我直接到灵溪去，三四个时辰就转来了。”

“那就全拜托二哥了。”符世根感激道。

“看你说得见外了。”二哥说着又到屋里各个地方转了转，将柴刀、斧子、剪子等物什分别放在路口、门口以及床铺下。背起背篓起身就走。符世根跟在后面送了一段路，二哥边走边挥手道：“你回去，回去安心等神巫来。”

申时，二哥满头大汗带着神巫来了，还从家里提来了一只大雄鸡公。神巫是一位皮肤雪白，眉目极其清秀的中年男子，头上包一块红布，着灰色长袍，穿青布鞋。符世根觉得他更像戏台上的小生。一位背着锣鼓的人跟在他们后面，看样子是神巫的仆人。

符世根给两位敬了茶。朱氏就着从辰州府带来的腊肉和早晨二哥送过来的蔬菜做了一锅菜，几个人围坐火塘边喝酒边天南地北地聊天。吃着吃着天就黑了。森林深处的夜晚月华无声，群山像一幅泼墨画，黑夜愈发厚重错落。吃饭毕，神巫边喝茶边问贤儿的生辰八字，又叫符世根在堂屋前设了神案，摆了香炉、供果，插上高香。待一切准备妥当，神巫起身整了整衣帽，来到堂屋，手持桃木剑，对着神案禀明自己的身份后，一边口中念念有词，从神案上取了纸钱烧了，一边杀鸡取血敬神。

锣鼓“咚咚”响起来，昏黄的桐油灯光摇曳，鬼影幢幢，天地神灵冥冥而来。

神巫双目微闭，面色凝重，躬身道：“兹有灵溪神巫法云来贵地作法除妖，恳请观音大士、土地公公、土地婆婆、各路树神鸟神山神，神法相助……”他一边念念有声，一边不时敲一下神案上的木鱼。一会儿他又挥舞手中桃木剑同妖孽搏斗，他围着神案一个接着一个翻筋斗，好几次，他似乎斗不过妖孽，挥着剑连连后退，甚至于还被妖孽打翻在地，但他愈战愈勇，长袍飞舞得呼呼生风，一对白烛几次都要被他扇熄了。第三炷香燃完后，他用中指和无名指挟起一张燃烧的纸钱在神案前飞舞，打开一个陶罐，在空中抓了一把，并大喝一声，“害人的妖，看你往哪里逃！”然后用一张咒符封住陶罐道：“山妖，你等着吧，等到竹筐能盛水时，你再回来。”说完，将陶罐提出屋外，一显身隐进山林里，半盅茶功夫，方才回到屋里来。

贤儿在朱氏怀里哼哼唧唧，神巫取了一张神符放在碗里烧了，从随身带来的葫芦里倒出一些水来，再次念念有词道：“吃了灵水去百病，服了灵药长百岁。”说着，走到贤儿身边捏了他的鼻子，将水灌进他的嘴里，贤儿哇地一声大哭，水从嘴巴喷了出来。神巫皱了皱眉，又从长袍里取出一个小布包，一层一层展开来，里面有十来根银针，神巫取了几根，在烛火上来来回回地荡了几下，吩咐符世根紧紧握住贤儿的双腕，二哥捉了贤儿的双脚，神巫轻轻地用银针扎贤儿十指指肚，一针下去，一滴殷红的血便冒了出来，神巫又用力一挤，鲜血一滴一滴滴落下来，符世根心痛得别过头去。贤儿更是哭叫得几乎背过气去。放完血，神巫又在贤儿的颈椎上扎了银针。

待一切收拾妥当，夜更深了，一轮雪亮的满月挂在对面山顶上，满天星子萤火虫一般挂在黑漆漆的天空，周遭高高低低的树的暗影如形状各异的巨兽卧在黑夜里静静沉睡。符世根吩咐妻子煮了面食给大家消夜。贤儿哭得筋疲力尽后终于呼吸平稳地睡去。

早饭后，神巫进厢屋看了看还在熟睡的贤儿。自离开辰州府以来，贤儿第一次睡得这样安稳，就像往日睡在甲第巷的家中，睡在他娘的怀里。符世根不由自主地舒了一口气。神巫离开时给了符世根几粒黢黑的药丸，吩咐他按时喂给贤儿吃。符世根包了双倍酬金答谢巫师，巫师挑着已变得硬邦邦的雄鸡公，一踏出符世根的家，就放开喉咙唱起山歌来：

孩子啊，孩子啊，
你是林间的小鸟啊，
你是山间的小兽，
山中有百果啊，
林中有百花，
孩子啊，孩子啊
你是山间的大树啊，
你是天上的星。
……

二哥喜出望外地对符世根道：“好家伙，神巫唱着歌走，孩子的病是包好无疑了的。”

贤儿的烧果真退下来，又过一天，也能吃得下一些米粥了。符世根悬着的心总算落下来。

只是，贤儿好像不会说话了。原先在辰州府时，贤儿会叫爹娘，会说简单的词语。可是，病愈的贤儿似乎变成了哑巴。符世根担心连续几日的高烧让贤儿失聪，隔了些日子，便又背贤儿去了一趟永顺城，请城里的几个大夫看了，都说贤儿听力没问题。贤儿的听力也确实没问题，听得到一切的声响，但就是不会开口说话，要什么只是用手指，符世根想尽招数，仍毫无效果。妻子朱氏说，兴许过几年，孩子自然而然就会说了。但符世根心里急啊，孩子带出来时，一切都好好的。如今这样子，他怎么跟符世清交代，当初带贤儿出来，想让贤儿做自己的儿子，想不到贤儿成了哑巴，难不成老天爷决计不放过他符世根？

第八章

符世清在胞兄的帮助下，凑齐了十斗瓜子金，十万两雪花银，清退了府上大部分的佣人。符世清也慢慢从厄运的沮丧中转醒过来，晓得自己已别无选择，但突然间成为平民百姓还是很不习惯。按了往常的作息，早上起床洗漱吃早餐后，才猛地想起自己已不是知县，怠然坐于书房，不知要往何处去。好在符世根离开辰州府前，重托管家向本孝照看符世清，帮他找到大楠木。符府一大家子住在尤家巷时，向本孝就在符府当管家，看着符世清长大、做官。向本孝为人忠义，善于理财，符世清分家住到甲第巷来之后，符世清的父亲便让他跟过来做了符世清家的管家。向本孝见符世清每日呆坐书房，迟迟不见动静，也不催他，只是和富贵天天去辰州府各处码头和木场探情况，留口信。符世清每日在书房无所事事，兄长走了，贤儿也走了，家里安静得没了人气，晓得这样下去终究不是长久之计，勉强自己同向本孝商量。符世清的意思是先到沅水各码头、木材厂去看一看，访一访。向本孝却说，全国上下都晓得朝廷在征木，木材商们收到了大楠木不敢瞒，也瞒不住，不如直接进山去。符世清觉得有理，又问要带几个人去，向本孝想了想说，除了自己和他，还加一个邓富贵。邓富贵与符世清一起长大，符家老长工邓宗先的儿子，长得五大三粗，从小是符世清的小跟班，对符世清言从计听。两人商量先去楠木之乡杜家坪。

一行三人从中南门过河，从望圣坡经磨子溪、淘饭铺、涟泗溪、始水湾、白雾坪抵达马底驿。符世清自出生，家里就一心把他当读书人培养，四体不勤，五谷不分，突然间成为山间走卒，又不知如何巧用脚力体力，不出两天，脚上便起了几个大血泡，几乎不能行走。符世清勉力走到马底驿后，决定在驿站休息两天。符世清尚是沅陵知县时，曾到这一带处理过山林纠纷，驿丞也算是他的老部下。可是，符世清一行三人的到来，驿丞似乎不是很欢迎，说来往客人多，三人只能共用一间客房，符世清有些不高兴，但也没多说什么，拖着疲惫的身子上了楼，可三人在楼上等了许久，也迟迟不见小二送开水到房间来，最后，还是富贵下楼去取。符世清大发脾气，几次欲下楼去驿丞理论，被管家向本孝极力拉住。第二天早饭后，符世清也顾不得脚上的血泡，甩袖离开，前往杜家坪。

这天，符世清一行三人来到马底驿与杜家坪交界处——鸡婆湾。他们听几个老木材商说，胸径过十围以上的楠木，杜家坪乡的天鹅池、老虎尖一带的深山老林或许能找到。于是，他们三人跟随几个山货商进了杜家坪。杜家坪与宝庆交界，群山连绵险峻，森林茂密，远离官道驿站，人烟稀少。一山好水迷人眼，但对于符世清来说，却是眼睛的天堂，身体的地狱。一行人到达杜家坪山货收购点后，当地人告诉符世清，要寻大楠木必须去深山老林里找伐木工。向本孝请符世清在山下休息几天，他和富贵上山。符世清拒绝了向本孝的好意，说最应该上山的就是自己。向本孝便不再勉强。符世清三人草草吃了些干粮之后，在一个当地山民的指点下，便沿着一条小溪进山。

时值十月，山高林深，虽然大太阳高挂，但整个山峡阴冷幽暗。小溪两岸灌木古树掩映，只听到流水淙淙，却不见水流。偶尔，山林中猛地飞出一只野雉，尚来不及看清它的模样，“倏”地一声又钻进树林里去了。他们一路走到小溪的尽头便开始爬山。山中百年古树随处可见。高十数丈，两三个人合抱不过来的柳杉，直冲霄汉，荫蔽不见天日。上山的路一开始尚能容一人行走，越往上，路越窄，至后来，则干脆没了路，凭着前人作的路标且行且开路。未过半个时辰，符世清便已是大汗淋淋，气喘如牛，顾不得斯文，脱下长衫当汗巾，搭在肩上时而扇风，时而擦汗。富贵体力好，走得快，不时停下等候符世清。符世清越走越没力气，越走越走不动，只觉双腿如负铅球，寸步难行。他时不时地抬头望一望山，希望能望到山顶，但每次都是徒劳，刚转过一道山岭，抬头一看，更高的山峰还在极目处高耸入云。走得面红耳赤的符世清一生哪里吃过这样的苦，望着遥无尽头的山路一时信心尽失，一屁股坐在路边的岩石上，长叹道：“吾将出师未捷身先死了。”

走在后面的管家向本孝在离符世清一丈远的地方停下来，一手叉在腰上，一手捋起袖子擦汗，抬起头来看着符世清，也不言语，大口喘气。过了一会儿，寻了个稍稍平坦的地方坐下，对符世清说：“老爷，我给你讲个故事解解乏。说是很久很久以前，大水淹没了辰州府，幸存的辰州人和动物涉过沅水，翻山越岭来到一片荒野，但这时辰州人手里没有一粒种子，大家陷入绝望之中，这时，有人在共同逃难的狗尾上发现一粒稻种，于是，辰州人通过这粒唯一的种子苦种苦收存活下来。”符世清听后苦笑了一下，长长地吸了一口气。向本孝看着符世清紧锁的眉头，取出水壶喝了口水，抬眼看了看富贵。

富贵接过话题说："老爷，富贵也给你说一个笑话。说是有一个员外给自己的儿子请了一个私塾先生，每日的生活除去豆腐就是青菜，先生也不言语，只一味夹豆腐吃。员外问：'先生，你很喜欢吃豆腐啊？'先生说：'嗯，豆腐是我的命。'员外牢记在心。没多久，员外大鱼大肉宴客，特将一盘豆腐放在先生面前。私塾先生只吃鱼和肉，不动豆腐一筷子。员外问：'先生，你曾经不是说豆腐是你的命吗，今日怎的不吃了呢？'先生说：'有大鱼大肉，我不要命了。'"

符世清听罢大笑。站在不远处的本孝也嘿嘿地笑道："富贵，你从小就是个吃货，走到这深山老林里来了，仍旧三句话不离一个吃字。"富贵嘟噜道："这人生在世，不就是吃穿二字嘛。"

大家休息了一会儿，向本孝抬头向四周望了望，对符世清说："老爷，还是慢慢地走着吧。"

符世清休息了一会儿，恢复了些体力，站起来跟在富贵的后面继续向上爬。三人时而在陡峭的山路上爬行，时而在山腰间迂回，富贵砍了一根杂树枝，用刀削光滑后递给符世清说："老爷，拄着这根棍子，走路要轻松些。"符世清接过枯树枝试着走了几步，觉得双腿和腰似乎都有了支撑的地方，于是把手中的长衫甩给富贵并大声道，"大楠木啊，大楠木，你是我命里的劫啊"。富贵在前面加快了脚步。

待天色暗下来的时候，符世清一行三人来到了一个草棚。这个草棚是搭在三棵大树的半空中。木板铺在用拳头粗的树藤织成的网上，碗口粗的松木棒搭成一个拱形的顶棚，顶棚上用大块大块的杉树皮盖着。这个棚应该搭建很久了，棚顶上竟然长了几棵小草。不过，棚的主人一定是花了一番心思的，富贵在上面用力地踩了几下，竟没有摇晃，看样子三人一齐睡上去也没有问题。

主仆三人在棚下坐了半个时辰，喝了水，吃了干粮，天渐渐黑了下来，然而木棚的主人却一直没有回来。三人怕迷路，不敢再往前走，爬上木棚，并排躺了下来。

虽然劳累了一天，但符世清全无睡意。长到这么大人，第一次睡在野外，睡在这深山老林的草棚里，这人生的跌宕起伏也太无定数了。符世清看着有如深渊般的森林，周遭除了黑暗还是黑暗，遥远的天际，北斗星发着微弱的光芒。偶尔有鸟或是兽的叫声划破漫无边际的山林，在森林的夜空或尖锐或粗犷地响起。高山上的秋夜温度比白天要低许多，冷冷的山风一阵阵地刮过来，白天多余的夹衣这时穿在身上也觉得单薄。符世清蜷缩着身子睡在中间，富贵和本孝则不由自主地向中间靠拢，用彼此的身体取暖。不久，富贵便发出重重的鼾声，符世清也迷迷糊糊地合上双眼。

也不知睡了多久，向本孝朦胧中听到“呼呼”的声音，像一阵大风刮起，细细分辨又不是，是群鸟穿过树林的声音，俄儿，远处传来了“嗷喔——”的呼啸声。本孝支起耳朵静听了一会，呼啸声越来越近，还夹有穿越灌木丛的沙沙声，本孝拍了拍符世清和富贵，其实富贵和符世清早已被叫声吵醒。“是大虫（老虎）。”富贵轻轻道。

“嗯，大虫大概是闻到了我们的味道。”本孝接过富贵的话。

“我们有什么味道。”富贵说完用力吸了吸鼻子，似乎在闻自己身上散发了什么气味。

“人的味道。”本孝将食指放到嘴边，做了一个不要出声的动作，富贵用手捂住正欲说话的嘴。三个人屏声静气地相互看了看，几乎同时坐了起来。

一会儿的工夫，便听到大虫在五十米远的地方吼叫，富贵拿起放在身边的刀子，本孝向富贵摆摆手，示意富贵不要轻举妄动。然后推了推符世清，又指了指身边的大树，示意符世清爬上去。符世清会意，赶紧爬起来。看来，木棚的主人也曾有过这样的遭遇，树枝像楼梯一样，符世清颤抖着双腿爬上去，靠坐在一根足有菜碗粗的树杈上，双手紧紧地抱着树干。富贵紧紧握住镰刀。大虫飞速地奔到棚前一丈远的岔路上，它看到棚子里的三个人了，眼睛在黑暗中发着绿绿的光，虎牙凿凿，举起前腿，符世清不由得哆嗦了一下，闭了双眼，死命地抱着树干。大虫冲到棚下，绕着棚下的几株大树走来走去，然后，仰头对着棚子长吼，声音震耳欲聋，枞树叶如雪花一般震落下来。幸而棚子建得很高，像犊牛一样高大的老虎抬起前脚也够不着棚子的粗藤。没逮到食物的大虫哪肯罢休，徘徊着，吼叫着，在棚下不停地折腾。富贵和本孝各自向身边的树移了移身子，想着万一大虫顶破了棚子的底层，两人还可以爬上身边的大树。大虫不知是转累了，还是和他们三个玩起了疲劳战术，好几次在大棚底下坐下来，对着棚顶上的三人虎视眈眈吐着舌头。

大虫休息好了，开始不断地变换着进攻方略：吼叫，旋转，坐下，扑腾……

主仆三人在心里暗暗地叫苦，欲是大虫在棚底下蹲个三五几天，就是不被大虫吃掉，他们也要饿死在树上了。

三人如挂在树上的三块肥肉，大虫馋涎欲滴，等着肉掉下来……

也不知过了多久，不远处又传来“唰唰唰”的声音，响声比大虫来时更大，排山倒海一般，三人借着微弱的星光循着沙沙声越来越近的方向寻过去，看到了！是野猪，是数百头野猪大迁移，如声势浩荡的野战军！为首的野猪足有五百斤，两只长长的獠牙如倒钩一样伸出嘴外，气宇轩昂，像个大将军，后面的大小野猪紧跟其后，步履匆匆，却又有条不紊，俨然去参加一场战斗。符世清曾经也听说过野猪喜欢成群地在晚上迁徙，阵容庞大，气势雄壮，群狼一般都不敢打它们的主意。大虫似乎也听到了沙沙声，先是竖起耳朵立在棚下朝着发出沙沙声的地方凝望了一会，忽然如离弦之箭，向那群野猪追去。

待大虫跑远，三人瘫了下来，符世清颤抖着爬回到棚子里，富贵和本孝轮流值班，符世清虽是眯了一会儿，却直到天亮也没有睡踏实。待天大亮之后，三人又细细地在棚子里听了好一会儿的动静，才爬下棚子，飞快地沿着来时的路朝山下狂奔。

几个时辰后，三人在山脚碰上了十多个猎户。猎户们看到满头大汗的三人，不待三人开口，其中一个年轻的猎户先开口了："你们从山上来?"三人不约而同地点点头。

那人又问："还在山上住了一个晚上?"三个再次点头。"没有碰上大虫?"这会儿三人的步调不一致了，富贵摇头，符世清点头，本孝沉稳地回了句："碰上了。在棚子那儿。"

年青的猎户道："你们真是命大哎。知道不？一个月前住山上的一个老伐木工就是在那儿被老虎吃掉的。当时，老伐木工正在棚子下面做饭，也不知什么时候老虎已在他的后面，没待他反应过来，就一口被老虎衔去了。好几天后，有人才发现他的头和脚。现在那个棚已没有人敢去住了。"

三人听得目瞪口呆。富贵一屁股坐在地上，口里不住地念"阿弥陀佛！阿弥陀佛！"本孝倒是未忘此行的目的，向各位猎户询问是否在山上看到过十围的大楠木，猎户们你看看我，我看看你，然后一起摇头。本孝问符世清是否要跟猎人们再次进山，符世清也不言语，只是摇头。

第九章

主仆三人杜家坪之行徒劳而返。不晓得是因为太过劳累的缘故，还是让杜家坪的大虫吓倒了，符世清感觉要找到大楠木并不如他想象中简单，萌生了悔意，他不想找大楠木了，他甚至有些后悔丢木之初不该听从范师爷的劝说去京城领罪，如今，符家家破财散，而他找到大楠木遥遥无期。他当初在皇帝面前许下的诺言就如一把利剑时时悬在他的头顶，让他心惊胆战，夜不能寐。他觉得他隐姓埋名去深山老林过避世的生活也未必是一件坏事。他对夫人说他想卖了甲第巷的房产，去找兄长儿子，夫人只是哭。有一天，他把他的想法告诉管家向本孝。在符世清面前从来轻言细语的向本孝扬手就给了符世清一记耳光，并吼道："你的书读到屁眼里去了！"符世清抱头痛哭，不为本孝的那一巴掌，只为心里无法排遣的烦忧和绝望。

本孝和富贵倒是一天也没有闲下来，照例天天到辰州各大码头去访来来去去的放排佬。几个月来，辰州方圆几百里皆知符世清丢楠木丢官的事，对符世清带着家丁四处寻大楠木的事也早有耳闻。本孝和富贵在各处码头打听，长年四季在沅水上跑的船工橹手倒也十分乐意给本孝富贵提供线索。这天，从雪峰山下来的排帮放排到洞庭湖去，在辰州府码头打尖休息。有个船老大说，沅水两岸这一片山岭怕是很难找到，前几年他和托口船帮一起放过排，滇楚交界一带的老深山里应该有大楠木，因为交通不便，有些大树根本无人砍，只有生生让其腐朽，建议本孝他们不妨去访访看。本孝和富贵谢了船老大，说找到了大楠木，忘不了请他们喝酒。本孝回府细细地报告给了符世清，好像符世清从来没有在他面前说过不想找楠木的事，又或者，他原本就把符世清的话当作小孩子讲的气话，而符世清不得不在无奈和彷徨中再次出发——继续寻找大楠木。

三人逆江而上，一路过泸溪，辰溪，入溆浦，黔阳，到达沅水的上游清水江与渠水交汇的托口镇。托口镇是湘黔两省四县交界之地，盛产油桐油茶以及樟梓楠椆等贵重木材。自唐以来，来自江浙、粤赣等地商贾在小镇上修屋设馆，成立商会，修建自己的码头，至大明王朝，托口镇九街十八巷汇集了百十家商号、作坊、会馆、店铺、祠堂，托口码头成为连通黔湘的最大商贸码头，托口镇也逐渐成为方圆百里的大集镇。

符世清三人到达托口码头时已近中午。时值年关，十里八村的村民皆来镇上置办年货，各处码头及河街人流攒动。托口镇侗民居多数，符世清乍一看，集镇上的居民像是统一着装，男子多穿对襟短衣，阔腿裤，女子多着大襟中长衣，黑色长裙，男女皆包头巾。他们的长相也如一个模子里制出来的，男人皆阔面敦实，女人则纤巧如水，分不清他们谁是谁。不过，符世清仔细看，却又发现他们的千差万别，女子的上衣或用蜡梅细花镶边，或用长叶兰草作点缀，绣花针脚的粗细，款式走线也各有特色，似乎各自为自己设的一个标记。河街特别打眼的是油坊，每隔三两个店铺便有一家，一家比一家大。高丈余足够盛放二三千斤桐油或茶油的木油桶置于店铺的大门边，像个门神一般。茶籽翻炒时散发的香气、新油从榨油机里滴下来散发的香气，枯油饼散发的香气四处弥漫，整条河街皆氤氲在浓浓的桐油香茶油香中。

符世清三人穿过河街进入一条小巷，人流即刻少了许多。拐角处有一家名为“酸鱼酸肉”的小餐馆，立在大门外的小二看到符世清，即刻道：“客官，吃饭里面请啊。”

符世清透过宽大的门窗向店铺里望去，大堂客人不多，但桌椅板凳却甚是洁净，符世清也未回应小二的招呼，直接进了客栈。符世清选定一张靠街的格子窗落座，本孝与富贵分坐于他的左右手。

小二看到他们三人入座，即刻拿了茶水杯子过来，给三位筛上茶。

“小二，给我们炒几个菜。”本孝道。

小二道：“有才从清水江打来的鳜鱼、鳊鱼，还有本店的主打菜血鸭、酸鱼酸肉，要一样来一份不？”

“就来一个清蒸鳊鱼，一盘血鸭，再来一个小菜一份汤。”本孝知道符世清一向最喜欢吃清蒸鳊鱼。

符世清端起茶喝了一口后，目光从窗外收回来，一侧头，看到厅堂里一位正给客人去上菜的女子，一条长而粗的发辫，细碎的蓝花布上衣，圆浑挺拔的臀部，那不是小月吗？符世清倏地一声站起来，碰翻了板凳，也不管，几脚跨过去，抓住那女子的臂膀，叫了声：“小月！”那女子犹如惊兔，双肩一抖，菜盘从手中脱落，撞在方桌边，“叮咚”一声掉在地上，菜水飞溅在客人及那女子的裤腿上。女子从惊吓中回过头来，符世清看到了女子的脸，不是小月！

“对不起，对不起！看错人了。”符世清连声道歉。那眉目好看的女子弯腰收拾打翻的菜盘。

桌边的两位客人双双站起来，其中长得横眉竖目的一位一只脚踏在了板凳上，一只手弹了一下他的裤腿，对着符世清道："这位大爷，光天化日之下你要调戏良家妇女，我们绝对睁一只眼闭一只眼，但是，你不能把我们扯进去！你打泼了我们的菜倒是其次，还把我的裤子全弄污了，你说，怎么办吧?!"

符世清打量桌子旁的两个人，两个五大三粗的男子，个子虽然比富贵小了许多，但一脸的恶相，听口音不像是本地人。符世清赶紧再次抱拳向两位男子道："多有得罪，多有得罪。"

"一句多有得罪就完了?"男子用鼻子哼了一声。

符世清转过头去看了看本孝和富贵，富贵和本孝同时站起来走到符世清身后，本孝一面从衣服口袋里摸出足够买一条裤子的银两放在桌上，一面说："兄弟，大家都是出门在外，多担待，多担待。"

两位男子摸不清符世清三人的来路底细，看符世清的气质像个官人，而富贵却像个武夫的模样，也没多纠缠，收了本孝放在桌上的银两，叫了声："小二，重新上菜，菜钱算在那三位客官身上。"

符世清没作声回到自己的桌前。刚才这个女子太像小月了，符世清在心里嘀咕，他总是在不经意间想起她，也不知小月是否安好，失去生活来源的她过的是怎么样的一种生活?自己虽然无意辜负她，却没有料到世事无常，吾不杀伯仁，伯仁因我而亡，将她推进了生活的泥潭。自踏上寻找大楠木之路以来，面对现实，重新筹划未卜的前途，符世清总不免怀着一些渺茫的希望，盼着有一天能重回烧纸铺那座小吊脚楼，他感觉小月在那里等他。想起小月，符世清不由得在心里轻轻地叹息。店小二很快给符世清三人上菜上酒。那两位男子什么时候离开店铺，符世清也没注意。

三人吃完饭，符世清原本想先在客栈住下来，又感觉今天一路过来也不甚劳累，不如先到放排处看看。三人出了客栈，穿过行人熙攘的河街，走下街尾的码头，符世清看到江中间有一片河洲（沅水第一洲）。河州两头尖尖，如一枚梭子一般横卧在清水江上。无数木排停靠在河州边，木排一排连一排，首尾相接，如一艘长舰，壮阔浩渺。

彼时正是枯水期，符世清三人就着沅江石搭的便桥跳到河洲上。

经年累月的大浪淘沙，一丈多宽的赭色沙滩齐平如茵褥，不，比茵褥更柔和松软，阳光下金光闪烁，犹如散落万千黄金。符世清横过沙滩，印下一行清晰的鞋掌印。沙滩过去是一片突兀不平的石头坪，堆满沅江石。这些从云贵高原穿山涉水的石头，有着高原的骨骼和品质，在清水江里漂泊了不知几百几千年，又不知是在何年何月被滚滚清江水送到这河洲上，时光的熔炼和雕刻，将它们打磨得温润光滑，形状如猪、牛、羊、狗，如一枚硕大的寿桃，一个侗族女人的面容，一件神器……符世清用目光抚摸着每一块沅江石，解读天地赋予它们的灵气和神韵。它们是沅江的根底，是洲上的精灵，千百年来，看清江水涨落，看江帆来去，将托口镇的兴衰荣辱刻进它们的年轮里。一条小路幽深繁茂横穿河洲，齐膝深的灌木丛中牛奶子、花椒以及道不上名的细碎金黄花朵浓郁的香气直扑符世清的鼻子。河洲四处都是几人合抱不过来的柳树、重阳、香樟、榆榉、桑柏，不晓得活了几百几十年了，细束细束的阳光在重重叠叠的枝叶的缝隙中跌落在树林里，使得河洲愈发地清幽。符世清隐约看到有木屋散落在古树林里，亦时有鸡鸣犬吠，乡人在林间来去，一时竟有不知身在何处之感，在小路的入口处站立了好一会儿，心念道：真正一个蓬莱仙境啊。

几位放排汉子懒散地坐在河洲沙滩上晒太阳，有一句无一句地扯谈，讲痞话。其中一位放排汉子见符世清三人跳到了他们的木排上，以为是生意人，其中一个大声道：“找船老大啊，他上河街吃中饭去了。”

另一位个子稍大一点的，未待他的同伴话落音，接过话来道："哎哟，你是船老大肚子里的弯弯虫啊，他讲吃饭就是吃饭吗？指不定到他相好那里喝水去了呢。"

听了稍大个的话，船上的放排汉子都"嘎嘎"大笑起来，符世清三人也笑着走到河滩上。

"我们不找船老大，我们只是随便看看问问。"本孝一边说话，一边从身上解下酒袋给放排汉子递过去，跑惯江湖的放排汉子们倒也不客气，大大方方地接过来，你一口，我一口抿起来。

"各位放排哥哥们，你们的木排上可有大楠木？"本孝一脸笑意地问。

"你要多大的？"稍大个抿了一口酒抬头问。

"十围以上的。"本孝道。

放排汉子们一起摇头。趁着本孝说话的功夫，富贵在长龙一样的木排上从头到尾走了一遍。托口真不愧是好木材的集散地，木材分门别类独立成排，梓木、椆木、杉木，都是一人合抱不过来的上等好木材。码得像山一样高的木排前后相连足有一里地长，蜿蜒在江面上。但没有他们要找的大楠木。富贵怕自己看走眼，又细细地从尾处至头看了一遍，失望地朝符世清摇摇头。

"你们这儿哪些地方出大楠木呢？"本孝追问。

"扬家山比较多，你们可到那儿去寻寻看。有十来个筏木工常年在那一带的深山里伐木，有没有大楠木，他们应该清楚。"稍高个快言快语道。其他几位放排汉子也附和稍高个汉子的话，你一言我一语提供看法。本孝谢过放排汉子，三人便又回到河街。

符世清决定去扬家山。本孝打探到扬家山离托口镇不过两个时辰的路程。符世清看看天气尚早，便提出径直赶到扬家山去。本孝和富贵没说什么，三人出了镇子，穿过一大片水田，上一个小坡后便进入山路。本孝走在最前面，符世清走中间，富贵跟在最后面。三人悄无声息地在山路上疾走。深冬的山林一片萧索，大片枯黄的芭茅草在寒风中如波浪般起伏，偶尔有几只长尾鸟在光秃秃的灌木丛中鸣叫，路旁无人采摘的酸柚子黄灿灿地挂于枝间，火红火红的沙棘惹得富贵时不时地伸手扯一把塞进嘴里，红红的汁液将富贵的嘴唇染得通红，像一个不晓得打扮的女子将涂了口红的嘴唇弄花了一样，符世清回头看到他的滑稽样子，也不说，只抿嘴笑。走得半个时辰，符世清背膛上开始冒微汗，但他坚持着不脱棉袍，也未放慢脚步，紧跟在本孝的后面。在一道拐弯处，富贵感觉身后有人，待回过头去看，却又不见人影。富贵没作声，依然紧跟在符世清的后面。越往山林深处走，树木越高大挺拔，成片的杉树郁郁苍苍，地上堆起厚厚的树叶，踩上去“沙沙”作响。富贵再次觉得身后有人，但回过头就是看不到人影。好几次，富贵转过身在路上站了一会儿，但这时候，那脚步声便自动消失了。富贵嘴里嘀咕一声出鬼了，摇摇头继续走，这样又走了半个时辰。符世清三人来到了一条岔路口，岔路口竖有木牌，指示往扬家山去的路往左拐，本孝停下来对符世清说，南杂店的老板不是讲，走到这条岔路口应往右拐吗？怎么变成了往左拐呢？你听错了吧？富贵接过本孝的话题，符世清看了看两条道，往左拐的路似乎更宽，便说，还是按指示牌指示的方向走吧。于是，三人向左边岔路上走去，可是越往上走，道路越窄，正疑惑，突然，从树林中跳出五个彪形大汉来，各自手上拿了长矛、砍刀。“坏了，遇上土匪了！”富贵冲口而出。三人同时回过身去，不远处也站了一男子，那位男子竟是在客栈里吃饭时遇上的其中一个。符世清惊魂未定，那位男子倒开口了：“多话就不要讲了，一看就知道你们是聪明人，晓得我们是做什么的，我一路护送，也算辛苦，把身上的银子全交出来！我们也无意取你们的性命。”

富贵手握柴刀，张开马步，一副想与他们拼命的架势，符世清即刻朝富贵摇了摇头，并示意本孝将身上的银子拿出来，本孝从内衣口袋里将装银子的袋子拿出来丢在地上，一位拿棍的土匪即刻从地上捡起袋子。

符世清道：“这回可以放我们走了吧？”

“走？就这点银子，看你们三人的打扮也不像这样穷的人啊？”

“没有了，没有了，真的没有了。”本孝赶紧边说边脱了外套，在原地转了一圈。土匪们示意符世清和富贵也脱下外衣，符世清三下二下脱了棉袍丢在地下，富贵毫不情愿地脱下衣服，土匪们看着只剩下单衣的符世清三个，估计他们三人确实没有了银子，土匪头子示意手下让一条道让符世清三人走。富贵站在原地未动，让符世清、本孝先走，富贵且走且退，待与土匪们有了十丈远的距离，三人才开始朝山下狂奔。土匪们倒也没有追赶，三人惊魂未定一路奔回托口镇。

幸而富贵的内裤口袋里藏有银票。三人在裁缝铺里各买了一套棉袍，然后寻客栈住下来，第二天，和从扬家山下来的侗民搭伴进山。

但是，扬家山没有符世清要找的大楠木。

第十章

符世清从托口回来便病了，而新年也在纷纷扬扬的雪花中款款而来。往年，符夫人一到腊月，便开始置办年货，海货、粑粑、甜酒、各种野味，还要杀两头猪，一头牛，不把厨房塞得满满当当不甘心。新衣服更是人人要缝，小孩、仆人，人人有份，裁缝冬月就进了屋。如今，符夫人全没了心思，由着向管家作主。大年三十的年夜饭倒是做了一桌子，但没了人气的符府冷冷清清，符夫人更是泪水泡饭。符世清则终日守在书房。龙兴讲寺李秀才等人过来拜年，并邀请他去讲寺参加年末的聚会，符世清也托病没去。

正月过后，三人再次出发，沿酉水而上，至明溪口，再溯明溪，经黑木崖、锯木岭，至杉木洞。越往西行，山势越发高大险峻，人烟也越发地稀少。这次他们吸取前些日子寻大楠木的种种教训，和当地人一起结伴赶路，在有人烟的地方寄宿。半个月后到了辰州府与永顺府的交界之地双头寨。

符世清没有急于进山，而是在双头寨住下来，用了两天的时间找当地的伐木工和老猎人。但都一无所获。在他们准备进山的先天傍晚，三人正在客房用晚餐，一位从辰州府过来的行商给符世清带来一封信。信里说：管家向本孝的母亲仙逝。向本孝老泪纵横。符世清放下碗筷，道："你马上捡拾行装，明天赶清早和富贵一起回去。"

向本孝抹了抹眼泪道："老爷，我一个人回去，富贵留在你身边。"

"山高路远的，你一个人回去不安全。"符世清不容商量道。

"你一个人在这人生地不熟的地方也不安全啊！"向本孝道。

"我不会有事，你们放心回去。寻楠木也不是一天两天的事，百善孝为先。你先回去好好把老人家的后事办了。我在双头寨等你们回来。"符世清道。几个月来，主仆三人一起跋山涉水，栉风沐雨，踏遍辰州的山山水水，到如今，在符世清的眼里心里，他俩已不是管家下人，而是患难兄弟。

第二天，本孝与富贵匆匆别了符世清踏上回家奔丧之路。

符世清独自在双头寨住了两天，第三天早餐时，听东家的儿子说，有一大队人马准备进山打猎。符世清按捺不住了，心想，在这里等富贵从辰州府返回，起码也是一个月之后的事了，不如跟了猎人们先进山去，在山上边寻大楠木边等他们。于是，符世清即刻收拾行装，留下口信，跟着猎人们进山。

进山的队伍浩浩荡荡，有二十人之多，每人背了一杆猎枪，腰上别着柴刀和麻绳，十多只猎狗一路上来来回回欢奔。符世清进山亦脱了长袍，学山民穿对襟短衫，小腿裹绑带，腰间别柴刀草鞋。有些时候，符世清感觉自己比一个山民更山民。在深山老林里摸爬打滚几个月，符世清慢慢少了儒弱书生之气，刚开始时的那种由于体力上的透支，身份地位的突变，以及对于未来的种种迷惑，都慢慢适应，慢慢平复。雄浑美丽的山水风光让这个性情中人心思愈加高远入境起来。日日与山民猎户为伍，他深切体味到他们的卑微、艰难以及欢乐，也越来越感觉生命不论贵贱，其实越简单越快乐。有时候，符世清甚至会想，失去大楠木未必是一件坏事，一世在这些山水间行走也很不错，很惬意。他甚至觉得，古人陶潜的“采菊东篱下，悠然见南山”，不过是小隐罢了，像他这样放浪于武陵山岭中的深山老林里，才是真正的归隐山水，回归自然。不过，一想到对家庭的牵连，心里不免黯然。越往山里走，符世清越来越感觉雪峰山脉与武陵山脉有着明显的区别。雪峰山脉浑厚、憨实，而这武陵山脉，千峰万仞，断壁悬崖，石峰林立，隽秀飘逸，让人遐思万里。符世清立于山岭上，被眼前风光震撼，不禁脱口道：仙境何处有，武陵源上寻。

猎人们一边爬山，一边讲野话。一位老猎人走得闷了，放开喉咙唱道：

五个果雄兄弟
七个果咱兄弟
坐不住公婆的土
立不住爷娘的地
才由皇帝的地方上来
才由皇城的地方离开
从有湖有海的地方上来
从大江大河的地方上来
……

猎人的山歌一旦开唱，便撩拨起了大家的兴致，一个接着一个，一首接着一首，有的绵远深沉，有的高亢激越，听得符世清兴味盎然，大开眼界。走了多少路，拐了多少弯也全然不知，猎人们停下来打尖歇息，符世清才感觉自己还真有些饿了。有猎人带了烧酒，符世清也不客气，接过他们递过来的酒仰头就喝，并把自己随身带着的干粮也拿出来和大家一起分享。小半个时辰后，大家继续上路。但毕竟体力不如山民，下半天的路程符世清明显感到自己跟不上大伙的脚步，但他知道他不能掉队，他紧赶慢赶，努力使自己跟上大部队。这样又走了将近一个时辰，大家翻过了两道梁，又下了一个山坳，符世清感觉内急，与前面的同伴说了一声后，急急忙忙钻到路边的丛林中去了，同伴站在路边等了一会儿，以为他就要出来了，便道，我慢慢走着啊，反正这条路没有分岔路，你走不丢的。符世清在草丛中“嗯哪”应了一声，结伴的猎人便向前走了。

符世清从丛林中出来的时候，路上已没有了猎人们的踪迹。符世清提脚飞赶，亦不见猎人们的影子。虽还只是申时，天已渐渐暗下了，走进山林里，天便完全黑了，符世清内心咯噔了一下，壮起胆子往山上走。山路在茂密的森林间像蛇一般匍匐深入，落叶厚实，踩在上面沙沙作响，似乎有人紧跟在后面。符世清从衣袋里拿出一小节枞膏，用火镰将枞膏点燃，即刻，噼啪作响的枞膏像把壮胆的刀，让符世清心安了许多，但火光也惊动了林间的众鸟，一对长尾鸟从灌木丛中“嗖”地飞出来，直冲他的头顶而来，符世清拿起燃着的枞膏挥向头顶，长尾鸟被耀眼的火光直射后，巨大的双翅猛地一扫，转了方向，飞进了山路的另一边。符世清加快了脚步，宽阔无边的森林寂然无声，唯有符世清“呼吱呼吱”的喘气声以及脚后跟扬起落叶的“沙沙”声。

符世清上了第一道斜坡后是一段大约半里的平路。对面黑嘘嘘的山峦如一只巨兽横卧着，亦像天地间张开的一张巨大的嘴，吞噬黑暗，也随时都想吞噬符世清。路的左边是悬崖，悬崖是一整块巨石，光滑平整，寸草不生，直垂下去，足有二三十丈高；路的右边有一个槽形的山坳，仅半丈宽，有丝丝山水浸出。山坳两边丛林郁闭茂密，森森然像山洞一般，一阵一阵幽风从山坳间吹出。符世清感觉这种风不是从森林里吹来的，而是从鬼魂的口里吹出来的气。据说，鬼怪一闻到人的气味，先吹一口气来迷惑人。符世清一想到这儿，心里不禁一悚，不由自主地加快了脚步。刚跨过山坳的中间，山坳深处便猛然响起“哇呜哇呜”的尖叫声，像小孩子的哭声，又像老鹰的啼叫，符世清全身的毛孔皆被吓得竖立起来，心脏“砰砰”地像要蹦出来。符世清想起了有位老人曾教给他避邪的方法，努力让自己镇静下来，脱了外套，将汗衬掀至胸口下。这时，一阵阴风又吹了过来，枞膏灭了，符世清手忙脚乱地在褡裢里摸找火镰，火镰却像和他捉迷藏，躲在褡裢中半天也摸不到，好不容易找到火镰，符世清使劲地打着火镰，可是越打越出鬼，一连打了十来下，才终于将枞膏点燃，这时，符世清感觉后背冰凉，灵魂出窍，拿枞膏的手颤抖不止。

符世清麻起胆子继续走，山坳里“哇呜哇呜”的尖叫声持续不断，声音紧跟在符世清的后面，符世清走得快，尖叫声越是凄厉恐怖，符世清不敢回头，一路狂奔，终于走完那一段平路，上了坡，到达山顶。上弦月像长了毛一样挂在中天，将山顶的一片坟地照得朦朦胧胧，一眼扫过去，足有三四十座之多，坟堆以及坟堆上的灌木丛或高或低，如一群怪物匍匐在山顶，符世清惊魂未定，坟堆里突然窜出一只黑影，“嗖”地一声，在不远处一现，便不见了踪影，符世清一个踉跄，向前扑去，人虽未倒地，但枞膏掉到了地上，随之熄灭。符世清横下心来，也不急着找火镰打火，而是摸索着从地上拾起一块巴掌大的岩石，然后用力向黑影窜过的地方砸去。“喵呜——”一只野猫如恶婴般嘶叫一声，蹿出坟堆，在符世清的前面一跃，飞也似地朝前奔去，刹那间便窜上了前方三十米处一棵巨大的枞树上。

符世清暗暗地嘘了一口气，转一个弯，看到前面有无数的枞树火把光，符世清知道，一定是猎人们在等他。他对着那片火光长吼一声，随即一声一声“哦嗬——哦嗬——”声传过来，符世清跌跌撞撞飞快地向同伴们奔去。

不出十来分钟，符世清便与猎人们会合了。他大略地向他们讲述了他上山时的经过。一位年老的猎人说，那条山道是有些不干净，阳气不高，中气不足的人最难走出那道山坳，说着，从内衣口袋里取出一道符咒递给符世清，符世清道了声多谢后，将符咒放入贴心衣袋里。

这天晚上，符世清与猎人们一起睡在猎棚里。或许是一天走了太多路，累了的缘故，老猎人们围在篝火边讲古，符世清听着听着就沉沉睡去。一夜无梦至天明。

山顶上有十来户人家，猎人们各处打猎，符世清寄住在一位山民家中。这天，吃过早饭后，符世清跟这户人家的老人去老林里，帮着捡香菇。林间山花绚烂，绿深似海，清幽阒寂。符世清被一大片女贞子吸引，雪白的花瓣上有五颜六色的花斑，符世清好奇地走过去，刚近花海边，五颜六色的花朵全扇动翅膀飞起来。原来是千百只彩蝶！彩蝶们围着符世清翩跹飞舞，无数只蝴蝶竟飞到符世清的衣袖、发间，双肩上，符世清跟着飞舞的彩蝶原地转动，像是进入了幻境。一会儿之后，彩蝶们像是商量好似的，不约而同地朝着一个方向飞去，符世清如痴如醉不由自主地跟在彩蝶的后面，穿过那片雪白的女贞花，穿过一片栗树林，然后下一个长长宽宽的坡，坡上是齐腰深的青青苇草，苇草间有大片的红色的紫色的白色的杜鹃花，彩蝶们朝坡中间的一棵硕大无比的大树飞过去！符世清死死地盯着那棵树，那不是大楠木吗？是的，一棵大楠木！一棵千年大树！比上次丢失的楠木还要大出许多，树大十数围，高数十丈，树干挺拔，五丈内没有任何旁枝，树冠遮住了半边天，抬头仰望，树梢直指云天。

符世清用力地揉了揉眼睛，又用力地摇了摇头，以为自己是在做梦，用力咬了咬下唇，不是梦。又生怕自己看走了眼，盯着大楠木看了许久，没错，是大楠木！万千彩蝶绕着大楠木翻飞，符世清尾随彩蝶，绕着大楠木转了一个圈，又转了一个圈，突然，符世清双膝跪地，张开双臂紧紧地抱住了大楠木泪如雨下，数月来的酸甜苦辣顿时齐涌胸口。因为大楠木，自己丢了官职；因为大楠木，符家倾家荡产，兄别子离；因为大楠木，他入虎口、遭劫匪，露风餐，踏遍湘西山水。大楠木改写了自己及符家的命运，它曾经将自己打入不劫之狱，受尽磨难，如今，它又翩然而来，以神灵之手携他出水火，入天堂，这究竟是怎样一种契合或安排啊？符世清想至此，不禁仰天嘶吼："大楠木——大楠木——"原本绕着大楠木飞舞的彩蝶们这时如精灵般四散飞去，消失得不见踪影。符世清朝着彩蝶飞逝的方向连磕三个响头。符世清久久地抱着大楠木，双眼一眨不眨地盯着大楠木，更生怕一闭眼，大楠木便插翅而飞。

符世清的呼声，引来与他一起进山的老人。老人亦为这么大的楠木惊呆了，说是住在这山里数十年，竟没有留意有这么一棵大树。

这棵大楠木专为符世清而生！守在深山千百年，等待符世清寻来！据传，后来，这棵大楠木送运至京城后，皇帝骑着高头大马立于大楠木一侧，另一侧的官员仰首也只能看到皇帝乌纱帽顶上的翼善。而大楠木也未作紫禁城的大梁，而是成了北京东大门的镇门之柱，"北京四宝"之一。民国后，大楠木存于北京木器厂，毁于"文革"。这是后话。

符世清即刻请专人送信回辰州府，本孝接到信时，老母亲刚上山，为母亲团坟后，便和富贵一起日夜兼程赶往双头寨。

富贵和本孝见到这大树也是按捺不住的高兴，老管家甚至几次抱着大树长泣不止，富贵则早就按捺不住性子，从腰间抽出斧头，往手掌上猛吐了两口唾沫，扬起双臂朝楠木用力砍下去，依富贵平时的力气，这一斧头下去，无论如何也该砍进去半寸深，可是，富贵的斧头砍下去时，不仅没有砍掉楠木的一丝树皮，斧子还被重重地反弹回来，大家甚是惊愕，富贵以为自己砍在树疤上，换了个方向，用尽全身力气向楠木砍去，这一回富贵不仅和第一次一样没有砍动楠木半分，整个人像被什么力量推着倒退了两步，双手虎口被振得生痛。大家正面面相嘘，本孝忽然拉着富贵“扑通”一声跪在大楠树下，倒头就拜，口中还颤声喊道：“树神啊，树神啊，我们有眼无珠，冒犯了你，你神仙不计小人过，可千万不要怪罪啊！”符世清看到本孝跪下去，心里也就明白了七八分，亦跪倒在大楠树下，连连叩头谢罪。待大家心神宁静下来，才一个个站立起来，依依不舍回到双头寨。

回到客栈，符世清稍稍洗漱了后，便和本孝一起到双头寨族长家。符世清在山上遇神木一事，符世清未下山，消息已传到了老族长的耳朵里。老族长把符世清请进客厅，叫下人看茶。符世清和老族长寒暄一番之后，便说明来意，请老族长指点如何“请”倒神树。老族长沉默了一阵后说：“千年神树，就是一品二品官老爷也没法请得动，你我自然更是无能为力了。”

“那谁请得动？”符世清急不可待地问。

“皇帝啊，按理说皇帝一定能请得动。”

“老族长怎可开这样的玩笑？”

“没有开玩笑，我说的是真的。”

老族长一本正经，接着说：“你想啊，你上次的楠木在洞庭湖弄丢，那是洞庭湖龙王爷相中了你的楠木，既然洞庭湖的龙王爷都敢和皇帝老爷抢树，已成神成精的树没有皇帝来请，哪个能请得动？”

“可是皇帝也不会为了一根树来这荒蛮之地吧？”

“那倒不用皇帝亲自来，用皇帝出行的全套礼数就行！”

“你说是万民伞，十二响铳，二十四门礼炮？”符世清问道。

“非这样不可。”老族长连连点头。

符世清谢过老族长，回到客栈。符世清知道请皇帝出行的全套礼数和请皇帝一样，不是件容易的事情，而唯一能够帮他的便是工部尚书师逵。

第十一章

符世清自送出快信后，也没有回辰州府，他怕大楠木不翼而飞，让富贵带了几个人在大楠木边上搭起木棚，日夜守护。

师逵收到符世清的信后欣喜欲狂。连夜写了奏章，次日上朝后，便上奏了符世清在双头寨寻得大楠木一事。说到要动用皇帝出行的礼数来请砍大楠木，大臣们各持己见。一部分人认为，堂堂大明王朝皇帝的礼数怎么能用在一根树上，坚决反对。师逵低头一言不发，如一根枯朽的木桩，任百官们争论。朱皇帝看着容貌奇特、眼神坚定、嘴角上扬的师逵，已读懂了他的态度，但仍问道："师爱卿，你是修建紫禁城的主管，你意下如何？"

"皇上，紫禁城将是我大明皇朝的永世根基，所用材料皆为八方栋梁，神树古木，此乃说明我大明皇朝的根基不仅有万民的拥护，就是各路神灵也将护佑我大明王朝永世昌盛。固此，臣以为，这根大楠木我们一定要请，请来了大楠木，也就等于是请来了树神的庇佑。这等好事，我们万万不能少了礼数。"师逵见皇帝问起了自己，不慌不忙地跪奏道。

朱棣皇帝听了连连点头道："师爱卿所言极是！像这样的神树，我们不仅要请，还要多请，四海之内的各路神灵都来护佑我大明王朝，何愁我大明王朝不能永续万万年?！哈哈哈，就按符世清的要求去请大楠木！要不是那辰州府山高水远，寡人倒想亲自去砍下那根神树。"

于是，朱棣皇帝下令礼部尚书搬出万民伞、十二响铳，二十四门礼炮，外加尚方宝剑，并下旨符世清小心护送大楠木进京，不得有误。

且说，符世清在双头寨终于等来了皇帝的圣旨。这个永顺和辰州的边界荒蛮之地，自上古以来，来个知县已是了不得的事，现在竟然动用皇帝出行的全套礼仪浩浩荡荡进山伐大楠木，双头寨附近的村民皆跋山涉水而来。砍大楠木的人工自然是不用去请了，无数人自告奋勇争当伐木工，符世清的伐木队伍很快便人满为患。尽管楠木在深山老林里，另有不计其数无所事事的闲杂人等自备干粮，跟随伐木队伍浩浩荡荡进山。此时，纵便有十只老虎挡路，符世清也不害怕了。

自然，符世清不仅不觉辛苦，还觉脚下生风。符世清还请来了双头寨有名的巫师。巫师设了香案，三牲贡果一一摆放好后，便焚起高香，围着大楠木转着，口里念念有词。符世清则率领众人跪伏在香案边。半炷香后，巫师祭祀完毕，符世清举起尚方宝剑用力向楠木砍去，按理说，符世清一介书生，四体不勤，虽然尚方宝剑无比锋利，但依符世清的气力最多也不过砍进去半寸深，但符世清一刀砍下去，似有神助，竟有一寸多深，大树像是自己裂开了口，令所有围观者大开眼界。符世清自然也惊讶不已，但他很快便明白过来，树神已首肯了他的砍伐，不由自主又向大楠木行了三跪九叩之礼，便叫伐木工人们开始砍伐大楠木。一棵千年大楠木，由数十名伐木工轮番上阵砍伐，其阵容之混乱和庞大，也真是千载难逢。

最大的树，经不起一群山民的轮番砍伐，仅一天工夫，这棵大树便被伐木工们放倒了。砍下大楠木后，众人一起劈去枝丫，大楠木横躺在地上，像高高厚厚的一堵墙，站在树这边的人无法看到树那边的人。

在进山砍树的同时，符世清还一边派人修筑运木轨道。伐木工为了省工省力，发明了轨道运输（按说，这应算是世界上最早的轨道运输了）。用树桩搭起支架，在支架上一边架一根木枧，木枧光滑平直，树木放在木枧里，工人们像纤夫一样，拖木材下山。

一切就绪后，巫师举行隆重的起运仪式。大楠木披红挂彩，像个朝圣的将军。万民伞撑起来了，十二响铳，二十四门礼炮，一字儿排开，威严无比，巫师一声“鸣炮”，响铳齐发，礼炮响彻云霄。顷刻间，森林里千万只鸟被这突如其来的响声震得一齐飞向天空，宛若万箭齐发，天空如乌云密布，千万鸟儿在天空中盘旋、鸣叫，令人无不叹为观止。俄而，森林百兽齐鸣，此起彼伏，震耳欲聋，让人毛骨悚然，惊怕不已。十二响铳响过后，便是鸣锣开道，万民伞打起来，宛若皇帝出巡一般。近百名伐木工人费尽气力将大楠木搬到轨道上。

然而，制作轨道的工人们显然低估了楠木的重量，楠木一放上去，木制轨道支架便齐刷刷地折断数处。符世清不得不将人员兵分两路，一路拖运楠木，一路加固轨道。为运大楠木下山，符世清已然成了一个木帮帮主，与工人们同吃住，察看轨道，组织人员拖运，在山岭间来回奔走。百十人拖着大楠木，从山上到山下，进明溪，经酉水，进沅江，整整用了一个半月时间。

楠木入沅江，就如鱼儿入大江。

第十二章

且说小月奄奄一息之时，房东婆婆请了郎中过来。郎中告诉房东婆婆小月怀孕之事。房东婆婆听说过小月的身世，觉得这个无依无靠的女子就如随风飘荡的一枚树叶，性情还有些痴愚。她骂小月道：你这个苕（蠢的意思）女子，你吃了哪门子迷魂药。且不讲夫妻本是同林鸟，大难临头各自飞，你跟人家没名没分，你这守的哪门子贞烈？你怎么养活一个孩子？你就不要大白天做你的春秋大梦了，趁早打掉孩子吧。小月不晓得要如何反驳房东婆婆，她只晓得，既然她怀了孩子，就应该生下来，至于如何将他养大成人，自己以后如何嫁人，小月真的还从来没有想过。她对房东婆婆说，我想要一个孩子。房东婆婆再骂她劝她，小月都只是不作声。房东婆婆也没了办法，让郎中给小月开了药方，帮她抓药煎药服侍她。死里逃生的小月终于慢慢好转。

小月起先靠着符世清留下的银两过活，后来，手中积蓄越来越少，看着自己日益隆起的肚子，知道这样下去，自己和腹中的孩子非饿死不可，便找到码头客栈，恳求老板再让她进店打杂，老板倒是二话没说就答应了。

客栈还是那间客栈，伙计还是那些伙计，但小月已不是当年的小月。

大伙儿对小月的坎坷命运免不了唏嘘一番。然而，命运再是翻云覆雨，活下去才是主题。

路生仍当他的店小二，生贵仍当他的烧火佬，仍未婚，不过，比先前更加木讷了，先前是三天憋不出一个屁来，现在，是十天憋不出一个屁来，跟个哑巴似的，但生贵并不蠢，看他那双眼睛就晓得，鼓鼓的，亮亮的，不晓得里面藏了多少心思，藏了多少话。小月一来，他那双眼睛又像钉子一样钉在了小月的身上，小月重回客栈那天就没有拔出来过。

小月尽量躲避着生贵的目光。

老好人厨倌师傅想要撮合生贵和小月。小月有些犹豫，符世清杳无消息，她慢慢懂得独自养一个孩子会很艰难，但她心里又是抱着希望的，她能感觉到符世清对她的好，虽然目前是戴罪之身，但她相信符世清会有出头之日，有一天总会重返烧纸铺来找她。更何况，她怀着他的孩子。

符世清和他的大楠木紧赶慢赶到了烧纸铺。烧纸铺自然和其他码头一样沸腾了。小月也得到了消息。虽然挺着大肚子不方便，小月还是早早地向老板请了假回到吊脚楼，把自己打扮妥当，买了符世清爱吃的卤牛肉和尖椒盐花生，安安静静地等着符世清的到来。

这一次符世清不仅去伏波庙给伏波将军上了香，祭河神也比上次更加隆重。上了码头后，管家本孝即刻去店铺买了纸钱和线香，又请了烧纸铺的巫师。符世清带领船工恭恭敬敬跪在香案前，巫师焚起黄纸后，点燃三根线香，便开始口里念念有词，他微闭了双眼，双手捏着线香，用了唱经文一样的腔调喃喃念道："兹有辰州府符氏世清奉皇命押运大楠木赴京，若借宝滩一过，跪请河神保佑他无灾无难，顺风顺水，一路滔滔至京城……"

巫师一边口中念念有词地将线香插在香炉里，一边伸手从袖口内取出神卦。这神卦也不知传了多少代，像对半开的干冬笋，乌黑发亮。巫师说着轻轻地将神卦往地下一掷，神卦在巫师的双膝前落地，变为阴卦（两只卦光滑的一面全向上）。“阴卦昭示他曾经灾星附身，大慈大悲的河神一定要让他逢凶化吉，请求保卦保起……”巫师边念边不住叩头。跪在巫师后面的符世清也赶紧跟在巫师后面虔诚叩拜。巫师又将神卦抛下去，神卦在地上滚了几滚后，变为阳卦（两只卦凹凸不平的一面全向上）。“阳卦是拨开乌云见晴天，符氏世清虔心请神，日后再用三牲还今日之愿，还请河神保卦保起……”巫师再次将神卦抛下去，一阴一阳是圣卦，即保卦。“保卦保起了，河神神力通天，有了您老人家的庇佑，符氏一路滔滔无灾祸。”巫师终于替符世清求得保卦，再次叩拜后方才站起身来，领着符世清沿河滩撒米慰抚沅水大小冤魂野鬼，虾兵蟹将。巫师做法完毕，收了银子准备离开，管家本孝又请他在客栈住宿一晚，说是明天请他护送大楠木过青浪滩。巫师欣然应允，随了符世清一行回到客栈。

符世清回客栈稍事休息后，与管家交代了几句，便要到小月那儿去。巫师一听，将符世清拦在了门口，说此时近女色乃大忌，要想平平安安把大楠木送到京城，一定要斋戒、净身、清欲。否则，明天能不能过得了青浪滩都很难说了。所谓一朝被蛇咬，十年怕井绳，符世清不敢不听巫师的话。祭河神时巫师半天打不到保卦，符世清原本就有些疑惑和担心，现在听巫师这么一说，更不敢随心所欲了。符世清退回房间，草草洗漱后便躺到床上去了。可是，符世清哪里睡得着，小月的身影不时在他眼前晃动，他几次从床上爬起来，走到门边欲下楼到小月那里去，可巫师的话如咒语一般，让他不敢踏下楼梯半步。他怕啊！他的前途官途、符家大大小小几十口人的命运都系在那一根大楠木上了，他实在丢不起。

天渐渐地暗下来，已准备好了一切的小月不时起身到临街的窗口探望，却始终不见符世清的身影。小月开始坐立不安，猜想符世清没有来的理由，心里又不时地安慰自己，祈盼着他的身影在下一刻会出现在阁楼的门口。然而，符世清始终没有来。小月晚餐也没有吃，在委屈的泪水中和衣睡去。

近在咫尺而不能相见的煎熬让符世清坐卧不安，在房中踱来踱去，直到三更才迷迷糊糊倚在床头睡去，睡梦中见小月眼泪汪汪地坐在一艘小筏上离他而去，符世清欲起身去追，却有一垛墙突然隔在他们中间，小月像一缕青烟一般消失了。符世清从梦中惊醒后便再也睡不着，披衣踱至窗前，唯见一弦弯月高悬于苍穹之中，对岸山峦影影绰绰，两三点渔火如荧光一般包裹在浓浓的霜雾里，一只渔舟已收锚起航。符世清转身挥笔在书案上写下：

戴月冲寒行路难，
霜花凋尽绿云鬟。
五更鼓角催行急，
一枕相思梦未残。

小月一夜皆在半睡半醒之间，她生怕符世清会在下一刻来敲她的房门，然而，符世清始终没有来吊脚楼。大清早，小月倚在吊脚楼的窗口看着符世清的大楠木慢慢离开，江面上有渔歌飞过来，尖锐而沙哑，划破白纱帐一样的江雾。小月的泪水再一次涌出。

厨倌师傅阅人无数，依他自己的话说，青浪滩上飞过的河鸦哪只是公哪只是母，在他面前过一眼，他都晓得。他对小月说：人各有命，你只有一两的命，你争到了二两，老天爷看不过眼，还是要伸手取走。富贵在天，天老爷说了算，你能搬个岩头去打天？况且，哪有个个叫花子都是天子的命，哪有只只家鹅都能变天鹅的呢。

小月不作声，埋头洗她洗不完的碗。符世清是天上的星，江中的月，而生贵最多只是船桅上的一盏昏黄的桐油灯，鼎罐里一个黄黄的苞谷粑粑。大伙都愿意小月和生贵好。所谓现实稳妥，原本就是这个样子的罢。

小月偶尔会看着生贵的背影发一阵呆。

生贵的父母都曾是青浪滩上的纤夫，在生贵还只会在地上爬的时候，便双双葬身青浪滩，留给生贵的两间木屋，如今是漏风又漏雨。生贵决定将其好好修缮一番。这天，大伙刚要摆碗筷吃夜饭，对面杂货铺的伙计匆匆跑过来对生贵说，滩上又打烂排了，船主也死了，一滩的好杉木无人管。生贵放下碗筷就往滩上奔。

然而，生贵这一去就没有回来。有人说，生贵的爹娘牵挂生贵，将他接走了。还有人说，恐怕是小月命太硬。小月的肚子一天天大起来，客栈老板娘几次对小月说，孩子生在客栈不好，要她辞工，小月无法，回到小吊脚楼。

从客栈辞工后，小月就在烧纸铺找些替人浆洗、缝补的零活度日。自生贵出事后，小月更是不轻易到烧纸铺的大街上走动，就是替人浆洗缝补，小月也是大清早去收人家的换洗衣服，天黑的时候再送到各家各户去。

符世清和他的大楠木过清浪滩、洞庭湖，一帆风顺至京城。大楠木运抵京城后，巨木惊动朝野。皇帝看到大楠木仿佛看到了永世的大明王朝，欢喜不已，当场下旨重赏符世清，让他官复原职。当初力荐符世清的师逵也得到了赏赐。可谓皆大欢喜。

第十三章

小月的肚子越来越大，分娩的日子越来越近，替人浆洗的工作做起来也越来越吃力，一天下来常常累得小月直不起腰。由于休息不好，营养也跟不上，小月的双脚肿起来了，每天勉为其难到各家收衣送衣，有几家看到小月这个样子，慢慢也就不再请小月洗衣。小月的收入几近于无，贱卖了几件首饰勉强度日。

可是，尽管小月省了又省，还是有半年未交房租。起初，房东婆婆和小月一样，还指望符世清寻得大楠木后来替小月付账，符世清过烧纸铺而不入小月的门，房东婆婆和小月一样死了心，忍不住在小月面前叨唠，小月厚着脸皮住了一个月又一个月。随着小月的预产期日益临近，房东婆婆的脸色也越来越难看。小月欠房租还只是一个方面，房东婆婆最怕小月难产，在烧纸铺这种地方，孕妇十有三四死于难产，小月无依无靠，接生婆都请不起，现在全身都肿起来，生孩子只怕是凶险。小月要是死在阁楼上，不是晦气吗，以后还有谁敢租她的房子呢？最近几日，房东婆婆几乎天天上楼来找小月，要她另寻地方。自从父亲过世后，小月无亲无靠四处为家，不晓得自己能搬到哪儿去，尽管暗暗着急，却又无可奈何，流着泪求房东婆婆再宽限几天。

这天，小月在码头边浆洗衣服，一个衣襟褴褛的老婆婆在她身边蹲下来洗一只缺了一道大口子的青花瓷碗，小月把自己沉重的身体移了移，给老婆婆让了个位子。老婆婆对她笑了笑，拿出手巾来洗脸洗手，完了，也没有走开，看到小月身边堆得像小山一样的衣服，放下碗帮小月一起洗，小月感激地朝她笑了笑。问："老人家哪里人？"

"辰溪人，大家都叫我麻婆。一路要饭到这里。"麻婆说着停下手中的活，面对着小月。麻婆满脸麻子，笑的时候，脸上的麻子一跳一跳的，堆成一堆。麻婆又说，这里的人比辰溪人好施，不嫌弃她这一个孤老婆子，到哪家都多少给她施舍点。小月随口问麻婆住在哪儿，麻婆抬起头来，朝青浪滩方向指了指。烧纸铺像月牙一样，小月住在月牙的最左边，麻婆指的是月牙儿的另一头。小月忍不住问："街那头有房子租吗？"麻婆笑着摇了摇头，告诉小月她是住在山洞里。她无意中发现的，白天在烧纸铺讨饭，晚上就睡在那里。麻婆帮小月洗完了衣服，将手在衣襟上抹了抹，拾起破碗，准备走，小月赶紧直起腰来，从衣袋里掏出一文钱来给麻婆，麻婆笑着摆了摆手说："妹妹，看你也是苦命人，留着自己用吧。"头也不回地朝烧纸铺街道走去。

几天后，房东婆婆再次冷着脸要小月尽快搬出去。晚上小月一边收拾东西，一边默默落泪，一时竟有些后悔自己当时该听房东婆婆的劝，打掉这个孩子。如今连自己也没了安身之所，却还要让孩子来这世上遭罪。

第二天大清早，小月搬出租住了几年的房子，提着东西来到了小山洞。这天麻婆正准备收拾东西搭便船去麻洢洑，小月的到来让她非常惊奇，那天在码头帮小月洗衣的时候，只是感觉到小月也是个苦命人，却没想到小月的遭遇比自己更遭。麻婆赶紧替小月收拾出一块地方。又跑到后山抱了几捆干稻草回来给小月铺上。从这天起，小月也没有再到烧火铺替人浆洗衣服，把能贱卖的东西都贱卖了，准备和麻婆一起到烧纸铺码头乞讨。麻婆不让她去。小月对麻婆说，最担心自己身上仅剩的一点点钱请不到接生婆。麻婆呵呵笑道：妹妹，放心好了，你肚里的孩子不会因为你无钱请接生婆就一直住到你肚子里的。到哪座山再唱哪首歌。我这孤老婆子，无依无靠，不也活得好好的？小月无奈地笑了，心情竟好了许多。

麻婆很照顾小月，自小月搬来山洞以后，要饭时多走几家，有时也向过往的船客讨些钱，向烧火铺的人讨些米菜之类的，回来给小月熬粥喝。小月每天在沅水边采些野芹、马齿苋、油麻叶之类的野菜，有时也到清浪滩的后山采些麻竹笋和黑木耳回来改善生活。两个苦命的女人就在这山洞里相依为命。

小月肚里的孩子就如山间的浆果一般，沐着风霜，沐着雨雪，在苦难的烘焙下瓜熟蒂落。转眼间小月在山洞住了半月。这天早上，沅江水雾缭绕，对面半山上的雾直到近中午还没有散去，而清浪滩这边却飘飘洒洒地下起雨来了。小月早上起来后就觉得有些不舒服，勉强喝了些粥。麻婆说，今天烧纸铺有只新船下水，要在河滩边举行祭祀，她去看看热闹，也顺便讨些斋饭斋饼回来。小月像是自言自语又像是对麻婆说我可能快要生了。麻婆说哪有这么快的，生头胎没个三天二夜不得出来的。说着拿着讨米袋就到烧纸铺去了。

中午的时候，坐在山洞边的小月突然感动小腹部一阵剧痛，痛得小月直不起腰来，趴在地上，咬着牙。过了一会儿，腹痛好像缓和了一些，小月站起来走到洞里的地铺上，未待小月躺好，第二次阵痛又开始了，小月痛得直打滚，忍不住哭叫起来。然而，这样一个山洞，平时看不到人来往，小月就是喊破喉咙也无人听到。小月在地上滚来滚去，头上豆大的汗珠直流，不一会儿全身就变得湿漉漉的。阵痛稍稍停顿的时候，小月清醒起来，记起曾听房东婆婆说过分娩分明就是儿奔生娘奔死，甚至一尸两命母子同赴黄泉，要想活，必需靠自己的力量想尽办法把孩子生下来。几分钟后，阵痛再一次开始，小月有意识地使劲，虽然是头一次生孩子，但生孩子是女人的天性，小月在一次次的阵痛时无师自通晓得如何使劲，晓得在阵痛过后放松自己如何积攒体力，而她腹内的小生命似乎也很配合她，一点点地往子宫外挤，随着天空一个震天的响雷，小月咬紧牙关使尽全身的力气给了小生命一个出口，哗的一声，小月感觉有一湾温泉奔涌而出，涤荡着心胸，全身像被凝脂一般的碧波荡起，最后缓缓地放下来，放下来……身子似轻云薄纱般落在地上。孩子生出来了！落地的瞬间，小家伙同时也"哇"地放开了他的嗓子，声音响亮清脆，似放排的汉子喊出的号子，似山间的男女对唱前的那一声长调。是个小子！孩子毛茸茸的脸，虽是才出生，眉毛却是浓浓的，天庭饱满，嘴角微微上翘，五官像极了符世清。小月起身抱起孩子，用做女红的小剪刀在蜡烛火上烧了一会，算是消了毒，然后用它剪断了脐带。又从身边的小包袱里取出小被单把孩子包捆好放在自己的身边。做完这一切，小月已是精疲力竭，全身软绵绵的，像风中的一片树叶，只要轻轻一吹就会飘走。母子俩静静地躺在稻草上，隐约听到河滩边有鞭炮的响声，应该是大船下水了。小月想，麻婆讨到斋饼没有呢？

第十四章

符世清领了皇上的奖赏后在京城逗留了些时日。他先是拜谒了几位大臣，又在城隍庙各处游玩了几日。这天，符世清正由管家本孝陪着游夫子庙，在夫子庙门外碰到了同年中举的同学曾关培。两人既是湖广同乡，又是同届举人，关系很是密切，几年未见，自是分外亲热，在一品红酒楼把酒话别后之谊。对于符世清的“楠木事件”，曾关培早有耳闻，只不过不知个中细节竟是这样惊险神奇，听符世清一一述说后更是感叹不已。曾关培来京也有些日子，正准备回湘潭府。这个天性害怕寂寞的人，听说符世清也准备回辰州府，便力邀符世清同行。在长沙府分别时又执意请符世清去湘潭一游，符世清说出来的日子已经够久了，想早些赶回家，但曾关培死缠烂打，符世清盛情难却，便又辗转去湘谭游玩了几日，然后走陆路，经宝庆（今新化县），穿溆浦，过辰溪，经麻溪铺，回到辰州府。

符夫人得到符世清回家的消息，天天派了下人抱了鞭炮去码头迎接。符世清一踏上中南门码头，便引来了无数人的逢迎。街坊邻居、亲友商贾，比当年符世清中举后回家更热闹。符世清满脸堆笑，见人打拱，认识的不认识的。大家簇拥着符世清回甲第巷，过胡屠夫的屠桌边时，特意走过去和胡屠夫打招呼，胡屠夫竟忘了卖肉，提着屠刀跟了好远，街坊笑他是不是想改行去做知县大人的保镖。符世清家中更是热闹得不可开交，里里外外都是人，如过年一般，院内收拾得整整齐齐，门楼前大红灯笼高挂，堂屋神龛下香烛袅袅，供果飘香。一年前辞退的家丁佣人听到符世清官复原职后都恳求回来，符夫人心情好，全部接纳了他们。他们便如铆钉器物一样各就各位，成为符府的一分子。

符世清以为，兄长符世根一得到他寻得大楠木的消息就会回甲第巷，符夫人甚至要管家向本孝去和隔壁邻居老王商量，买回符世根的老宅。向本孝去了几次，老王似乎不太愿意，但又没有明显拒绝，推说等符世根回来再议。但转眼，符世清回辰州府已三个月，符世根仍然杳无音讯。符夫人这才又心急起来，天天唠叨着要符世清派人去寻。符世清离任一年，知县的位置一直空着，衙门内外事务由邓县丞代为操持。邓县丞持己廉谨，莅事精勤，但邓县丞不是本地人，处理政务的套路与符世清也完全不同，无论衙役还是百姓都不太适应，一年下来，磕磕碰碰，没出什么大乱子，却也积陈了诸多的公务，几十件讼案、应收未收的正赋、杂赋以及应摊派收缴的贡项都等着符世清去处理，符世清每日清早出去，不到掌灯，不得回甲第巷。符世清抽不出身来，暗地里也派家丁衙役在附近乡村打听符世根的下落。后来，又派了家丁到永顺、浦阳、桃源等地寻找，可是，符世清哪里知道，当日符世根离开的时候，故意隐埋了去向。浩渺世间，人去如烟，任符世清踏破铁鞋，哪里又寻得到他们的踪迹。符夫人不禁怀疑兄长有意不回辰州府。想当初，符世根带着贤儿离开之时，要求将贤儿过继给他，符世清没有答应。符世根天生的生意人，走到哪都不会缺吃少穿，唯一缺的就是给自己养老送终的子嗣。符夫人说出自己的想法，符世清说夫人想多了，兄长不是那样的人。符夫人反问道，沅水上下两百里都知道你寻得大楠木，官复原职了，唯独他没听到消息？符世清无言以对。

符世清也时常惦念着小月，这天，计划让富贵陪他去一趟烧纸铺。吃完早饭后，符世清正要出门，王秀才和董老板相约一起来拜访符世清，富贵开门一看是董老板，即刻板了脸孔道："你找错门了吧。"两位赔着笑道："兄弟，没找错，老熟人呢。""哦，老熟人啊，那我看看阿黑认不认识你们。"阿黑是富贵养的一条猎狗，富贵做了一个手势，阿黑一下子如发了疯一般，对着董老板又是扑又是狂吠，吓得董老板连连后退。符世清在堂屋听到狗吠声，晓得是富贵的恶作剧，走出来斥退了阿黑，请两位进屋。阿黑一副受了委屈的样子，"喔喔"地叫着，富贵蹲下来搂着阿黑的脖子，道："谁叫你狗眼识人呢？"

董老板的公子在龙兴讲寺求学，王秀才和董老板是来商谈捐修龙兴讲寺的。这自然是好事，符世清寻楠木送楠木进京的一年多时间里，没有去过讲寺一次。从京城回来后，讲寺的王秀才到衙门来找过他，谈及讲寺年久失修，韦陀殿的拱顶椽子数处朽烂，屋瓦急待检修的事，符世清因为当时其他公事脱不开身，维修的事便一直搁置在那儿。三人聊了一会儿之后，符世清觉得不如直接去龙兴讲寺现场办公，余董两人哪有不从之理，于是三人又坐了轿去龙兴讲寺。

符世清久不去龙兴讲寺，龙兴讲寺红沙石墙壁斑驳得一如岁月留下的伤痕，马头墙上枯萎的狗尾巴草迎风而舞。符世清不由得感叹：原来，一座房屋也会因一个人而沧桑。

眼看着去烧纸铺的计划又落空，富贵在符世清跟前嘟噜道，小月孤单单一个小女子，无亲无靠的，指不定日子有多难呢，不如我先给她送一些生活费去。符世清晓得一时半会儿也抽不出身来，便由着富贵安排了。

然而，烧纸铺街尾的那栋小吊脚楼已人去楼空。富贵跑到码头客栈打听消息，客栈老板告诉他，怀了孕的小月确实在客栈里做过一段时间的帮工，但临产前离开了，至于去了哪里，没有人晓得。

第十五章

符世根一家仍然在罗衣岭过着遁世避难的日子。

做了半辈子生意的符世根，走到哪儿都带着商人的头脑。他一边在罗衣岭过着深居简出的日子，一边在附近十里八村收购一些山货，每隔一段时间，便送到永顺城去，也从永顺城进购些日常生活用品卖给村民。符世根是善于变通的人，村民没有现银，就让他们用各类药材、兽皮、干果兑换。日子虽然没有了在辰州街的排场和热闹，却也安逸自在。当然，也时常会想起符世清，不晓得他找到大楠木了没有。

不会说话的贤儿，却如幼兽一般一天比一天结实。有时候，会离了符世根两口子的视线，在院场的岔路口玩耍，贤儿每次看到来客都是从岔路口冒出来，便觉得那个地方实在很神奇，忍不住独自跑到岔路口去看。虽然岔路口很少有人来，但贤儿还是喜欢站在岔路口，久了，他便发现虽然没有人来，但总是有长尾鸟在灌木丛中飞来飞去，那些鸟也把小贤儿当成小兽了，并不怕他，跳到他的脚跟前，啄食他散落在地上的米饭。

二哥用鸟笼装了一只八哥送过来，说是给贤儿作伴。八哥特别漂亮，灰褐的尾翎，项圈上的毛呈金黄色。八哥只会说一个词语：花花，花花。贤儿爱不释手，八哥在笼里跳下跳下，贤儿时常看得出神。八哥看着贤儿呆呆看着他，更是“花花，花花”地叫个不停。但贤儿就是不会开口说一个字。

贤儿病愈半年后，这天符世根准备带贤儿去永顺城，贤儿横竖要带八哥一起去。符世根无奈，只得用了棕索将鸟笼系在背篓上。伯侄俩一路山一路水来到永顺城。永顺城是土司城，虽然也是依山而筑，依水而居，城中格局却与辰州府完全不同，土司王的城堡立在最高处，站在船上隔得老远就看得到，层层叠叠如宫殿一般。城里更是热闹得很，不知从哪儿来这许多人，人挤人，人贴人，没得一处空隙。每一个女子身上都戴有银饰，乍一看，人和人都穿得差不多，长得差不多，高矮胖瘦也都差不多，细细看，却又神情举止各不同，有的柔顺，有的刚硬，有的羞涩，有的张扬。符世根背着贤儿在人缝中穿梭，四通八达的巷弄拐七拐八，望不到巷头巷尾，对街一律的吊脚楼，飞檐翘宇，场面大些的，还有晒楼有阳台，楼下一律的店铺，所卖物什跟辰州街倒大同小异。几乎每条巷子的拐角处都有炸油粑粑的。辰州府也有炸油粑粑，不过馅料没有这般丰富，萝卜丁、豆腐丁以及各种酸菜丁，还有一串串的小虾小鱼儿，真正五花八门。油粑粑的香味飘得满街都是，贤儿的口水都流出来了，他在背篓里伸出手扯了扯符世根的手臂，又指了指油粑粑，符世根道：“贤儿和大爹一样的嘴馋了是吧，好哩，咱爷俩先吃个油粑粑解下馋。”说话间走到炸油粑粑的摊子前，把各种馅料各买了一个。卖油粑粑的是个老阿婆，不像街上其他女子穿土家族服饰，穿的是苗服。她看到符世根一下子买了好几个油粑粑，不由得抬起头来，然后盯着贤儿看了许久，猛地吐出一句：“这是你家佬佬么？”

符世根愣了一下，旋即笑道：“阿婶，你好好看看，我们爷俩一个模子印出来的哩。”阿婆笑着伸出手在贤儿的脑门上摸了摸道：“这孩子的眉目里透着一股子富贵气哩。”“呵呵，谢谢阿婶吉言。”符世根付了钱，取了油粑粑继续往前走。

符世根在一家名为“姚记”杂货铺屋檐前放下背篓，把贤儿从背篓里抱了出来，让他跟八哥玩耍，自己进了店铺。八哥“花花”地叫了几声，即刻引来了几个小孩子围观，八哥叫得更欢，在笼里跳上跳下。其中一个小男孩轻轻用手拔了一下鸟笼门，门“唆”的一声弹了上去。八哥看到打开的出口，向外张望了一下，小心翼翼地出了鸟笼。贤儿也不敢去捉，转过头去看了看店里的符世根。符世根正一心一意挑选商品。八哥踱着方步朝大街上走，几个孩子笑嘻嘻地跟在八哥后面，贤儿也不由自主地跟上去……

符世根选了几样商品，反过身来一看，贤儿不见了，丢掉手中的货物，冲出店铺，左右一看，哪有贤儿的影子。符世根犹豫了一下，朝通往码头的河街一路疾走，一边大声呼唤贤儿，跑到码头，符世根也不待人同不同意，跳到各家木船上查看，可哪有贤儿的影子。符世根慌了神，返身往回跑，路过卖油粑粑的摊子，不由自主地停下来，大声道：“阿婶，你刚刚看到我家佬佬了不？”阿婆摇了摇头，接着又叹了一口气。符世根想起买油粑粑时阿婆说的话，看着她灵魂出窍的神情，心里一惊，她莫不就是二哥曾说过的仙婆？赶紧从衣袋里摸出一粒银子，握着阿婆的手道：“阿婶，我佬佬是我的命根子，你救救我。”阿婆从符世根的手里抽出自己的手来，微闭着眼睛，手指不停地掐算，好一会儿，睁开眼道：“往西北方向去了，再过一个时辰看不到他，他就是别人家的子嗣了，你也不要追了。”符世根来不及谢她，飞也似地朝前跑。跑到“姚记”杂货铺前，背篓和鸟笼仍旧在屋檐下，贤儿没有回来！符世根继续往大街疾走，走到一个“人”字形的支路口，想起阿婶说人在西北方向。径直走是北方，往右是东北，往左是西北，符世根半点也没有犹豫，进了西北方向的巷子，巷子里同样有诸多小店铺，符世根不断地向店铺老板打听，有没有看到他家的小贤儿，可谁都摇头。符世根越走越急，发疯似地往前奔，远远地看到一个小广场，那是一个骡马交易市场，到处是骡马，是人群，是粪便，就是没有看到他的贤儿！符世根不管不顾，带着哭腔大吼道：“贤儿，贤儿……”市场上的人被符世根突如其来的吼声吓一跳，纷纷侧过头来看他。一个老者走过来问道：“是不是孩子不见了。”符世根用力地点点头，几个闲人也跟过来围在他身边，符世根又如此这般地描述了贤儿的穿着长相，大家听后摇头，符世根绝望地四顾，不知要到哪里去找贤儿了。这时，一个七八岁的小男孩拉了拉他的衣襟，然后用手指了指前面。符世根蹲下身来比画道：“佬佬，你是不是看到这样高的穿着红衣服的小佬佬了？”小男子用力点了点头，又用手指了指前面。符世根来不及道谢，走到一个马贩子前三言二语道明要租他的马，马贩子不肯。符世根二话不说，从衣襟里取出足够买一匹马的银子往马贩子怀里一塞，一手夺过马绳，双手攀住马背，双脚往地上用力一蹬骑在马背上，口里急喝一声，马受惊后，散开蹄子朝着小男孩子手指的方向一路奔过去。符世根这一辈子哪里骑过马！情急中一只手不由自主地抱住了马脖子，这马原本不过是马帮的一匹很温驯的驼物的老马，过一会儿，符世根的双脚不再乱蹬，稳稳地夹住马肚子，马像是受到了按抚，放匀了脚步。这是一条驿道，路基尚算宽敞，符世根由着马带着自己一路飞奔。大约跑了四五里路的样子，远远地听到有小孩子的哭声，符世根双腿夹了下马肚子，马儿像是懂了符世根的意思，加快了速度。拐过一个弯，看到一个青衣男子用背篓背着一个孩子急急地赶路。符世根打马过去，跑到青衣男子前面，背篓里啼哭的果然是他的贤儿。符世根拦在青衣男子的前面，青衣男子被突如其来翻身下马的符世根吓了一跳，沉声道：“干嘛？青天白日想打劫吗？”

符世根满目怒火道：“是你在打劫，他是我的儿子！”

“你的儿子？哈哈，你有什么证据？”

证据？是啊，自己有什么证据呢？贤儿都不会说话，不会叫人，青衣男子之前显然已看出贤儿不会说话。

“他是我的儿子还要什么证据?!”

“那有什么证据证明他不是我的儿子？”青衣男子反唇相讥。

“那好，我们去官府，让官府来定决。”

“我凭什么要跟你去官府。”青衣男子一副不耐烦的样子，欲背了贤儿继续赶路。原本已不哭了的贤儿看青衣男子要背他走，突然伸出双手，一边做出要符世根抱的姿势，一边大哭道：“爹！爹！”符世根一把将贤儿揽在怀里，青衣男子知道自己无法抵赖了，趁着符世根凝神紧抱着贤儿的工夫，背着空背篓飞脚就跑，符世根反应过来，看着青衣男子远去的背影，也不追赶。贤儿边哭边指着天空道“爹，花花，花花……”符世根心里一愣，贤儿会说话了？符世根不相信自己的耳朵，将贤儿放下来，蹲下身来问：“贤儿，你说什么？”这回贤儿止住了哭，指着天空口齿清楚道：“爹，花花，花花……”符世根激动得眼泪都流出来，再次将贤儿揽在怀里道：“我的儿，花花飞走了是吧，没事没事，爹回家跟你捉花花。”

符世根一手牵马，一手抱着贤儿往回走。走到骡马市场，马主人早已不知去向，符世根便宜处理了马。父子俩回到杂货铺买了一些日常用品，又吃了一碗米豆腐当中饭。路过炸油粑粑的地方，符世根想再次向阿婆道个谢，可是，阿婆已经收摊走了。符世根向旁边店子里的人打听，店老板一听说找阿婆，反问了一句：“你找仙姑做什么？”

“仙姑？她就是这城里鼎鼎有名的晓得前世今生事的向仙姑？”

“是哩，这永顺城除去她还有谁呢。”符世根不再说什么，谢过店老板带着贤儿离开了。

下午，父子俩坐船回罗衣岭。同船者五六人。有一位戴棕笠长脸的中年男子话最多，一副地上事全知，天上事知道一半的神情，一路滔滔不绝讲个不停。突然，他将话题转到了辰州府，他道：“你们知道不？辰州府知县半年前运送楠木进京，不想在洞庭湖翻了船。被皇帝老爷罚了十斗瓜子金，十万两雪花银，倾家荡产了。”

“你这是老皇历了。”坐在他对面的一位老汉一边慢腾腾地应答，一边“邦邦、邦邦”地在船舷上敲他的三尺长的满是树疙瘩的手杖，声音雄浑动听，像木鱼声，又像细碎的鼓点，一下一下敲在符世根的心田。

“更造孽的事还在后头呢，据说，知县的兄长典当了全部家产后带了家眷遁隐了，知县大人带着他的两位家丁四处找大楠木，不承想在一处深山老林里遇上了老虫，知县大人和他的管家被老虫咬死了，同去的家丁人年轻跑得快，爬到一棵枞树上，才免了一死。”

符世根听着心里一惊，真想跑过去揪住长脸男子问个清楚，想想自己的身份，将贤儿往怀里紧紧地搂了搂。

“你这不是道听途说的吧。”老汉一面敲打着他的手杖，一面忍不住道。

“我屋小舅子半个月前才从辰州府回来，这是那个死里逃生的家丁回辰州府后亲口在码头边对候船的人说的呢。”长脸男子一脸严肃道。

“这一家算是完了。”老汉终于不敲他的手杖。

“可不是，听说皇上派人在四处搜捕他兄长呢。”长脸男子一脸悻然的样子。

符世根悲从心来，恨不能痛哭一场。可是，这哪里又是他流泪的地方！他转过头去，久久地凝视白河，从天上一盆子倒在江面上的炫目的阳光，如万千宝石跳跃飞溅，照得人睁不开双眼。一行泪水悄悄从符世根眼眶中滑出，贤儿懂事地伸出小手堵住符世根脸上即欲滑落的泪水，符世根再次将贤儿往怀里搂了搂。

回到家，符世根痛哭一场。

自此，符世清彻底断了回辰州府的念头。

新年后，永顺府的衙役来罗衣岭清理户口，符世根一家正式落户罗衣岭。在罗衣岭人的心里，只知有凌金生，不知有符世根，而贤儿是凌金生的长子。罗衣岭没有学校，符世根亲自教贤儿识字断文，待贤儿稍大，又教他经商之道。幼儿的记忆如水中之鱼，贤儿渐渐记不得他的亲生父母，如山间的小兽自在而又健康地长大成人。

不晓得是贤儿开启了符世根夫妇的子嗣运，还是罗衣岭的山水养人，十多年不孕不育的朱氏竟然三年内生了一男一女两个孩子，这让符世根欢喜不已。

第十六章

小月生孩子满百天后，便带着孩子来到了辰州府，在尤家巷一间小客栈住下，窄窄的小巷子看起来十分逼仄，但每一个门进去后，里面都有一个方方正正的四合院。客房多半被人长期租去了，租户大都拖家带口，他们或是在辰州府做小生意，或是在辰州码头打零工，还有的是长年跑沅水而把家安在这个小巷子里的船工。小月带着个孩子，引来不少疑惑的目光，客栈老板问她从哪里来，来辰州做什么，她也不作声，只笑笑。客栈也提供饭食，但小月一次也没有吃过，每天只吃两个馒头，衣袋里已没有多少生活费了，幸而麻婆离开烧火铺去麻洴洑之前，把身上的碎银悉数给了小月，但这些钱还是经不起娘儿俩的折腾。

小月胆子小又不认得字，抱着孩子沿街打听，有人听说她找知县大人，以为她要减冤，叫她直接去县衙门，小月在县衙门转悠了几天，也不见符世清的影子。这天，小月又打听到符世清住在甲第巷，抱着孩子进了巷子。小月刚到符府门口不久，便看到符府的大门开了，富贵走了出来，后面跟着一顶轿子。富贵一抬头也看到了小月，未待富贵开口，小月已抱着孩子跑过来了。

“月姑娘，你怎么在这里，老爷……”富贵大嗓门一出，随即知道自己犯错误了。

“富贵兄……我……”小月看到富贵激动不已，话未说完，富贵朝小月摇头又摆手。

但是已经来不及了，坐在轿子里的夫人已听到了富贵的声音，掀起帘子，探出头来。

“富贵，你和谁说话？”

“我……她……”富贵一时不知怎么回答。夫人跟符世清结婚这些年，就像守着鱼缸的老猫一样，总感觉有些腥味星子往她鼻子里跑，但一直没有看到鱼浮出水面（当然，最主要的是她不知道符世清的情人会远在烧纸铺），富贵这不打自招的一句，夫人拉开帘子的那一刻已是明白了八九分。她脸一沉对轿夫道：“回家！”过了一会儿，她探出头来看富贵和小月都呆立在巷子里，又沉声对富贵道：“请她也一起进来。”

小月被符夫人突如其来的训斥声吓坏了，待她回过神来，立马也明白了怎么回事，进亦不是，退亦不是。富贵急得直抓后脑勺，老爷不在身边，向管家不在身边，这回自己死定了，小月死定了，老爷更是死定了。富贵做了个手势，小月无可奈何地抱着孩子跟着富贵进了符府。

夫人在堂前坐定，小月抱着孩子战战兢兢地跟着富贵进了屋。富贵进到大厅“扑通”一声跪在堂中，小月站在他身边，一时竟不知自己也要下跪，低着头一动不动。下人端来茶递到夫人手上，夫人慢慢地喝了一口，把茶杯往茶几上一放，手指带动杯盖掉在茶几上，打了几个滚以后，“呼”的一声，摔在地上碎成几瓣，吓得站在旁边的丫鬟打了个哆嗦，不知发生了什么事。

正在气头上的符夫人，一双拔得细长的上扬的浓眉像出鞘的利剑。不待富贵开口，劈头盖脸对富贵道：“富贵，你说一说，这到底是怎么回事。”

“夫人，她不是……”富贵想作最后的努力，把刚才说错的话纠正过来。

富贵看了看符夫人，又看了看她旁边正在捡拾碎茶杯的丫鬟。符夫人打发丫鬟出去，掩上门。

“好了，都这个时候了，你不要替老爷隐瞒了，说实话吧。”夫人不动声色道。

富贵也不知道夫人到底知道了多少，三年前夫人就多次在他面前探听虚实，每次都被富贵遮掩过去。这一次，做贼心虚的富贵哪经得起夫人这一唬一诈的逼问，便把老爷如何认识小月，又如何带她去长沙府，回来后，又如何辗转回到烧纸铺的经过一五一十地给夫人交代了。不过，孩子的事他真不知道，并且反复说自从楠木丢失后，老爷也有一年多没去过烧纸铺看过小月了。符夫人叫富贵也出去，她有话单独问小月。

符夫人又问了小月的身世。小月不敢有半点隐瞒，详详细细地告诉了夫人。末了，小月扑通一声跪在符夫人前面，对着夫人连连叩头道：“夫人，这是老爷的骨肉，真的，我不骗你，你看看就知道的，你行行好，收留了我们娘俩吧，我愿意一辈子给你做牛做马。”

夫人厉声道：“你都有一年多未见过老爷，你说这是老爷的骨肉，你觉得我会相信吗？”

小月带着哭腔道：“他真就是老爷的孩子！他真是老爷的骨肉。夫人，你不信，你看看。”小月争辩着，双手托起孩子，想让符夫人看清孩子的小脸儿。

符夫人低下头来看了看孩子。还真的有几分像符世清，不，准确地说，是和贤儿长得很像。想到贤儿，符夫人的心针扎一样地疼。一年多时间了，贤儿一直下落不明，而自己却总也怀不上孩子。如果自己这一辈子不会生养了，那符世清这一脉真要断后了。收养他，兴许将来还可以给自己养老送终。不过，这个女人不能留下，收一个吃四方饭的女子做妾，这符府怕是永世要成为世人的笑话了。

“好，就算我相信他是老爷的骨肉，你觉得你的身份可以做老爷的小妾吗？”符夫人道。

“请看在孩子的份上。”小月道。

“孩子是孩子，你是你。你知不知道，大明朝律例，严禁官员嫖娼，更严禁官员同娼妓结婚，违者除受杖责之罪，还要贬为庶民。”夫人道。

“我不是娼妓。”小月委屈地申辩道。

“你都住在娼妇街上，谁能证明你不是？如果你真为老爷好，你就留下孩子，远走高飞。”夫人冷笑道。

“我要和孩子一起。”小月抱紧了孩子。

“你想一想，你一个弱女子也养不活他。你带着他再嫁，他也是别人家的养子，跟了养父姓，你不如让我帮你养大，你看，这辰州府，没有比我更适合抚养他的了。再说了，没有了这个包袱，你完全还可以找一个好人家嘛。”符夫人劝道。

“不，要么我和孩子一起留下，要么一起走。”小月执拗道。

“我不逼你，你回去好好想一想。春生，你送娘俩出去！”符夫人起身开门叫春生进来。春生是符世清去寻大楠木时，符夫人从娘家要过来帮符府看家的下人。符夫人说着对春生使了个眼色。小月抱着孩子离开了符府。春生一直跟在小月身后，看她进了尤家巷的四合院，匆匆回来报告给了符夫人。

符夫人在春生耳边如此这般地叮嘱了一番。

春生再次来到了小月的住处，小月正抱着孩子黯然伤心落泪，春生在门口站了好一会儿，小月也没有发现。

接连几天，春生都在尤家巷转悠。一开始小月还没太在意，客栈老板也发现了，提醒小月，小月这才害怕起来，但又不敢跟客栈老板说实情。小月心里晓得将孩子交给符夫人抚养，对孩子只有好处没有坏处，但辛苦怀孕十个月，小月实在舍不得啊。可是，时间一天天过去，符世清总不见回来，这样下去，恐怕孩子迟早会被抢走。这天，客栈老板又看到春生在客栈外，对小月说："你收拾一下东西赶紧搭船走吧。你不走，你也不会有好日子过。"

小月吃尽苦头满怀着希望来到辰州府，而符世清也官复原职，本以为会母凭子贵，却不知是竹篮打水一场空，仍要四处为家。符夫人是铁了心只留孩子不要她，自己不走不行，便将孩子用背带背在前胸，收拾东西。简单的几件衣服，小月一会儿就把包袱打理好，到天井的另一间房子和房主说了几句，交了客房的钥匙，房东倚着房门和小月说了一声"你好走啊。"便回到屋内去做自己的事去了。

小月拿了包袱，走出了尤家巷。春生站在街口，看到小月过来，别过头去。小月径直走到码头，问了几处船家后，便上了一艘船。春生以为小月是去符府，没想到她下了码头，赶紧回甲第巷报告夫人。

小月抱了孩子站在船头，不住地往码头探看，她多么希望此刻符世清突然出现在码头。年关将近，置办年货的人不知有多少。有人提了彩灯，抱了鞭炮在跳板上晃晃悠悠，像是要掉下河去了，却又几步跨到了船上。不一会儿，船家收起铁锚，双脚用力抵住船板，用长长的竹篙往岸上一抵，船便缓缓地离了岸。小月回过头来看了一眼辰州码头，眼中已没有泪水。一茬一茬的苦难之后，小月已无还击之力，任凭命运之舟在苦海里荡漾。沅水无言，小船慢悠悠地逆水而上。

待春生再次奉命赶到码头，小月已不知去向。

夫人警告富贵，不要在老爷面前说起小月和孩子的事。富贵唯唯诺诺答应着。不过，小月怀里的孩子，也着实把富贵吓了一大跳，那真是老爷下的种吗？富贵在心里琢磨了好些天，也没有跟任何人说，包括符世清。

第十七章

小月不知道，符世清出远门了。

符世清眼看派出去寻找兄长的家丁和衙役都没有带回来半点消息，决定亲自出去找一找。他记得当初兄长符世根是溯江而上，那么，小船一出中南门码头，就会有两个方向——沅水下游和白河下游，家丁们已将这两个地方及两岸的村镇都翻了一遍。符世清决定这次走远一点，去一趟永顺府，以官府的名义去查一查。符世清原本想带富贵去，但临走前一天，富贵突然拉起了肚子，符世清不得不叫了两个衙役跟去。多年后，富贵跟老爷符世清回忆当年小月带着孩子在符府大门口徘徊的情形，说孩子若是留在了辰州府，可能完全是另一种生活，另一种命运了。可是，命运这东西，谁又能时时握在自己的手里呢？

符世清一路过二酉山、四方溪、凤滩，进入永顺地界，再溯溪而上，入灵溪，至永顺老司城。符世清第一次来，来之前也未曾用文书告之，请军士递帖子进去，尽管符世清一身平民打扮，但军士看他气质谈吐不凡，不敢耽误，即刻进府报告。符世清立于大门外，抬眼四望，但见楼高屋阔，堡垒一般。约一盅茶的功夫，彭宣慰使便带人来大门口迎接，两人客套了一番后，符世清跟随彭宣慰使进府，但见殿宇精致神秘，气宇轩昂，正殿柱大数围，柱基用双叠石鼓。支撑屋顶的大柱如硕大无比的伞骨架，每根骨架都大过一围，架子上的木枋毫无斧凿痕迹。之前，符世清听闻永顺老司城如何奢华神秘，此番见识，更感觉它的设计布置就是一个精致的小小王国。彭宣慰在一边介绍说，大殿是先祖所建，将鲁班工艺发挥得淋漓尽致。符世清暗叹，朱皇帝为什么对南蛮讳莫如深，原来是有原因的啊。一盅茶后，符世清讲了自己的来因，请求彭宣慰使通过户籍查一查。彭宣慰使爽快答应，随即派人陪符世清一起去衙署找户籍官。

户籍得知查寻人是沅陵知县符世清，又有彭宣慰使的命令，拿出十二分的热情，抱了一叠户口簿出来，几个人分头翻看，但符姓的户主都很少见看到。符世清疑惑道："永顺府比辰州府版图面积大，人口也要多，怎么只有这几本户口簿呢？"

"我搬出来的不过十之三四，没搬出来的都是一些大姓，整个乡，或是寨子都是向姓、赵姓或是彭姓，几乎没有外姓人口。去年，府衙才清理过一次户口，新的外来户我们都做了记号。"户籍官一边解释一边拿一本户籍簿指给符世清看。

"符姓的大户有没有呢？"符世清追问。

"有，保靖的符家寨就全是符姓。"户籍官答道。

"哦？请搬来看看？"符世清道。

户籍官又从里屋搬出一本户籍簿，符世清接过来一页一页地翻看。可是整本户籍簿除去嫁娶、死亡、出生上人口的增减，根本没有整户的迁进或是迁出。虽然也新增了几户，但户籍官解释那是兄弟分家。

符世清拿着本子陷入沉思之中。

“会不会隐名埋姓呢。”户籍官一边捡拾户籍簿一边提醒道。

“你是说改名换姓？”符世清双眼一亮。

“是，我从事户籍工作多年，碰到过这种情况。”户籍官说完，又开始重新翻阅户口簿。很快，户籍官翻看到了罗衣岭的凌金生，拿给符世清看，姓名、生辰以及籍贯显然不是兄长符世根一家。但既然是隐姓埋名，这些都是可以改动的。户籍官又翻到几家新迁入户，但都大相径庭。符世清决定去罗衣岭看看。

户籍官派衙役到酉水码头带信给罗衣岭保长，说他们第二天查访迁居到罗衣岭一个叫凌金生的人，请王保长下山来接人。

符世清一行人一进入小溪，符世清就觉得像进入了世外桃源，山色水域无不呈现原始丛林的况味，夹岸山沟不时有小水流汇进，除去偶尔山鸟飞起拍打翅膀的声音，山间寂阒无声，幸而有户籍官陪同，否则，符世清不会相信这荒蛮之地会有人烟。复行十余里，大家弃船上岸。王保长已在码头等候多时了。

王保长告诉符世清和户籍官，凌金生因为两个小孩老生病，说是不服水土，三个月前搬走了。

户籍官不相信，符世清更不相信。想这世间哪有这么巧的事？一定要上山看看。王保长陪着大家翻过一道岭又一岭，终于抵达凌金生家。然而，凌金家真的是铁将军把门。

大家面面相觑。符世清围着屋场察看了许久，又透过窗棂寻找蛛丝马迹。然而，符世清什么也没有找到。

原来，王保长得到消息后，心想，凌金生看起来中规中矩，做事说话都像个见过世面的人。上次乌衣岭的向财主想要霸占他们罗衣岭的林地，双方正准备火拼，金凌生几句话就把那片林地夺回来了。可是凌金生这一家确实来路不明，永顺府和辰州沅陵县衙门一起来查访，他们是不是犯有什么案子呢？不行，我得先去通知他，否则，明天他被捉走了，不明就里的罗衣岭人还以为是我举报的。王保长于是匆匆跑到符世根家。符世根以为丢失大楠木的案子要株连九族，兄弟符世清被老虎吃了，朝廷也不放过他一家，要捉他一家去抵命。可是，符世根又不敢跟王保长说实情，只说他的兄弟犯了案，虽然跟他没有半毛钱关系，但官府说他有连坐之罪。他不得已，才躲到这深山老林里来。王保长看着有了身孕的朱氏和幼小的贤儿，只说了一句，何去何从，你自己决定，就当我没有来过你家，记住，这些日子，我俩都没有碰到过啊。符世清会意，再三称谢，并包了一些银子给王保长。符世根连夜捡拾东西，带着朱氏和贤儿躲进了罗衣岭的一个老山洞里。

符世清悻悻而归。

朝廷催缴木材的文书隔不久便发一次。符世清已完全没有了当初寻大楠木的雄心，但又不得不强打精神四处搜集大树古木。他带着衙役整旬整月在深山老林里转悠。据辰州府的游闲人扯谈，有一次符世清在落鹤乡一片荒无人烟的老山里三天三夜才转出来，差点饿死在山林里。又有一次，去两溪乡的路上遇上土匪，差点被土匪劫了去。也有辰州百姓说，符大人不过借寻找楠木之机，四处寻找他的下落不明的兄长及儿子。只有符世清自己懂自己，晓得自己在找什么。不过，他确实是越来越喜欢往山林跑，每隔一段时间不进山，反而浑身没劲。在山林中穿越，美丽清幽的原始森林如一个个忘情川、无忧谷，慰抚他杂乱的心，让他平静、睿智。

第十八章

小月离开辰州府后，乘船逆水而上。船主是辰溪的，到达辰溪后小月也没有再往前行，她也不知道自己该往何处去。夕阳如血染红半壁江山，小月背着孩子四处找歇脚的地方。娘儿俩沿着辰溪码头走到街尾，好说孬说借一户人家的柴棚宿一晚。小月一天没有吃东西，没什么奶水，颠簸了一天的孩子饿得“嗷嗷”直哭，小月讨了一碗开水，把在码头边买的一个馒头一片一片撕碎放进开水里泡成糊糊，用汤匙喂给孩子吃，饿极了的孩子竟大口吞吃，吃相一点也不像一个仅满半岁的婴儿。小月把儿子喂饱后，把剩下的半个馒头当了自己的夜饭。是夜，娘儿俩在他人家的柴房里竟也安然地睡到天亮。

清晨，小月在儿子的啼哭声中醒来。小月晓得儿子是饿得哭，干扁的乳房里已没有乳汁了。娘俩到辰河边洗漱，辰河码头不比辰州府码头热闹，清晨的辰河码头笼罩在静寂的江雾之中，大小船只静泊在江面上，初升的红日从对岸的山巅扫过来温和地照在小月的身上。小月看着水中自己的倒影，有些模糊，但仍看得出发丝的凌乱，看得出年轻的脸上一览无遗的憔悴……小月伸手从包袱里拿梳子，却摸到了一个圆圆的东西，取出来一看，是一个渔皮小鼓。小时候跟着巧姑打渔鼓讨生活，走街串户的往事一样一样打开，遭人白眼，遭狗追，跟叫花子要饭其实没多大区别，但生活到走投无路处，它却不失为一条生活的路子。

小月用布带将儿子捆在胸前，将包袱背在背上，走到一家早餐店前，店里的顾客不多，小月站在门边，几次想开口唱，却几次没唱出来，店老板以为小月是要饭的，取了一个包子给小月，示意小月走开，小月接过包子，嗓音一下打开，唱道：

一送恭喜二送财，三送贵府摇钱树
四送四季广招财，五送五子登科宰
六送六合同春怀，七送七个聚宝盆
八送八仙来过海，九送天长地久永不败
……

小月边唱边用手轻敲渔鼓，清亮软和的声音，早餐店里每一位顾客都不由得抬起头来聆听。一曲唱毕，小月朝店老板鞠了一躬，笑了笑，欲返身离开，店老板叫住小月道："你的歌唱得蛮好，来，再拿一个包子去。"小月接过店老板递过来的包子，再次朝店老板鞠了一躬。

生活是一个万花筒，它纵容灯红酒绿，也接纳浮尸饿殍。小月靠着她的渔鼓养活着自己和儿子。生活并未嫌弃她，她的儿子健康皮实，见风则长。

这天，小月在码头边唱渔鼓时，一个老人的背影映入她的眼帘，那不是几个月前在烧纸铺要过饭，和自己一起住过岩洞的麻婆吗？小月小跑过去，一把抓住老人的手臂叫道："麻婆！"老人回过头来，看着小月，语无伦次道："天……天哪！小……月，你怎么会在这儿，怎么会在这儿?!"麻婆一边说一边使劲地揉着眼睛。小月握着麻婆的手定定地看着麻婆，像是见着了亲人，泪水哗哗地流下来。

麻婆在街尾有一间小木屋，久不居住，破败不堪。门前的狗尾巴草已长到齐膝深，屋顶上的杉树皮也在年长日久的风吹雨打下所剩无几，漏风又漏雨，一把锈锁倒是很结实地把住家门。麻婆从怀里摸索出钥匙打开门，回头对小月说："你先在外面坐坐，我进去收拾收拾。"小月也不答话，跟进屋去帮忙。不出半日，屋里屋外便让两位女人收拾得干干净净。

待一切都安顿好后，小月问老人这几个月去了哪些地方，麻婆说自小月离开烧纸铺以后，她先到麻洢洑住了些日子，然后又乘船到辰州府，麻婆也一直惦记着小月，不知小月找到孩子他爹没有，在辰州府大街小巷转悠，希望能碰上小月。

那天，麻婆在辰州府衙门前讨饭，远远地看到一个穿得很体面的女人，从后面看很像小月，便一路跑过去捏住那人的后襟叫了一声小月。体面女人回过头来，看到衣襟褴褛的麻婆，吓得大叫。女人身边的仆人看到麻婆满脸飞舞的麻子也吓了一跳，以为是疯子，飞脚就朝麻婆踢过来，麻婆一边躲闪，一边哭叫，慌不择路，一头跑进了辰州府衙门。差役们来不及阻拦，麻婆已跑进了公堂外的坪场，那仆人倒没有追进来，但麻婆却被差役们捉住了。正在办公的符世清从大堂里走出来，麻婆连忙跪在地上，向符世清说了事情的原委。符世清听到麻婆口中吐出"小月""烧纸铺"这些字眼，心里一下联想到小月，但面对一个要饭的老婆婆，也不好细问，吩咐差役取了些碎银给了麻婆。麻婆要饭几个月，还从没有要到这么多的银子，简直是飞来横财，跪在地上向符世清连连叩头，符世清摆摆手，叫差役把麻婆送出了衙门。麻婆第二天就离开了辰州府，搭乘一条货船回辰溪，不想一下船，便让小月看到了。

小月的儿子有了麻婆照料，小月不再唱渔鼓，在一家叫“辰水人家”的客栈里找到了洗碗打杂的工作。小月勤快，见子打子（湘西方言，指用算盘计算加减乘除的功夫到了只要看到算盘子而不需要口诀就会打出正确结果的熟练程度，引申意即人非常灵泛，勤快不要人催促）客栈客人多，大堂忙不过来的时候，小月不要老板吩咐，主动给店小二帮忙。大伙都很喜欢小月，也都晓得她是走家串乡打渔鼓的被叫花婆收留的外地女子，店老板时常叫小月带些店里没吃完的食品回去。虽然工资仅能勉强维持老少三口的生活，但小月已经很知足，感觉老天爷还是在睁着眼睛看着她的。

一晃眼，孩子已经一岁多，小月一直没有给孩子取名，就按辰州这边的习惯叫孩子“佬佬”。

一天，麻婆卧病在床，小月把已能走路的孩子带到了客栈。小月在厨房洗菜，佬佬哪坐得住，趁着小月没注意，摇摇晃晃走到大堂里。正逢黔阳船老大张大旺来客栈用餐。虎头虎脑的孩子蹒跚着走到张大旺身边，咧嘴对他笑。张大旺夹了一块肉弯下腰来想喂进孩子的嘴里，孩子没有张嘴接肉，却用双手拍了拍板凳。张大旺来了兴致，呵呵笑道：“哟嗬，好家伙，你是不是想跟我一起喝一杯？”说着把孩子一把抱起放在身边的板凳上，孩子没有一丝畏惧，相反，像是很高兴的样子，拍着小手，嘴里咿咿呀呀地叫着。张大旺用筷子头在酒杯里点了一滴酒放在孩子嘴里，孩子高兴地吧唧着嘴巴。张大旺看着孩子哈哈大笑道：“哈哈，好家伙，你小子将来肯定是个做大事的爷们！”然后又给孩子喂了一块肉，小家伙毫不客气地张嘴接了张大旺夹过来的肉。

店小二给张大旺送菜过来，看到小月的孩子和张大旺坐在一起吃得津津有味，回厨房告诉了小月，小月赶紧跑了出来，抱起孩子，一个劲地向张大旺点头赔不是。

张大旺抬头看小月，一下子呆住了。小月那身子，那眉宇间略带羞涩的神情，那粗大的发辫，都散发出一股迷人的气息。张大旺一下子像被小月放了蛊，握筷子的手停在半空中，半天也没有回过神来。小月在抱孩子的刹那，与张大旺四目相对，心扑哧扑哧直跳。大概这就是人与人之间的姻缘，王八看绿豆，刚好对上眼，不左不右，不早不晚，那个将伴你一生的人刚好等在那里，就如小月适时地在这餐馆被张大旺看到一样。张大旺目送小月进了大堂后面的厨房。柜台边的店老板把这一切看在眼里，从柜台里走了出来，走到张大旺桌子前道："喂，喂，莫把眼珠子看出来啰。"张大旺这才不好意思地收回目光。

张大旺每次送货到辰溪或是下辰州、常德，都会到"辰水人家"吃饭歇息。张大旺的家世身份，店老板也略知一二。张家世代跑船，靠沅水讨生活，张大旺三十出头，为人义气豪爽，做事灵活、通达，在沅江上也算条汉子，虽不曾发达，却也管得到自己的温饱。不过，近些年家运不济，老前年妻子难产，一大一小都没能保住。这两年倒是有不少人给张大旺做媒，可都高不成低不就，所以，一直单身着。店老板见小月进了厨房，叫小二加个酒杯加副碗筷上来，也不容张大旺招呼就在张大旺身边坐下来，又打趣了张大旺两句，张大旺不好意思地摸着自己的后脑勺，嘿嘿地笑。

一杯酒下肚后，店老板把小月的情况大致地和张大旺说了，张大旺一听，马上起身给店老板倒酒。其实店老板知道的也不是很多，不过，对于小月的人品和性格却是拍着胸向张大旺保证。张大旺自然更是热心，连连向店老板敬酒，店老板答应替张大旺做这个媒。张大旺说他从德山回来后听消息。

晚上打烊后，店老板把张大旺的意思给小月说了。其实，白天，老板坐下来和张大旺一起喝酒聊天，小月在隔壁厨房也听到了一句半句。小月没有作声，只是笑了笑。回家路上，小月竟一下子想起了张大旺的样子，虽然只在大堂看过一眼。小月惊讶自己对张大旺怎么会有那么深的印象。自从和麻婆一起生活，小月的心里全是眼前的日子，曾经有过一次二次嫁人的念头，但就如灶坑里飞出来的火星子一样，飞溅出灶坑之后随即便熄灭了。如今，有人提婚，蛰伏的火星又蹿了出来，把小月的心思给搅动起来。小月哪里不晓得寄住麻婆家并非长久之计，人活一世，必须要有个自己的家，有家才有根，有个可以依靠的男人，才不会像水上的浮萍一样四处漂泊。那辰州府的符世清，已不能做妄想了，那么，这个张大旺又如何呢？白天，看他一眼，感觉他虽然五大三粗，但眉目之间含着温厚，厚厚长长的耳坠，像个长寿有福之人。

这夜，小月好久不曾睡着。

数日后，张大旺从德山返回。张大旺特意从德山买了几块布料，称了几斤糖，又特意剃了头，把满脸的络腮胡子刮了，收拾得干干净净，看起来一下子年轻五岁。

小月请来麻婆。麻婆上上下下打量了一番张大旺，看得张大旺都有些不好意思，又上上下下地打量小月，像是头一回认识小月一样，然后，双手往自己大腿上一拍，大声道："好呢，好呢，有夫妻相呢。"满屋子的人都被麻婆的滑稽样子逗笑了。

小月和张大旺的婚事就这样定下来。

小月告诉张大旺，自己也没有什么亲戚，如果可以，就不要什么张灯结彩，以及拜堂成亲的仪式，选个日子，把她接过去就是了。张大旺听后，更是高兴，一年四季在水上行走的人，喜欢的就是居家过日子的实诚人。当然，张大旺还是备了两份厚礼，一份给店老板，一份给麻婆。一个月后用自己的大船把小月接到了黔阳。

张大旺的家在黔阳，背倚黔阳城墙，面临沅江，院落与沅江之间是马草坪河滩。用桐油漆过的田字间木屋，中间为堂屋，两边为二进厢房。原本张大旺有三兄弟，张大旺是老大，两个弟弟也都是跑船的，十年前双双在沅江上出了事，尸骨无回。父母也于几年前后先离世。小月的到来，给这栋木屋带来了生机。屋前有约三分地的小坪，张大旺从河滩挑来大卵石，筑成半人高的围墙。小月在坪里栽上一棵桂花树，一棵蜡梅树，种上瓜果蔬菜，又买来小鸡小鸭。自此，院里早夜鸡犬相闻，人影相逐。初成为这屋女主人的小月，终于作别岁月的彷徨，停下漂泊的脚步，卸下生活的重荷，品味一个女子在这人世间为人妻为人母的尊严和安泰，感受生活，感受一个女子在这人世间有家有爱的从容与温暖。小月时常盯着日渐青葱的菜园，盯着院落里悠闲踱步的鸡鸭，时常在堂屋转一转厢房转一转，内心有说不出的欢喜。不出半年，小月的脸色也红润丰满了许多。

到第二年第三年，小月接连替张大旺生了一儿一女，张大旺好不喜欢，且并不因为有了自己的亲骨肉，就嫌弃随母下堂的孩子。小月和张大旺结婚不久，经得小月的同意后，让孩子跟他姓张，按张姓辈分取名为张祖江。

岁月的磨盘永不停息地旋转，将人世间所有的沧桑和苦难，幸福与欢乐一起磨进时光的年轮里，刻进世人的容颜里。

第十九章

符夫人一边祈盼着贤儿回来，一边铆足了劲想给符家再生个一男半女，可她的肚子硬是不争气，暗地里请郎中开了许多付中药调理，也无半点效果。符世清倒是不着急，他相信兄长符世根是忠义谋略双全的人，贤儿跟着他不会有差错。不过，兄长和贤儿一直杳无音讯，他也不敢深想。每每夫人在他面前提及贤儿，他都只能朝好的方面给她分析和安慰。可是，一年又一年，时间给了他们夫妻俩最苍白的回答——他们的儿子恐怕是一去不复返了。到后来，符夫人也不再问他要儿子，符世清也不说，大家都好像忘记了。不过，不孝有三，无后为大，夫人想为符家续个香火的愿望倒是更强烈了。符夫人自小并未吃过苦，并不如何地刻苦和委屈自己，有自己的主张和个性。一直以来，不许符世清在外面拈花惹草，更不许纳妾。但是，人强不如命强。符夫人命里有母离子散的劫难，她就不得不折下身段，委屈她那好强的个性。虽然在辰州府这个地方未有“往之女家，必敬必戒，无违夫子”这样的律条束缚她，但她哪里不晓得传宗接代是她一生的事业，无后人的女子死后更是不能入祖坟的。符夫人娘家父母了解女儿的心思，能理解符世清是有苦难言，几次三番劝解符夫人，符夫人心不甘情不愿地开始亲自张罗给符世清纳妾。

符夫人嫁过来时，带过来一个叫春桃的丫鬟，时年二十，眉眼倒也生得可人，初来时，符世清偶尔多看她一眼，符夫人还会在一边热一句冷一句吃些干醋。现在，符夫人划算着要给符世清纳妾，而春桃是自己一手调教出来的，将她收房，也算知根知底。不想符世清却不情愿，原因是春桃跟着符夫人多年，其脾气秉性跟夫人如一个模子里印出来的。平日里同下人们相处，仗着自己是夫人的贴身丫鬟，说话做事都像处处占着理，喜欢跟人争个对错高低。符世清可不想要，那简直就如一件衣服穿了半辈子，好不容易缝了一件新的，却发现跟原来那件一模一样。那多无趣。当然，符世清是不能将这个真实的想法告诉符夫人，他另找了一个理由，很简单，说春桃的盆骨窄窄的，两腮又尖，不像是能生儿子、旺夫的面相。

符夫人不得不又悄悄托了媒婆四处访，可是，不是符夫人没看上眼，就是八字不合，阴差阳错地耽搁着。

转眼端午节又到了，辰州府举行龙舟大赛，沿河村寨皆选派了船只参赛，还邀请了辰溪、麻阳、浦阳几只老龙船队。离端午还有半个月，粽叶、艾蒲、糯米以及满箩箕煮熟的青皮盐鸭蛋已沿街摆出来了。街上一天到晚人挤人。小孩子们唱着“红船红，一船赵子龙”，“白船白，一船真豪杰”，哪里热闹就往哪里钻。其实，他们不晓得，好些热闹便是他们撩拨起来的。到了五月初二初三，各村寨的龙船陆续抵达辰州府，一些乡绅富贾和老龙船迷也不失时机地来江边“赏红”。“百战百胜”“天下第一龙”的巨幅红布，或是印有“天”字、“帅”字的红布条悬挂在江对岸。龙船隔江看到赏红，不管三七二十一，箭一般飞过去，先抢过来披在身上，甚或，应“赏红”

者的要求，来一个表演，箭一般地划到对岸又划回来，引来一片喝彩呐喊声。从上南门至下南门码头，终日响着咚咚的锣鼓声和嘭嘭的鞭炮声。

节日的氛围一日酽似一日。日子都像是被谁赶着飞跑，眼看着太阳从笔架山上落下去，又升起来，升起来，又落下去。

大赛这天早上，中南门两岸全是看龙船的人，江面上更是不得了，大大小小的船只，岸这边泊满了，岸那边也泊满了，隔老远看，一条沅水骤然变成窄窄的一长条。衙役们早早在中南门码头边设了桌椅条几。衙门内上上下下，除去留值人员，都带了家眷齐聚码头边。符夫人也暂时放下心事，陪符世清一起看龙船。范师爷原本还给邓县丞一家也预留了两个座位，但邓县丞的夫人因风寒稍感不适没肯来。乌压压的人群里，不时有人与符世清打招呼，符世清起身回礼，回头时，看到胡屠夫站在后面的人群中，便指了指身边的空位子，示意他过去坐。胡屠夫和妻子以及妹妹幺姑站在一起。胡屠夫早上卖完肉才来，他妻子正埋怨他一个早晨拖拖拉拉，这会儿连站的地方都没有了。看到符世清招手，夫妻俩受宠若惊，胡屠夫却不敢斗胆过去，笑着拱手摇头，符世清又指了指空着的座位，做了请的手势，胡屠夫慌乱中一把牵着幺姑的手，挤出人群，走到符世清身边，弯腰作揖道："我妹子幺姑，让她坐在这儿，好不？"符世清抬眼看着神情如麂子一般的幺姑，笑着点点头。幺姑还没有回过神来，已被哥哥按在了座位上。符世清心念道，真是养在深闺人不识啊，没想到胡家竟有一个这样乖的女儿。符夫人也好奇地侧过头来打量幺姑，幺姑极富个性的容貌及打扮让她眼睛一亮：头发又黑又浓密，高高绾起后，扎一根蓝白的头绳，当中别一根白银簪子。天庭饱满，鼻子不大，却肉嘟嘟的，两片嘴唇，厚厚的，湿润润的，在阳光下透着光泽。她的衣裳也很风致，青色的大脚裤子，滚了一条玫红的宽边，夹袄是青色的，外面罩一件无领的葱白布衫，袖口驼肩都是青色宽边，夹袄衣领是时兴的低领，露着白而颀长的项脖。俏丽的耳坠上镶着黄豆粒般大小的白银耳钉，让她的耳朵看起来愈发地秀气和俏皮。幺姑发现符夫人在打量她，抬起头来迎着符夫人的目光笑了笑。符夫人端起碟子请幺姑吃酥糖，幺姑伸手捏了一块，轻轻地说了声“谢谢”。

符世清倒不太喜欢看龙舟赛，但作为知县，他必须来。龙舟赛鸣锣开始了，符世清正襟危坐看比赛。沅江在他眼底闹翻过来。赤、橙、黄、绿、蓝、白的龙船，赤、橙、黄、绿、蓝、白的桡手，画着红的脸、黑的脸、白的脸，赏红束在腰上，一船汉子，一个模样。船头旌旗猎猎，船尾锣鼓喧天，两岸万民攒动。哨声、鼓声、掌声、号子声、呐喊助威声如海涛一般，一浪高过一浪。符世清虽然被这高涨的热情挟裹着，但他不时用眼角的余光打量着幺姑。幺姑感觉到了符世清的注视，绯红了双颊，心里也很想看看这个从尤家巷走出来的大人物，却不敢，只一味地僵硬了脖颈盯着前方，双手用力绞着手绢，把手绢绞成了一根麻绳，松开来，又继续绞。比赛渐渐进入高潮，幺姑的注意力便全部放到江面的龙船上去了。她始终没有正眼看符世清一眼，符世清长什么模样，她全不晓得。

然而符夫人却记住了她，托了媒人去胡屠夫家说亲。

幺姑嫁过来的时候，正是冬月。这一年的雪下得特别早。落雪之前，又狠刮了几天风，豆粒大的雪籽没头没脑地下了半天后，如棉絮一样的雪花片便铺天盖地下了起来，刚把雪籽罩住，雪又停了，但天仍是阴不阴晴不晴的。尤家巷到甲第巷全是青石板路，老天爷铺一层雪籽后，路面就更滑了，迎亲的花轿一出门，打头的轿夫就摔了一跤，轿杆打在风火墙上，被生生打断成两截。轿夫吓得半死，又不好临时换轿，临急用麻索捆好轿杆，勉强将新嫁娘抬进了屋。

幺姑在娘家有一个乳名——九妹，在兄弟姊妹中排行第九，是胡家最小的孩子。幺姑的娘在四十五岁的时候才得幺姑。幺姑比大侄子还要小五岁，是父母心里的满女，兄长们的幺妹，侄儿侄女们的长辈。她自小被全家宠爱，凡一切的粗活皆不需她动手，凡一切好吃的东西皆先给她留一份。幺姑十一二岁跟后屋的王婆婆学女红，缝衣服、做布鞋、绣鞋垫很在行。给家人做衣服，也不用量尺寸，围着人转一圈，三两天，一件几多合身的衣服就让她一针一线地缝出来了；在鞋面上、鞋垫上绣的各色花草鸟兽皆不用事先画草图，她的脑袋里像装了取之不尽的好看图画，且时常革故鼎新，像一面旗帜，引领着尤家巷乃至辰州府的潮流。幺姑嫁过来的时候，给符夫人和符世清做的春夏秋冬的布鞋足有二三十双，至于绣花鞋垫更是满满一大箱子，一辈子也用不完。幺姑对于符世清来说，就如一朵含苞欲放的栀子花，一枚尚未熟透的果子。幺姑坐在床榻边，符世清用秤杆揭起她的红盖头，幺姑抬起头一笑，那笑容清纯率真，像一个未谙世事的孩子，符世清前一刻原本还在想着杳无音讯的小月，幺姑的笑让符世清心里一紧，不由自主双手捧住幺姑的脸。幺姑双眼一眨不眨地看着符世清，红红的性感的厚嘴唇嘟起来，那一副爱娇的样子，像是在传递一个信息，更像是一种召唤，一种诱惑……

幺姑的到来，激活了符世清死水一样的生活。

幺姑的特立独行是符世清所没有想到的。她就如一块瑕玉，瑕疵明明就摆在那里，但她的好更容不得你忽视。符世清与她处得久了，那些瑕疵也变得可爱起来。幺姑用自己的方式诠释她的情感。早晨，符世清刚刚醒来，还在床上，幺姑已亲手做了一碗荷包蛋端到床前，并要亲自喂给他吃。她怕符世清在衙门里冻着，用麂皮给他做了一对手套，又用狐狸毛给他缝了一条围巾，并硬要他戴着去衙门，搞得同僚们窃笑不止。晚上，符世清在书房写字久了，她会不管不顾走过去夺走符世清手中的笔，把他的双手放在自己的手心里搓揉，放在她的腋窝下取暖。有一天，她突发奇想，她晓得符世清喜欢吃清蒸鳊鱼，但符世清中午不回家吃饭，她叫下人买了鲜活的鳊鱼，亲手做好，坐了轿子送到衙门。她头扎蓝色花巾，身穿斜襟扎染外套，手提屉笼站在衙门前时，衙役门都惊呆了。自然，符世清也惊呆了。她自己想要一件什么物品，也不转弯抹角，要符世清亲自给她买，她说他亲自买的才香。一块布，一根头绳，一只银手镯……开始的时候，是幺姑向符世清要，后来，是符世清主动给幺姑买。符世清时常出外公务，但凡一切女子的小小用品——穿的、戴的、用的，也不论贵贱，符世清觉得不错都会给幺姑买一份，而幺姑也不管符世清买得好不好，她都喜欢，她用她的巧手，七弄八弄，便格外地与众不同起来。符世清一到幺姑的房间，她就让他叫她九妹。他们共吃一个梨子，共用一个调羹，幺姑让符世清背着她转圈，两人从床头疯到床尾……他们做这一切，又都瞒着符夫人，背着下人。他们俩就像在做一个充满刺激而冒险的游戏，无论符世清还是幺姑，都感受一种私密的快乐。幺姑在符世清的调教下，她独特的女人味亦愈发地浓烈，如一枚灌满浆汁的野果，只须符世清轻轻一抿，她便芬芳四溢，令符世清陶醉了。

而符世清也越来越觉得幺姑是开在他生命里的一朵奇葩，是他失了小月之后，老天爷给他的补偿。不，幺姑实在比小月要火热十倍百倍。小月好，但远在烧纸铺，远水救不了近火，并且，小月只能藏着掖着，这让符世清不能痛快。而幺姑不同，他可以光明正大地要她，而幺姑也毫不掩饰她的情感。她的那份爱，又真挚，又热烈，又勇猛。她对他一日酽过一日，就像一盆红红的炭火，在寒冬里，几乎要把符世清烘炙了。符世清觉得自己像是重新开始了一段完全不一样的人生，整日整夜充满了欢喜和激情。

幺姑毫不掩饰她对符世清的好，她是那样痴，她甚至在符夫人的面前也忍不住要眉目传情，也不管符夫人怎么想，怎么吃醋，怎么难过。符夫人对幺姑的所作所为还真又是不解，又是气恼，又是鄙薄。原本，她一手操办，给符世清纳妾，她唯一的目的就是要给符家传宗接代。她没有想到，一个世事不知的小户人家的女子，竟有这么多花花肠子，做出那么多令人匪夷所思的行径来。开始的时候，符夫人还以为这只是新娘子年轻，又才新婚，贪玩贪耍，过些日子，在符府大家庭的调教下，她就会知世事会安分下来。可是，时间并没有改变幺姑，而是让幺姑的本性发挥得淋漓尽致。其实，符夫人没想到，她替符世清纳妾，幺姑是符世清肌肤相亲同床而眠的女人，比她年轻，又有自己的思想和个性，哪里不兴些水波，起些风云呢？符夫人每每训斥她，幺姑都瞪大眼睛看着符夫人，一副无辜的样子。幺姑心里也很是疑惑，她不知道自己错在哪儿，还有，夫人说的那些错就算是错吗？不过，幺姑从不跟符夫人顶嘴，符夫人有气也不好撒，时常在符世清跟前投诉，符世清对幺姑爱都爱不够，哪里又想着要帮符夫人出气了。再说，清官难断家务事，符世清也不打算替幺姑辩驳，只是劝符夫人多担待一些。

第二十章

工部尚书师逵为紫禁城征收木材出巡湖南湖北，来到了辰州府。知府石敦晟带领符世清等一班州县官员到中南门码头迎接。

彼时，紫禁城的修建正在关口上，千百间殿宇，要的是木材石料。自符世清将大楠木运至京城，皇帝老爷看到大楠木龙颜大悦，重重奖赏了符世清后，多次下令全国各省为紫禁城的修建征集良树古木。符世清是师大人的得意门生，可是，这几年，沅陵县送往京城的木材并不算多，更没有再次送过大楠木。接风宴上，师大人直言符世清在征收大楠木一事上并未倾心尽力，沅陵作为天然林国，楠木之乡，实在是不应该。符世清未作申辩，只是恳请师大人同他一起下乡看看。师大人点头应允。

符世清先带师大人沿兰溪逆流而上，至苦藤铺上岸，走山道，经千丘田、麻溪铺、筲箕湾，过三角坪至船溪，一路倒也是溪流清浅，杂树繁茂，山花烂漫，满山满眼的绿，但所到之处，已很少有围径两尺以上的树。

符世清跟师大人介绍说：“由于全国各地都有多少不等的征木任务，林木蕴藏量少的州县为了完成上面的任务，不惜跨地域重金收购木材，这几年，辰州府每年木材砍伐量数倍于前几年。”

“有哪些州府在这里收购？”师大人不置可否地问道。

“主要是常德府的龙阳县和桃源县。”符世清一提到龙阳知县李怀廷心里就不畅快。符世清有了第一次在洞庭湖丢失大楠木的教训后，改变了筹运大楠木的方式，不再动用县衙力量万里滔滔筹买和运送大楠木，而是公告乡绅商贾及船老大，征减一定的木关税，并出具官函，由乡绅商贾们自己收筹并护送木材进京。可是，不知什么时候起，有些沅陵木材商在利益的驱使下与桃源、龙阳木材商合伙经营，使得沅陵县古树佳木流进了桃源、德山。他们一开始还只是小打小闹，可是尝到甜头后便一发不可收拾了。这两年，德山有好几个木材商在辰州府常年定点收购木材，李怀廷竟放话给他们，只要木材好，不论价格。上个月，辰州府胡老板送楠木进京，已经在县衙备案，哪晓得木排到德山码头后，竟被李怀廷出高价收购了。这明明是把筷子伸到他符世清碗里来了嘛。为这事，符世清气得摔了一个杯子，并且加大了稽查力度，但是，沅江在沅陵县长达一百多里，特别是清浪滩至麻洢洑、界首的数十里水路，符世清更是鞭长莫及。

“朝廷又没有规定不允许跨州征收。”师大人笑笑道。

“可是……”符世清话到嘴边，又不想说人是非，毕竟曾经都是师大人的门生。

“我倒觉得你要向龙阳李知县学习。”师大人严肃地对符世清说。

“那辰州恐怕不出十年全变荒山了。”符世清不高兴道。

“林木这东西，自生自长，你担心什么？变荒山总比失江山好，皇上为巩固帝位迁都北京，紫禁城乃我大明朝千秋万代的基业，总要有些小牺牲，你眼界要放宽一些，要站在朝廷的角度想问题，看问题，处理问题，不能总是地方保全，况且，从你个人仕途出发，这也正是你谋求升迁的大好时机，你要利用沅陵名木古树多的优势，多送大楠木进京。”师大人似乎越说越兴奋。

符世清不再言语。

中午，一行人抵达船溪驿站。船溪盛产煤炭，码头、巷子、房屋、路边灌木野草皆蒙着厚厚的一层炭灰，整个集镇都像是黑色的，船溪人就更黑了，一个个都像几天几夜没洗过脸似的。曾有本地人这样解释，船溪不仅太阳格外晒人，连月亮也晒人。师大人看着一个个如黑人一样的船溪人说，我们山东人黑而高大，像老熊，这船溪人是黑而瘦，如棱角分明的煤炭。符世清道，这里田少山多，山又多为荒山，老百姓大都吃不饱饭，十之八九都靠苞谷红薯度日，一个个都瘦如枯柴，又终年劳作，故看起来都黑炭似的。

大家在驿站简单地用过餐后，师大人要符世清带他到产楠木的深山老林里去看一看。

符世清担心山路难走，不能坐轿，又不能骑马，师大人吃不消。但师大人说他什么亏都吃过，什么苦都敢吃。符世清便不再多言，一行人于是转而去了怡溪的源头——辰溪、溆浦与沅陵的交界之地九龙山。这里荒无人烟，岭阜纷错，林深树大，每一棵树都有二三围大，每一棵都是参天古树，看得师大人不时摸摸这棵，又摸摸那棵，口里念念有词。自江西、湖北一路走来，老家是中书省东阿县（今山东聊城）的师大人第一次看到一山连一山，一岭连一岭，树木如此巨大的原始森林，那份惊奇和兴奋，仿佛看到了恢宏的紫禁城，看到了殿宇里大理石石墩上一根根几人合抱不过来的梁柱，看到大明朝的史册上记下他师逵亲自来湖湘征木修宫殿的历史。

师大人一路兴味盎然地给符世清讲皇上对紫禁城的期望，讲他对紫禁城别具一格的设计，符世清不好拂了师大人的兴头，唯唯诺诺地由着师大人一路尽言尽兴。至九龙山脚下，一行人看到一个年轻女子带一个小女孩披麻戴孝跪在路边，小女孩后颈插一根枯草，旁边有一具裹着白布的尸体，因为天气炎热，苍蝇在尸体边飞来飞去。师大人停下来问保长，这是怎么回事？保长道，这死者叫王汉，前日在九龙山伐木时，不小心掉下山崖摔死了。师大人皱眉看了看符世清，符世清即刻吩咐范师爷送些碎银给母女俩。年轻女子和小女孩接过银子叩头不止，保长又派手下抬走尸体。

从九龙山回来，符世清又陪师大人去了白河鸡笼滩，白河两岸的山河如一幅水墨画。河水青碧如绿，山峦岚雾缠腰，天上白鹭群飞，师大人一路感叹他看得醉了。花垣、永顺、古丈运来的木材也都汇聚在滩上，木排一排接着一排，如游龙一般蜿蜒于水面。鸡笼滩上数十纤夫四肢着地，于峭壁上爬伏拉纤，师大人看到他们全身只有一根如布带一样的东西兜着下体，还有几位女人，干瘪的乳房如放干气的皮袋搭在胸前，心里暗暗嘀咕，都说这南蛮之地未曾开化，今日见之，果然如此。这时，不远处传来一位纤夫拉长声音的歌声：

不怕沙湾沙鱼溪，刺滩凶险吓死人。
凤滩旋涡声如雷，排到涡中难脱身。
刺滩凤滩不算凶，前头有个绕鸡笼。
绕鸡笼前心莫慌，脚如树桩多小心。

苍凉而悠长的歌声如鼓槌一样，一下一下敲在符世清的心里，他长长地叹了一口气，斗胆对师大人说：“大人，这几年无论州县衙门还是百姓将绝大部分精力都用在伐木运木上，这实在大大影响了百姓生产生活。”

“皇上要建千秋基业，不是你我能拦得住的。”

“可是，老师，学生担心有些事情物极必反，辰州府原本是南蛮之地，百姓憨厚耿直，顺则昌，逆则反。这一二年来，山区老百姓田赋没有减，而徭役又在增，楠木生长于偏远山林，材质细密，湿木重如金铁，砍伐、运输都极其不易，百姓时有伤亡，民怨越来越大，下官实在是担心。”符世清言辞恳切道。

“人定胜天，没有砍不倒的树，更没有运不到京城的木材。况且，紫禁城是大明朝千年基业，流血、流汗，牺牲一些生命都是在所难免的事。少数刁民的言论不必太在意。”师大人加重了语气。

“可是，老百姓真是苦不堪言啊。”符世清有些伤感道。

“世清啊，你要知道，皇上对我可是寄予厚望，我唯有肝脑涂地。紫禁城每一块壁板，每一根梁柱，每一个榫头都离不开木材。北方黄沙漫漫，草原千里。唯有这江南，林海滔滔，林木成山，多的是修建宫殿的栋梁，你不倾力而为，我指望谁。”师大人语重心长道。

符世清晓得师大人是至忠至孝之人，无论费多少口舌都无用，便岔开话题，师大人却仍然喋喋不休，谆谆告诫符世清一定要竭尽全力为皇上征收大楠木，符世清心有戚戚。符世清老了的时候，回忆这一段时光，觉得或许正是江南的古树佳木撩拨起了师大人来湖湘征木的雄心。如果没有师大人在湖湘率十万百姓上山伐木，后来就不会发生许多家国大事。其实，符世清无心栽柳。

第二十一章

几天后，符世清和师大人一行又去了朱红溪、北溶等地。师大人在辰州府的山川中奔走数日，早已被辰州雄浑的大山，茂密的山林所折服，走到鹿溪口，抬眼看到这山顶上竟然还有一座七层大塔，不禁大为惊奇，符世清解释道："辰州有三塔：凤鸣塔、龙鸣塔、鹿鸣塔。三塔一线。它们不仅是辰州府的一道风景，还各有传说，各有神力，是辰州府的镇邪宝塔。大人眼前的叫鹿鸣塔。"

"哦？呦呦鹿鸣，食野之苹。我有嘉宾，鼓瑟吹笙。吹笙鼓簧，承筐是将，人之好我，示我周行……"

"大人好记性，不过此鹿鸣塔之名为鹿鸣塔，却不并缘自《诗经》，是传说曾有一只野鹿，口含野花，常在这一带山林中鸣叫，故有'野鹿含花'之说。"

"鹿乃神畜，又有如此美丽的传说，这塔一定为圣灵之塔。"

"据说有一位老和尚常年于塔内诵经修炼，不出塔门半步，却能洞察世事，先知先觉，被辰州府百姓拜为仙僧。”

“哦？还有这等高人？”

“大人从万里之外的京城而来，也算是跟这鹿鸣塔有缘，是否有兴趣上山一游？”符世清虽然在这辰州府土生土长，为官数载，也多次到鹿鸣溪，却偏偏从未起心去过鹿鸣塔，现在，倒很想上山去看看，去会一会传说中的老僧人。

“好啊。这是可遇不可求的事。”

符世清请鹿溪口寨主带路，一行人沿着蜿蜒山间小道进山。符世清抬眼望山，只见白色的鹿鸣塔在流翠丛林中端然御极，耸然而出。一行人踽踽而行，山坳里除去马尾松还是马尾松，山路上枯黄松针如毯。山风过处，松涛啸啸。白塔看着近，走着远。一行人沿着上山小石阶路转了数道弯，过了数道坳，猛抬头，鹿鸣塔已不见踪影，符世清正疑惑，又转过一道弯，只见大白塔赫然立于浮云岚雾中。

大半个时辰后，一行人抵达山顶。

鹿鸣塔如一位修炼千年的高人，肃立于山巅，远离俗世众生诸般颠倒妄想，心无所著，纳天地之精华，吸日月之光明，塔壁虽满是斑驳绿苔，但整个塔体却肃然清寂，在阳光下熠熠生辉。

一位束发童子静立于塔门边。见符世清一行，便迎过来行礼道：“师父昨日说，今天必有贵人造访，想必就是你们了。师父已在塔顶备了清茶，几位请跟我来。”

师大人和符世清大为惊诧，面面相觑，不著一言，跟着束发童子进了鹿鸣塔。

塔内清幽，一盏清油灯置于神龛下，光如豆粒。束发童子引两人上楼。楼梯如螺旋，纤尘不染，愈往上，楼梯愈发陡而窄。每层楼梯的转弯处皆有二尺宽，三尺高的窗户，符世清站在窗口看远处起伏山峦及高远蓝天，竟有悬于空中俯瞰天地山川之感。

三人爬至第七层塔。塔内约五尺见方。由于已是顶塔，少了楼梯，空间倒比下面几层略为宽敞，房中间有一张高一尺左右的几案，地板上有两个蒲团。窗户下的木炭火炉上置一个瓦罐，开水"咕噜咕噜"顶着罐盖，一团团白汽升至窗口后，随即被窗外的白光吞噬。一位老僧人在芦苇蒲团上闭目打坐，他的双肩及背膛打着深蓝色大补丁。听到符世清他们上楼的脚步声，老僧人双掌合十起身让座，符世清和师大人还礼落座。符世清这才看清老僧人颧骨高耸，目光如炬，髭须飘至胸前，看不出他是七十岁、八十岁，还是一百岁。

老僧人亲手给符世清和师大人筛茶，然后凝视着师大人，师逵与老僧人目光相交时，竟有心底事一眼被人望穿之感。

"大人貌奇神厉，禀赋高格，一生至忠至孝，际遇奇异，如江河之波涛，几起几落，幸有福星相照，惣惣终吉。"老僧人的神情如此笃定和专注，似乎他的对面别无他人，别无他物，只有袅袅腾腾的水雾。符世清突然想，一个人有如此神情，该要多少修为？

"借大师吉言。"师逵心想，这老僧人所说倒也不偏不倚，当年明太祖正因他的外貌而让他免了牢狱之灾，只是不晓得自己未来前程如何。

"尘世祸福，皆有定数，你的劫是你先前种下了因，有因必有果。"

"我只喜欢倾全力做好当下事，不管因果祸福。"师大人一脸执拗地说。

"这世间许多事，有所执，有所不执。"老僧人眼睛里露出笑意。

师逵一时无语。

"大人您过于执，过于妄念了，您未来的祸福皆因此而起。"老僧人说完闭眼将手中的佛珠慢慢轮转起来。

“……”

师大人和老僧人一问一答，符世清不纳一言，只是静心喝茶，静心聆听。他其实内心也是有许多疑惑，可是，听着师大人和老僧人的一问一答，他忽然觉得没必要再请教老僧人。老僧人也不问，只是不时目光炯炯地看着符世清，似乎要看透符世清的前世今生。

茶过三盅，两人起身告辞。老僧人送至塔门口。符世清拱手与老僧人道别时，老僧人突然说了一句：“大人，你虽善根深厚，却也有前世孽缘，且放宽心思，静修己身吧。”

符世清听了云里雾里，却又似有所悟。

第二十二章

从鹿鸣塔回来，师大人返回京城。

符世清亲自送至龙阳县。龙阳知县李怀廷带着一大群乡绅商贾到码头迎接，接风宴之热烈和阔气，让符世清觉得自己像一条山溪里的小鱼被突然带进了广阔无边的洞庭湖。桌子上除去几个地方特色小菜，竟是全鱼宴：清蒸鱼糕、鳜鱼炖鱼腐、水煮回头鱼、黄焖芦鳝、干煎桂鱼王、祖庵水鱼、松鼠鱼、柳叶小鱼、醉虾……看得符世清眼花缭乱。李怀廷介绍说，桌上所有的鱼全来自于洞庭湖。师大人看来也喜欢吃鱼，对每一道鱼都赞不绝口，称李怀廷是个有心人。李怀廷更是来了兴致，将每一道的做法或是典故一五一十讲给师大人听。符世清自以为生在沅江边，吃过不少鱼，但内心却不得不叹服这洞庭湖鱼味道的鲜美。李怀廷在陪待师大人的同时，也不忘时时招呼符世清，一会儿劝菜，一会儿走过来敬酒，一会儿又不时吩咐同僚向符世清敬酒。符世清感觉李怀廷就如戏台上的全能演员，吹拉弹唱，样样少不了他。符世清内心有些纳闷，自己平时和李大人交往平平，内心甚至有些芥蒂，现在却这般热情，堪比挚友、兄弟，这还真让人捉摸不透。师大人像是看透了符世清的心思，趁着李怀廷给其他同僚敬酒的缝隙，边喝鱼汤边道：你看，这洞庭湖是藏龙住仙的地方，即便是鱼类也各有各的本事，有的鱼吃鱼，有的鱼吃草，有的鱼滑溜，有的鱼聪明到晓得回家的路，有的鱼住在湖底，让人一辈子抓不到它。符世清听了，忙起身端起酒杯道："老师说得极是，学生受教了。先干为敬。"说完举起酒杯一饮而尽。

接风宴后，一行人一起去县衙门。话说天下衙门一个样，符世清里里外外参观了一番，也没觉得这龙阳县衙与沅陵县衙有多大不同。唯一的区别就是龙阳县衙外四周挤满了店铺民居，像是寸土寸金的样子，而沅陵县衙周遭是公署学府云集。大家正在前厅喝茶聊天，衙役跑进来，在李大人面前耳语一番，只见李大人皱了皱眉，边说边做了个挥手的手势。衙役匆匆走了出去。大家继续打断的话题。可没一会儿，外面传来了争吵声，而且声音越来越大，像是要冲进前厅了。师大人道：李大人，你出去看看。李大人起身道了一声"喏"，正欲走出去，却听到外面有人嚷嚷："我们不找李大人，我们要向京城来的师大人申冤。"大家面面相觑。李怀廷站着进也不是，退也不是。师大人眉毛一拧道："来头不少呀，指名要见老夫，那就见见啰。李大人你去升堂。"说着亦站了起来。大家簇拥着师大人走了出去。

符世清一脚踏出前厅便看到那几个吵吵嚷嚷的人全是他辰州府朱红溪船帮的人。这个案子他清楚得很，拖很久了，一直未结案。倒不是符世清不想结，而是案子发生在德山码头，应该由龙阳县衙这边来处理。当然，也不是李知县不想了案，是朱红溪船帮不服。案由倒是简单，朱红溪船帮和德山码头发生纠纷，双方闹到龙阳县衙，朱红溪船帮不服龙阳县衙的判决，却一时半会儿又拿不出真凭实据，案子便搁在那儿，船也被德山码头扣押，待朱红溪船帮回辰州拿了证据，一趟来回两个月，这一耽搁案子就变麻烦了。在德山码头泊船是按天收费的，朱红溪的船欠下的码头费，用他们的船只来抵押还不够。李怀廷简单地跟师大人介绍了案由。师大人听后偏过头来看了看符世清道："符大人，你有什么看法？"

符世清补充了一些细节后，又说："这个事情，要从几个层面来分析，首先，因为事出有因，朱红溪船才未按时交纳码头费；再者，即便当时没有结案，德山码头也不应该扣押朱红溪船只；其三，德山码头收费历来都比其他地方贵，这才是矛盾的根源。"

"符大人，话不能这样说。不管是出于什么原因，朱红溪欠码头费是事实，德山码头扣押朱红溪船只时，朱红溪并没有提出异议。至于德山码头费高的问题，我在沅水的界首、湖北的汉阳、江西的九江都进行了调查，德山码头是略高了一些，但也是在官府允许的范围内。"李怀廷不动声色地解释道。

"德山码头扣押我们的船只，我们有异议又怎么样，胳膊能拧过大腿吗？还有，码头费在官府允许范围内，大人你说得轻巧，你算一算账，一年下来，该是多大一笔费用。"朱红溪船帮老大愤愤地接腔。

"你的意思是李大人乱作为吗？"不知什么时候，德山码头的刘老大站在大厅里。

"不要扯远了，我们就事论事。"师大人提醒了。"你们自己觉得怎么处理才是最公平的。"师大人停一会儿又道。

"我们的船被扣押，还问我们收码头费，那按我们的算法，我们的船停摆了几个月，德山码头也该给我们补误工费吧。"朱红溪船老大道。

"笑话，你见过码头泊船不收费吗？你们的船停摆，是你们自己的原因，关我们什么事呢。”刘老大冷笑道。

“船只是你们扣押的，又不是我们自愿泊的，又有什么道理叫我们出泊船费呢？”朱红溪船帮老大针锋相对道。

“不要吵了，否则本官将以你们咆哮公堂罪论处。”师大人怒斥道。双方即刻住了嘴。

“你们这种态度能解决问题？如果都只想着自己的利益，永远也别想解决问题。”师大人看了看李怀廷，又看了看符世清，继续道：“我们进去商量。”说完，带头起身进了厢房。

“你们说怎么解决。”师大人一进厢房门就问。

“沅水船帮与德山码头的矛盾也不是一天两天，一年两年了。沅水船只要来常德或是去长江，都不得不停靠德山码头，原本这两者应是唇齿相依的关系，却水火不容。这些年随着木材运输量增加，纠纷就更多了。”符世清重重地叹了一口气道。

“德山码头接纳五湖四海的大小船只，偏偏和沅水船工的纠纷最多。”李怀廷反唇相讥。

“沅水船只在德山码头靠岸停泊的数量恐怕要数倍于其他地方吧。”符世清不冷不热道。

“好了，你们不要争了。我想问题的关键是船只扣押期间有没有继续收取费用的相关法规或是乡规民约？”师大人道。

“这个自然是有的。”李怀廷道。

“但是，像德山码头这种扣押算不算非法呢。”符世清道。

李怀廷一时语塞。其实这个问题李怀廷内心一直明了，但朱红溪船帮从未提及，他也就是懒得多事，不想这事一拖再拖，越拖再麻烦，让师大人碰到，又让符世清点穿，真是哪壶不开提哪壶。

“我觉得，现在解决事情的最好办法就是双方各退一步，大事化小。扣押期间收码头费，朱红溪船帮显然不会干。德山码头那边恐怕也要好好解释。我去做做朱红溪船帮的工作，看看他们是怎么想的？”符世清诚恳道。

李怀廷不置可否。

师大人只顾埋头喝茶，好像没听到符世清的话一样。好一会儿，才抬起头来道：“这个案子，你们两个当时处理不当，工作做得不细致，以至留下这么大的隐患，让当事双方的皮越扯越大。我想，你们是不是也要担责呢？”

符世清和李怀廷对望了一眼。

“你们两个都是我的门生，事已至此，一家人关起门来说话。我想，德山码头和朱红溪船帮各自的损失，待明年州府在税收上适当给予退补，你们看行不行，行的话，你们出去分别给他们做工作。”

符世清和李怀廷赶紧起身拱手称“喏”。

李怀廷脸上已很是挂不住，师大人其实是话里有话的，他哪里不晓得。转身快步走了出去。

符世清待李怀廷出去后又直言不讳地说了辰州木材运营在龙阳的种种情况，师逵边听边皱眉，但一直不作声。符世清见师大人没有反应，也不好再多说，一声不响走出了厢房。

一个时辰后，朱红溪码头和德山码头众老大双双离开龙阳县衙。

符世清不晓得有些人是锱铢必较的，也就是这一次，李怀廷跟他结下了梁子，以至数年后，再次招至牢狱之灾。这是后话。

第二十三章

师逵返回京城后，上奏皇帝为早日建成紫禁城，愿身体力行，率千官万民上山采集大楠木。师逵的上书得到恩准，湖湘各地官衙放肆抓丁上山采伐木材，最甚时，征役民工达十万之众。百姓终年上山采木，耕地废弃，民不聊生。许多采木工死于采木运木（时人感叹百姓“进山一千，出山五百”），但官府仍然不依不饶，又强迫孤儿寡妇应役。不久，湘潭爆发了以李法良为首领导的农民起义，常德等地的伐木工纷纷起而效之，大明朝不得不派重兵镇压。

虽然说符世清有寻木、采木、伐木、运木的经验，并且，沅陵县相对于其他州县，木材也多一些，然而，繁重的采木任务，以及荷重的赋税，还是令辰州百姓怨声载道。李法良暴动的风声不久便传到了辰州府，符世清一方面极力安抚百姓，一方面加强警戒。虽然没有山民组织暴动，但是，县内治安问题以及由于伐木、运木牵扯出来的各类纠纷却是数倍于往年，至于沅水木帮与德山码头之间的矛盾则愈演愈烈。这不，北溶木帮半月前和德山码头大干了一架，双方各死一人，伤数人。北溶木帮的木材悉数被德山码头扣押了不说，十多位船工也被关进龙阳县的监牢。北溶木帮船工回辰州府击鼓鸣冤，符世清派邓县丞下德山交涉未果，不得不再次亲自赴龙阳县。

这时候，幺姑已有孕在身。原本，幺姑的母亲生日在即，符世清答应幺姑一起回尤家巷给岳母大人贺生。符世清走后，幺姑经符夫人同意后，提前回了娘家。

符夫人请幺姑带回去一匹丝绸作为随礼，幺姑想用这匹布给母亲做件衣服，可是找不到顶针和皮尺。幺姑起身去王婆婆家。王婆婆住在幺姑娘屋的后面，两栋房只隔着一条二尺来宽的水沟。阳光劈直从两栋屋檐的空隙里直射下来，像一道帘子隔开了幺姑和王婆婆的房子。

“王婆婆，王婆婆。”幺姑跨过水沟，站在王婆婆家的屋檐下朝厢房喊。厢房有一位男子头朝里趴在竹床上，他如蚊子一般呻吟两声，看样子像是病得不轻。幺姑想，既然屋里有人，王婆婆一定去不远，便又高声叫了两声。

“啊哟，这不是知县娘娘嘛。”王婆婆深躬着背，抱一捆木柴，什么时候站在了幺姑的后面。吓了幺姑一跳。

“王婆婆，你怎么自己在弄柴火啊，二憨哥呢？”

“喏，那竹床上的不就是他嘛。”

“二憨哥生病了？”

“哼，要只是生病倒也好了，他瘫了。”

“怎么会这样？”

“怎么会这样，这你要回去问问你家知县大人，一次又一次逼他进山采楠木，他的腰生生被楠木压断了。你看看你家老爷做了些什么。”

“这怎么能怪我家老爷，他也只是奉了朝廷的圣旨做事。”

“朝廷圣旨！你家老爷就是朝廷的一只狗！”

“你怎么能骂人呢？”

“我骂了又怎么样呢？狗！狗！”王婆婆将怀里的木柴重重地扔在地上，幺姑看到王婆婆凶神恶煞的样子，以为王婆婆要打她，不由自主往后退了一大步，不想，站立不稳，身子重重地向后倒去，“咚”地一声掉进了水沟里。水沟里铺满岩石，幺姑的下身流出血来，王婆婆吓得半死，也不敢去拉幺姑，颠着小脚赶紧去叫幺姑家人。

幺姑流产了。

开始还只是下身流血，过两天开始发烧，家人给幺姑熬了中药，幺姑也不喝，每天只是哭，勉强陪母亲过了生日，便叫胡屠夫送她回甲第巷。幺姑也不敢把流产的事告诉符夫人，只成天待在自己的房里。平日，幺姑也没有使唤丫头的习惯，凡事皆亲力亲为。哪晓得，幺姑的病越发严重了，下身也一直不见干净，幺姑以为是腹中残留的死胎，流干净就好了，每天一个人躲在房里自己处理。大家都以为幺姑平日的行为就古怪，符世清不在家，她整天待在自己的房间也不是什么怪事。回符府后第四天，幺姑的下身开始大血崩，符夫人这才晓得幺姑流产的事，赶紧吩咐下人去请了郎中。可是，治疗的最佳期已经过去，幺姑的病情迅速恶化下去。符夫人派下人去龙阳请回符世清，待符世清赶到家时，幺姑已不行了。符世清握着幺姑的手，在她耳根边唤“九妹，九妹”，幺姑睁开双眼，眼泪双流，只说了一句：老爷，我真的不想死啊，便闭了双眼。

符世清抱住幺姑的尸体恸哭不止。

幺姑的突然去世，符世清无法接受，他长久地抱着幺姑的尸体，不让入殓。他不相信他临去龙阳前还活蹦乱跳的九妹突然间就没了，他不相信怀中这个带给他无数的快乐，让他的生活面目一新的九妹死了。他祈盼着幺姑突然睁开双眼，嘟起嘴唇朝他娇娇地憨笑。符夫人不敢上前劝说，本孝、富贵以及所有的下人跪在他跟前劝他节哀顺变，他也无动于衷。幺姑的娘家得到幺姑的死迅，胡屠夫和他的几个兄弟从尤家巷赶过来。幺姑的姐姐扑在幺姑身上放声长哭。哭幺姑在生时的种种好，哭幺姑狠心，丢下父母、夫婿，说走就走，哭幺姑命苦，放着好好的日子不过，偏偏受了阎王爷的勾引……姨姐的长哭，让符世清从痴呆中回过神来，明白他的九妹是真的死了，松开怀里的幺姑。本孝、富贵趁机扶了符世清出了幺姑的房间。

悲伤过度的符世清全然没管幺姑的后事。本孝和胡屠夫几兄弟商量着买棺材、请阴阳先生来开路、看日子、算七煞，又到报恩寺请了十多位道士过来作法事、念经。由于符府这边实在没有可戴孝的子孙辈，胡屠夫和本孝商量，临时叫自己的儿子来当孝子，抱神主牌子。可符夫人无论如何不干，说幺姑既已嫁进符家，生是符家的人，死是符家的鬼，她的神主牌无论如何轮不到由她娘家的侄儿来抱。可是，谁来呢？符世清全不管这些。

过了七七，符世清仍未有心情去衙门公务。他觉得他的幺姑就如朝生夕死的薰华草。他怀念幺姑几乎进入一种玄幻的境地，他觉得曾跟他耳鬓厮磨的幺姑就像一个梦境，现在梦醒了，幺姑如一道风一样消散了，只留给符世清消散不去的思和痛。

不久，湘潭、常德等地的山民叛乱得到平定，京城亦传来消息，师逵遭左中允周干弹劾，同时遭弹劾的还有常德知府黄似瑶。而符世清却因祸得福，擢升为常德府知府，替补黄似瑶留下的空缺。

第二十四章

符世清正式去常德上任已是第二年春天——山樱花开放的季节。这突如其来的升迁并没有给他带来喜悦，幺姑的死如噩梦难醒，当初与幺姑有多深的缠绵，如今符世清就有多深的痛。好在新的工作分散了符世清的精力，消减了他的伤痛。符世清似乎也从中体会到这一点，有意无意将自己埋进各项事务中。当然，他初来乍到，一切都陌生，千头万绪的事等着他，他想悲伤也不得空。

当初，湘潭李法良的暴乱像一把山火，迅速漫延至常德。最初还只是山民针对无止境的伐木征木，后来，诸多佃农也加入进来。虽然弹劾黄似瑶后安抚了一部分山民及佃农的情绪，但是老百姓几年来积淀的怨气如山间瘴气一时难以消散。符世清初来乍到，不敢轻举妄动，只是极力安抚百姓。春天万物始发，青黄不接，城里饥民蜂拥，街边闹市四处可看到衣襟褛褴、端碗乞讨之人。尽管符世清开仓放粮，在城中几处闹市设施粥点，但仍是杯水车薪，城中饥民一天比一天多。大德、桃源等米行一天只营业两三个时辰。这天，符世清正在府衙批阅公文，衙役来报告，鸿运米行被抢，店老板也被踩伤。符世清带着衙役赶到鸿运米行时，郎中正在给店老板上药。张县丞向店老板介绍符世清，躺在竹床上的店老板没好气地道："有什么好介绍的呢，新的旧的还不都一样。"

符世清怔了一下。

"休得无理！"张县丞大喝一声。

店老板便不再作声，躺在竹床上直哼哼。店内满盘狼藉，瓜瓢、粮斗、木桶横陈，地上撒满大米、面粉、荞麦。店铺外围满了看热闹的群众。

"我们老老实实做生意，犯着谁了呢，大人，你可要给我们做主啊。"老板娘从里屋走出来，看到官府来了许多人，即刻带着哭腔道。

"抢去了多少米？"符世清问。

"大概四五百斤吧。"店小二道。

"哪只四五百斤，起码有一二千斤呢。"店老板气哼哼道。店小二赶紧闭嘴。

符世清问道："抢米的主要是一些什么人？"

店小二道："主要是饥民。也有趁火打劫的本地无赖。"

"可记得他们的相貌？"

"常德城的无赖，哪个不认识。大蚂蟥、刘麻子、老鸦这几人都在场。"

"刘捕快，无赖们应该跑不远，你速带人去把他们捉拿归案。"符世清吩咐道。浓眉大眼的刘捕快即刻领命而去。符世清又安抚了店老板几句，便走出店铺。店外围观人群作鸟兽散。阳光如金色布匹一样披在行人身人，符世清感觉周身温暖。隐隐有柑橘花的香味飘来，符世清扭头四顾，看到街边桃花渐谢，嫩叶初长，柑橘树细碎花苞在枝叶间欲抱琵琶半遮面。街头冷清，好些店铺关着门。符世清问张县丞关门的店铺都是些做什么生意的，张县丞含糊道，这年代什么生意都难做。一行人横过一条街，见一家米店前有长龙一样排队买米的人群。符世清走进店铺，掌柜的赶紧放下手中活计过来招呼，符世清问了问米市行情以及店内粮食诸存情况，掌柜的吞吞吐吐地回答。符世清也没追问，走出店铺，叫两个衙役留下来维持秩序。

符世清一回到府衙，预备仓的知事已在府内等候。符世清问预备仓的诸粮情况。知事道："州府仓内存粮已不足，恐怕维持不过这个春季。"

符世清道："常德府素来都是鱼米之乡，储粮都到哪儿去了？"

知事道："连年征木，大片良田都荒芜了。去年开仓赈灾时，说好是'借'粮暂渡难关，秋收后本息一起还官府，可是，灾民十之五六只借不还。"知事说完，便把"常德府赈粮实录簿"呈到符世清手上，符世清随手翻了翻，将册簿放于茶几上。

"离收夏粮尚有四五个月，更难过的日子还在后面，各位同僚想一想怎么筹粮？"符世清说着扫了一眼在座的各位。

"报告户部动用库银？"

"从德山、桃源大户处借粮？"

"截留漕粮？"

"动用赃罚财物？"

"动用户口食盐存钞？"

大家你一言，我一语，七嘴八舌。符世清内心暗暗钦佩同僚们思想的活泛，这恐怕是辰州人比不上的。

"你们这些赈灾办法可有先例？"符世清插言道。

"自然是有先例的。"

"赈灾要紧，管它有没有先例呢。"

“常德历年赈灾都是用尽各种方法。”

“那大家觉得目前哪种筹粮方法最靠谱呢。”同僚们你看看我，我看看你，安静下来。符世清马上觉得自己说了一句废话，并且这话有损与同僚们的关系，即刻又道：“我看，这事容我再斟酌斟酌。符某初来，不熟悉情况，一切有劳兄弟们了。”说着起身拱了拱手。同僚们站起来拱手告辞。

符世清亦回厢房休息。差役随即跟进来给他煮茶。差役将圆肚陶壶置于小火炉上，一会儿，水便开了。符世清示意自己来，差役退了出去。符世清用镊子从茶饼上夹了两小块黑茶放入陶壶。符世清感觉这常德的生活即便喝茶也是不同，往日，在辰州府喝的是竭滩毛尖，现在入乡随俗，改喝茶庵铺黑茶。符世清起初还担心喝不惯，不想，半个月下来，便上了瘾。琥珀色的汤水，本身就是一首诗，一阙词，这样想着，符世清便自嘲地笑了，这个时候，还诗意，说不定明日自己就步黄似瑶的后尘了。符世清正细细地品味着杯中茶，刘捕快走进来道：“大人，我们抓到了大蚂蟥和老鸦。刘麻子跑了。”

“还真快。这两人有何背景？”符世清示意刘捕快坐下来喝茶。

“这两人皆常德本地人，曾在龙阳德山码头做小混混，喜欢赌，前阵子欠下不少赌债，被赌场追砍，跑回了常德。”刘捕快拱手后在符世清下首落座。符世清提壶筛茶。

“鸿运米行被抢，是不是有人背后操纵？”

“应该不是，大蚂蟥说他当时刚好路过。”

“这么巧？”

“我们到老鸦家时，看到他正在煮饭，她娘病倒在床上。”

“有没有调查出哪些人是首要人物？”

“大蚂蟥是其中一个。”

“哦？我去见识见识那条吸血虫。”符世清放下茶杯道。

大蚂蟥和老鸦跪在大堂内。老鸦衣襟破烂，跟叫花子差不了多少。大蚂蟥双目斜视，穿戴倒是干净整齐，像个公子哥儿。符世清一声不响地看着他俩道：“你们可知自己犯了何事？”

“不就是抢了几升米嘛。”大蚂蟥一副无所事事的样子。

“大人，我家三天没开锅了，我娘快饿死了。”老鸦伸长脖子道。

“大蚂蟥，你受了谁的指使？”符世清不动声色道。

“我受了谁的指使？笑话，哪个能指使我。”大蚂蟥愣了一下，随即油腔滑调道。

“你死到临头了还嘴硬是吧。”符世清厉声道。

“杀人不过头点地，莫说，我罪不至死吧。”大蚂蟥两眼向上翻了一下。

“来人，把大蚂蟥先拖出去打二十大板。”

“大人。我冤枉啊。”

“冤枉你什么了？打的就是你，拖出去！”

大蚂蟥在外面鬼哭狼嚎。老鸦听得心惊肉跳。

“老鸦，你也到外面去跟大蚂蟥一起来个二重唱？”符世清正色道。

“老爷，饶命。”老鸦头如捣蒜，一五一十交代了他和大蚂蟥去鸿运米行抢劫的经过。

“刘麻子是怎么回事？”

“他早上来找我，邀我一起回龙阳弄钱去。”

“怎么转而去了鸿运米行呢？”

“我和大蚂蟥从德正街出来，看到鸿运米行排队买米的队伍长龙一样。店小二和几个买米的正在争吵。店小二说店里存粮不多了，限定每人只能买两升米。那店小二完全是在讲鬼话嘛，鸿运米行在德山码头仓库里存了多少米，别人不晓得，我和大蚂蟥是晓得的。米行一天一个价，赚死了。我们便混进人群中起哄，店老板出来乱骂。我们气不过就打头阵冲进去。我发誓，我和大蚂蟥最多抢了不过五升米。”

“还有哪些米行在德山仓库存了粮食？”

“这……”老鸦左顾右盼，欲言又止。

“你不想戴罪立功吗？”符世清笑了笑。

“德山、桃源、武陵三县的大米行在德山码头都有仓库。”老鸦犹豫了一下，嘟嘟囔囔吐出一串米行的名字。

原来德山竟还有那么多商业粮仓，看来自己真不了解这被人称作鱼米之乡的常德。符世清心念道。吩咐刘捕快把大蚂蟥和老鸦分别关押起来。

符世清一面请师爷拟写店铺商行不得随意提升粮食价格的通告，一面决定亲自去一趟龙阳德山码头。符世清的突然造访让龙阳知县李怀廷莫明其妙。年初，符世清突然擢升为常德知府，李怀廷内心甚是不爽却又无可奈何。符世清来常德上任时，李怀廷亲自来码头迎接，并请了接风宴，符世清也说了许多体己的话，但李怀廷的心里就一直像塞着一个大岩头一样憋得难受。当符世清提出想去德山码头看一看时，李怀廷还以为是为沅水船工的事。符世清简单说了鸿运米行遭抢，以及数家大米行在德山码头仓库贮粮的事。李怀廷一下不高兴了，心念道，现在哪里都在闹饥荒，德山码头仓库即便有粮，也是商业米行的，即便要动用，也要先满足我龙阳县，哪轮得到你来打主意？

“大蚂蟥和老鸦一直是我们管理的对象，好久不曾在德山露面了，原来是溜回了常德。这两个小痞子所说未必是真。据我所知，德山码头并未存多少粮。”李怀廷笑笑道。

“既然来了，不管有没有，都要去看一看。”符世清道。

“大人，你看，已是午时了，我已叫手下按排中饭了，不如先吃饭去？”李怀廷道。

“也行。”李怀廷这一说，符世清还真感觉肚子咕咕叫了。

一行人午餐后抵达德山时，码头老大们全站在港道口迎接。符世清有些错愕，他回头看了看满脸堆笑的李怀廷，感觉自己把事情想得太简单了，但事已至此，也不好再说什么。码头老大们如洞庭湖的一群老麻雀，作揖打拱迎接符世清。

符世清回礼客套一番后，随老大们到各个码头转了一圈，问了各码头船只停泊情况，提出要去视察码头仓库。果然如李怀廷所说，码头仓库并没有多少贮粮。晚上，老大们要宴请符世清和李怀廷，符世清力辞，称初来常德，有些不服水土，想早些回驿馆休息。李怀廷也未执意挽留，送符世清到驿馆，又反复交代驿丞好生招待符大人，便匆匆回了龙阳府。

晚餐虽然只有四道菜：熏鸭、珍珠烧卖、凉拌玉臂藕、清蒸鱼糕，味道却特别。符世清边吃边道：“好吃，好吃，想不到驿馆有这么好的厨师。”

“是个老厨师，在这驿站炒了一辈子菜，每位来驿站投宿的大人都说他的菜做得好。”

“哦？让我见识见识？”符世清来了兴趣。

驿丞叫来厨师。厨师确实很老了，老得脸上的皱纹都没有一根是饱满的，瘦得不像个厨师。老厨师对符世清作了一个揖，一脸诚恐。

“符大人想问一问你这几道菜是怎么做的，你给说说？”驿丞站起来拱手道：“下官去方便方便。”说完走了出去。

“主要是食材好。先说这盘熏鸭，军山铺的一年老鸭宰杀后先要用红糖、白糖、枸杞、稻谷、桂皮、花椒、八角、柑橘叶子熏制，吃时用开水清洗，上锅蒸小半个时辰即可。珍珠烧卖就麻烦一些，用太子庙的上好糯米浸泡四个时辰，捞出冲净，沥去水分。锅内加水烧沸，将糯米入甑用旺火蒸约小半个时辰取出，洒入少量开水，再蒸约一刻钟。猪肥膘肉洗净，切成小丁炒至七成熟。趁热加入酱油、白胡椒粉拌匀成糯米肉馅。面皮擀成边沿薄而起折、中间稍厚的圆皮，包入馅料，入笼蒸约一刻钟即成。凉拌玉臂藕就用龙阳镇的玉臂藕去皮切片，用辰州产的桂皮八角煮好后，加入酱醋葱蒜即可。清蒸鱼糕是在德山王德宝的鱼糕店现买的。”老厨师如老和尚念经一般将每一道菜介绍了一番。

“简单的菜都不简单。老师傅在驿站多少年了？”符世清说着夹了一片藕在嘴中慢慢品尝。

“三十年了。”

“物价贵吗？”

“这要看什么年份了，饥年什么都贵，丰年什么都不贵。”

符世清呵呵笑了。

“你们这驿馆也在闹饥荒吗？你看你比大街上的饥民还像饥民。”符世清放下竹筷道。

“哈哈，还好，还好。”老厨师被符世清的话逗笑了，放松下来。

“龙阳是鱼米之乡，驿馆里往来的粮商比较多吧？”符世清问。

“前些年一到秋收，粮商一拨一拨的，这几年少了许多。现在龙阳县自身难保，哪还有粮食运出？”老厨师道。

“龙阳没从外地调粮？”符世清再问。

“这个我就不太清楚了。”老厨师道。

“去年，常德各地山民暴乱，龙阳县好像还比较稳定，你知道是什么原因吗？”符世清道。

“李知县下了大本钱呢。”老厨师道。

“哦？愿闻其详。”符世清一脸惊奇。

“李知县祖上是大地主，在太子庙有几百亩良田。听说，不仅在龙阳有米行，常德、长沙都有分行。去年各地山民暴乱，龙阳也有百姓蠢蠢欲动，李知县开始还想打压下去，后来看着形势越来越严重，他改变策略，号召所有米行、大地主向百姓借粮，并由官府担保，逾期不还由官府代为催交并垫付租息，这法子大大缓解了官府与百姓的矛盾。据说，他家是给百姓借粮最多的大户。”老厨师道。

“原来这样。”符世清频频点头。

饭后，符世清请驿丞到附近走一走。德山苍苍，沅水汤汤。龙阳浩气磅礴沃野千里的湖光山色令符世清心境开阔，一扫白天在德山码头的郁闷，也开始有些理解李怀廷，以及李怀廷所做的一切。

第二天，符世清回到常德府开始新一轮赈饥。他亲自拟写通告，一方面严禁米行擅自涨价，鼓励地主、米行平价赊米给百姓，官府补贴部分差价；一方面发动百姓生产自救，开荒垦田。期间，符世清下到武陵、桃源、沅江察看春耕生产。待符世清从沅江返回常德府，已是春末初夏，万物勃发，朝廷增拨的赈粮也运到了德山码头。

第二十五章

且说小月自嫁到黔城后，与张大旺生儿育女，日子清贫，倒也安逸。三个儿女一个个健康活泼、聪明伶俐，特别是大儿子祖江，长得结结实实，虎头虎脑，乍一看与张老大有几分神似，不知内情的人都以为祖江就是张老大的亲生儿子。

祖江喜欢沅水，喜欢船。对于水和船，有一种与生俱来的喜爱。五岁左右，张老大教他泅水，把他丢岩头一样丢进江里，祖江在水里扑通几下，便无师自通学会了游泳。后来，又无师自通学会了撑船划桨。到了八岁，张老大送他去学堂读书。可祖江的心思都在水里，都在他爹的船上。他每天早晨必跑到码头边，在船只之间钻来钻去，或者划着自家的船在江上游荡半个时辰，才匆匆忙忙满头大汗背了书包去学堂。下午放学，他从不径直回家，而是径直去码头，看他爹的船回来了没有，若是没有回来，他会守在码头边等到天黑。小月对于祖江痴迷于船有莫名的担忧和反感，她甚至希望祖江长大后不要像张老大那样要靠跑船讨生计。

这天放学后，祖江如往常一样没有按时回家。学堂的先生来家访。先生先是说了祖江的许多优点，说他尊敬师长、懂事、聪明，然后话锋一转，告诉小月，祖江的心思全没在学习上，昨天让学生们背三字经，全班同学就祖江一人背不来。今天上午让大家描摹字帖，先生才到茅厕打个转，一回教室，看到祖江撕了作业纸折成小船，把课桌当成沅水，独自玩得如醉如痴，先生在他身边站了好一会儿，他都没有察觉。

小月满脸愧意送走先生。

傍晚，祖江和张老大一起回来了，祖江手里提了两尾小草鱼，隔了老远就大声喊："娘，娘，爹买鱼回来了呢！"边说边蹦跳着将鱼送进了厨房。

小月坐在厢房没作声，待祖江放下鱼，回到厢房放下书包，小月便沉下脸道："祖江，你跪下！"

"娘，我……"祖江一脸无辜地看看小月，看看张老大，"扑通"一声跪在小月面前。

"把手伸出来！"

祖江伸出双手，求助似地看着张老大。张老大也是一头雾水，但张老大没有作声，他知道小月从不轻易发脾气，更不轻易体罚孩子。小月拿起门闩抽打祖江的手心，边打边道："想一想你在学堂都做了些什么！"小月是真心要体罚祖江，一下一下狠心地抽打着祖江的手心，很快，祖江的手心便被打得通红。小月看着祖江，就想起了符世清，想起了她在烧纸铺的艰难日子，不禁悲从心来，两汪泪水挂满脸庞。祖江从不曾看到母亲流泪，心想自己真惹母亲生气了，哭叫道："娘，你别生气了，我以后用心读书就是。"

张老大看祖江在小月面前认了错，一边抢过小月手里的门闩，一边道："行了，行了，他都认错了。"然后拖着小月去厨房。小月边走边回过头来对祖江道："你今天不背了三字经，你就莫吃夜饭。"

祖江六岁的弟弟听到妈妈这样一说，不待哥哥吩咐便将祖江的书包取过来。祖江也不敢起身，跪在地上背三字经。祖江人聪明，记性也特别好，他三句一念，每念到三遍他便能够背诵。待小月的夜饭菜端上桌，祖江已把先生教过的三字经背得滚瓜烂熟。

自此，祖江在学堂读书倒是认真了不少，但他的心还是在江上，在船上。每天早上雷打不动地跑码头，看船进船出，将张老大的船侍弄一番，下午放学也还是一如既往去码头接张老大，即便张老大出远门，也会照样去。年纪虽小人却灵泛，看得到事，渔民补网修船，不用吩咐在一边及时打个下手。经常像个船夫一样在码头边忙这忙那。小月还是不喜欢他对船只的痴爱。而祖江也不理解母亲为什么只想他好好读书，不让他喜欢船，不喜欢他去江边。

时间如滔滔江水般流过去。小月初来时栽植的桂花树已有碗口粗，年年八月桂花香，年年蜡梅迎着雪花开。

小祖江长到十岁，神情举止俨然如一位大人了。

这天清早，祖江正准备划了船到沅水河上逛游，这时，一位头包侗帕的大叔和一位背药箱的郎中在码头向他招手道："小伙子，送我们去雄溪好不？"

"当然好了，我……"祖江原本想说，我回去喊爹来。

"小伙子，这大清早也没有看到其他船工，你帮个忙，我家里有重病人呢。"侗帕大叔带着恳求的语气道。

"可是，我……"祖江想告诉他，他等会还要去上学。

"我给你加钱，你帮个忙吧。"侗帕大叔再次求道。

祖江看了看码头，除去几个渔民，还真没有其他送货送客的船家。做了个请他们上船的手势道："好吧，你们上船罢。"

侗帕大叔和郎中跳上船。祖江用竹竿用力往岸上一顶，船缓缓离了岸，祖江慢慢将船从挨挨挤挤的船只里驶出来，然后将竹竿放下，拿起船桨将船的方向打直。祖江以前跟张老大去过几次雄溪，熟悉黔城至雄溪的水路，记得哪里有浅滩哪里有暗礁。不过，祖江第一次独自出船，仍然处处小心翼翼。

小月做好早饭后，一直不见祖江回家，跑到院子门口张望了几次皆不见儿子的踪影，回厢房对张老大说："这孩子越来越野了，这个时候还不晓得回家。"

"我去江边看看。"张老大边说边站起身来往外走。

张老大在码头没有看到祖江的影子，自家的小船也不在。张老大伸长脖子在江面上四处搜索，清晨的江面除去薄薄的江雾，寥寥几只打鱼的小乌篷船，哪里有祖江的身影。张老大又问了码头边几个船工橹手，皆摇头说，没注意。

张老大返身往沅水码头边寻去，问码头上的人可看到过祖江，都一一摇头。张老大不甘心，沿着沅水走了一里地，仍不见其踪影。

返回码头时，小月也到了码头。

"没看到他。"张老大隔了老远对小月道："船也不在。"

"那他会去哪儿？"小月的语气里有明显的担忧。两口子又站在码头边等了一顿饭的工夫，仍不见祖江回来。

"你去借条船找找看？"小月的话语里透着哭腔。

"往哪个方向找呢？沅水还是沅水？上游？还是下游？"张老大心里倒不是十分担心祖江。"别担心，他一定会回来的。我们先回家。相信我。"

小月从张老大的语气里得到了安慰，也知道坐在这里等也不起作用，不如回家去等。再说，家里还有两个孩子呢。安慰自己先定下心来，跟在张老大后面回了家。

到午时，祖江回来了。

小月一看到祖江，拿过门闩便要打。

张老大一把抓住小月的手，摇了摇头。祖江将事情的原委说给父母听，说完，从裤袋里掏出一把钱递给张老大，张老大接过祖江递过来的钱对小月笑道："你看，说了不用担心的罢。做得不错，只是下次要记得给家里留口信。"

"嗯"祖江用力点点头，回过头来又对小月道："娘，我饿死了。"

小月深深地叹了一口气，起身去厨房给祖江热饭。

祖江读了三年书后，便再也不肯跨进私塾门，小月要送祖江到黔阳城里当伙计，想要他学着做生意，祖江死活不干，小月为此打过他骂过他，也罚他跪过，可是祖江太喜欢船，太喜欢在江上驾船划桨的感觉了。张老大也觉得没什么不妥，子承父业，天经地义，对小月一厢情愿的想法不以为意，把自己全套的本事都教给了祖江。祖江十三岁后跟着张老大下德山，过洞庭湖，对跑船的规矩也是严守于心。祖江胆大，出得世，跟张老大跑了几年后，上至武昌下到苏杭的水路航线都摸得清清楚楚。十四五岁成为张老大的得力助手，张老大到哪儿也都带着他，十六岁独自到镇江、苏州送货。黔阳的商贾大凡有大宗的货物运输，也都喜欢请祖江的船。祖江将所有心思都放在船上，放在清水江、放在洑水、放在沅水。祖江常常想，这世间，一些人是专为天下兴亡而生，譬如项羽、刘邦，一些人是专为家庭而生，譬如他的父亲母亲，而他祖江是专为沅水而生的，他是小月的儿子，但他更是沅水之子。

第二十六章

常德百姓忍饥挨饿终于扛过青黄不接的季节，迎来洞庭湖平原的夏收秋收。符世清缓了一口气，得空翻一翻常德地方志等闲杂书籍，请府衙同僚喝茶清谈，多数时候是关起门来一个人边读书边煮茶喝。初来常德时的失妾之痛已漫漫平息下来。符世清有时候看着杯中琥珀色的浓茶不免想，到底是这汤水如药医治了伤痛，还是时光淡化了记忆；又或者，原本之前所有的伤痛，甚至于九妹，就如周庄梦蝶，井中捞月。井中月梦中蝶，都是一样的虚幻，转瞬即逝的人生又何尝不是？又或者说，人生原本无处不虚妄。符世清到常德府就任时只带来富贵。主仆俩就住在府衙内。富贵没来多久，就跟府衙内的衙役佣人混熟了，平素无事喜欢跟他们上街四处转悠。符世清感觉自己虽然身居人来人往如闹市一般的府衙，却比在辰州府时清静许多。符世清晓得，这主要是因为自己的心静了下来。这才最难得的，有了安静的心，待什么人都淡定，遇什么事都不慌。偶尔，也有到常德长沙办事的辰州府的朋友顺道过来看望他。

这天，富贵和李捕快逛街回来，对符世清说，他和李捕快在街上遇到龙阳县衙的一个熟人，那人说李怀廷的母亲去世了。符世清哦了一声，待富贵走出房间，转念一想，我应该去吊唁才是。即刻又把富贵叫了进来，让他去置办祭礼。第二天，符世清带了富贵和几个衙役抵达龙阳县，来南大门接他的果然不是李怀廷，而是县丞刘永寿。刘县丞刚要解释，符世清道，听说李知县的母亲故去了，我是专程来吊唁的，你要是方便的话，陪我去一趟太子庙？刘县丞愣了一下，随即大声道，大人这般体恤下属，让我等感激涕零。我也正准备这几天去李知县家吊唁，能和大人一起去，是我的荣幸呢。符世清呵呵笑道，那就有劳刘大人了。刘县丞又道，现已到午餐时间，不如我们先去附近小店吃个便餐。符世清倒没饿，可考虑到富贵和衙役们比不得坐在轿子里的自己，他们走了几十里路，消耗的体力多，一定早已饿了，便点头应允。刘县丞于是一面请符世清去酒店用餐，一面令衙役坐快马去太子庙报信。饭后，一行人一起去太子庙。刘县丞如向导一般一路介绍龙阳的风物人情及历史渊源。符世清来常德府大半年，又反复研读过《常德府志》，但符世清不想扫了刘县丞的雅兴，耳朵听着刘县丞一路解说，心思却全在龙阳暮冬的景色里。空旷的田野、静默的溪河、枯瘦入云的黑杨，高远的天空，无有边际，使人平添许多开阔大气魄。符世清不由得暗叹这自然造化不仅生养万物，更铸造人性品格境界。所谓一方水土养一方人，大概就是这个意思。申时，一行人抵达太子庙。符世清带了家人到村外迎接。符世清这么快来吊唁令李怀廷既惊讶又感动。符世清进孝堂焚香祭奠后，李怀廷请符世清入后厅喝茶叙旧。

第二天临行时，符世清请李怀廷安心丁忧守制，县衙各项事务他会督促刘县丞办理。李怀廷再三拱手相谢，说符大人的这份情义他没齿不忘。李怀廷要送一些莲子、藕粉给符世清，说是太子庙的特产。符世清心想李大人这番回家丁忧，服阕起复复任怕也是两三年后的事了，天晓得对他的仕途有没有影响，他自己肯定也在担心吧，既是土特产，拒绝倒显得生分，便叫富贵收了。行至半途，富贵无意看到大包小包中有一个漂亮的锦盒，打开来看，发现竟是满盒的珍珠。富贵悄悄告诉符世清，符世清叫他不要声张，日后再作处理。富贵实在按捺不住，装作无事问同行的衙役，龙阳都有些什么土特产。衙役正走得无聊，听到富贵发问，兴致勃勃道，这龙阳的特产可就多了，水里游的、地上跑的、天上飞的样样都有，光是莲子、莲藕做成的各式菜色就够你吃半个月，再把各种鱼吃一遍得花你半年，我们这龙阳又产棉又产桑蚕丝，什么用的穿的都不缺，对了，我们龙阳还产珍珠，最大的半人高，买得下整个龙阳城。衙役说着做了双臂环绕的夸张姿势，惹得大家哈哈大笑。富贵小声嘀咕道，这珍珠还真是龙阳的土特产啊。

符世清返回龙阳休息一晚后，便去县衙。刘县丞先到一步，已把龙阳县的各项田赋鱼课的催缴账簿准备妥当。符世清一本本查看，又一一细问了大户的田赋收缴情况，以及年终地方特产的纳供准备等七七八八要紧事项。在翻看龙阳的陈年积案时，符世清发现十有七八的案子都跟德山码头有关，其中光沅水船工与德山码头之间的各类纠纷就有几十件，有些还是他未调任常德知府前的老案。符世清问这些陈案为什么一直拖着不结案，刘县丞说，有一些是已经判决，但执行不了的，有一些是一方当事人已不知去向，不好结案的，还有一些是一方不满意，无法结案的。符世清大略地翻了翻，心想，这也不是三天两天能解决的，且慢慢来吧。眼下，先去湖区查看冬修水利筑堤围垸的情况。符世清在常德这几个月经历了春夏汛期后，发现湖区不比山区，洪涝毁田毁屋比辰州更严重。他通过地方志的记载粗略地估算了一下，常德龙阳、武陵等县自从大明朝开国以来，大小洪涝已有十多次，平均五至六年一次，比元朝每八年一次大大缩短，死于洪涝灾害的人数更是让人触目惊心。

今年夏季汛期的时候，西洞庭涨大水，符世清一天接到数起堤坝告急报告。龙阳县的岩汪湖、青山湖、围堤湖、鸭子港多处管涌。当时，柳叶湖决堤，他连续半个月吃住在武陵，根本抽不开身来龙阳。李大人丁忧，按朝廷以往的惯制，朝廷会另外委派人来龙阳，但朝廷旨意抵达常德府最早也是明年开春以后的事，这龙阳各处堤垸的冬修却是等不得的。从河口到青山湖，龙阳县的湖河堤坝怕有几十处，数百里。符世清召集龙阳县衙内大小官员开会，大家对符世清提出下乡督查冬修情况很不理解，这冬修水利的事务县衙有人专管，也已安排到各乡镇，乡里的保长们自会料理，再说，田土都属私人，地主们自会安排，何必去操这些闲心。但大家也不好反对，听任符世清安排。符世清也看出了同僚们的心思，讲了些大道理以及利害关系，看大家都不作声，就自作主张顺手点将，他和刘县丞兵分两路，刘县丞带一路人马去河口、沧港、围堤湖，他和主簿几个则去酉港、鸭子港、岩汪湖，两队人马最后在桑园或是周文庙一带汇合。官员们领命而去。符世清决定先去岩汪湖。

暮冬的西洞庭比辰州更加湿冷，旷野的寒风毫无遮挡。符世清尽管穿了厚厚的棉袍，仍觉得四肢冰冷，寒风刀子一样割他的脸。到了岩汪湖堤坝上，风更大，打着旋儿，走在后面的衙役自言自语道，这鬼天气，莫不是这湖里的黑龙阴魂不散，又在作孽啊。富贵接话道，这湖里果真有龙吗？主簿说，从前这湖里确实住着一条吃人的黑龙，后来西山上有个小伙子潜入湖底把它杀了。富贵道，这龙也有好坏之分吗？主簿道，那自然，人有好坏，禽兽也有，这自然造化有阴阳善恶才平衡呢。符世清不由得想起自己曾经在这洞庭湖上丢失大楠木后，向皇上陈述的理由也是大黑龙。

当年只是借地而过，算是黑龙欺生，如今自己好孬也算这一方的父母官，不知能否与这大黑龙相安无事。堤上四处是修堤的人，挑土的、打夯的，皆穿草鞋，打赤膊或是仅穿一件破褂子，蚁虫一般，也有三二小贩，挎着装有糕点糖食的竹篮子在堤垸上叫卖。大家看到知府大人来了，纷纷避让，原本人来人往甚是热闹的大堤一下子如神仙使了定身法一般安静下来。王保长早已在堤垸上等候。符世清边走边看边询问道："王保长，工程的进度如何？"

王保长道："大人，修堤垸的任务已按人丁田亩分摊到各村，但工程量大，小户雇不起人，大户又不肯花钱雇人，依了目前的进度，明年开春前怕是难以完工。"

符世清道："哦？朝廷拔下来的堤垸工程款都用到哪些地方了？"

王保长道："分摊到全县各个江堤，到了岩汪湖也只是杯水车薪嘛。"

符世清道："那你们年年都是怎么冬修水利的呢？"

王保长道："按田亩分摊冬修任务。"

符世清道："为什么今年分不下去呢？"

"这个……"王保长看看左右，欲言又止。

"有什么难言之隐吗？"符世清追问道。

"这，这，去年县里赈灾向大户借粮，县衙作担保，可到今年秋天，归还粮食时，县里却有些厚此薄彼……"王保长正说着，几个大户听说符世清来巡堤，也相约着赶了过来。

符世清从大家零零碎碎的话里明白了大户们不肯雇工修堤的原因是王怀廷在向大户借粮赈灾存了私心，他自己家借贷出去的粮食，连本带利早已收回来，而岩汪湖的大户们借贷出去的粮食，县衙装聋作哑一推再推。大户们个个有怨气，听说符世清要来巡察堤垸，故意不让佃户们上堤垸。

符世清细细查看了大户们借粮赈灾的名册，又叫保长做了统计，许诺回县衙研究后给他们一个明确的答复，但前提是大户们必须按期完成堤垸冬修事项，否则将用他们借贷的粮食作为误工款请人修堤垸。大户们也不敢放肆，心不甘情不愿应允了符世清。

果然，第二天堤垸上便人山人海了。

符世清继续在各处堤垸上巡查。堤垸的内侧是水天相接的岩汪湖，帆影绰绰，堤垸下的湖滩狭长无边，荒草丛生，芦苇长得比人高。堤垸的外侧纵横交错的田野里有星星点点的绿，草籽的绿、油菜的绿、各种青菜的绿，这无垠的良田肥水养活了多少生命啊，湖广熟，天下足，真是半点不假。符世清想。

“这老天爷还真不公平呢。”富贵走在后面，东张西望道。

“富贵兄何出此言？”一衙役接过话。

“你没有到过我们辰州吧，你晓得我们的粮食是种在哪里不？”富富停了一会儿又道：“种在山上。依山开梯田，从山脚到山顶，梯子一样的，宽的不过几丈，窄的不过手臂膀宽，全是从岩头里面抠出来垒起来的土地。”

“靠山吃山，靠水吃水。山上有大树，砍一棵卖了，抵得上种一丘田呢。”衙役道。

“你说得轻巧。你以为人人家里都有山有树啊。”富贵道。

“那我们这里也不是人人都有田有土啊。”衙役道。

“但是，你看堤外大片湖滩荒地，怕有几百上千亩吧，这要在辰州，怕是不会浪费的吧。”富贵道。

符世清听着富贵的话心里顿了一下。晚上，符世清在王保长家投宿用餐的时候，符世清问：“堤垸湖滩下的荒地是不是也可以开垦出来？”

王保长笑道：“几百几千年前，原本就没有什么堤垸，都是湖，是荒滩，后人慢慢垦田，慢慢筑堤，就成了现在这个样子。”

符世清道：“既然这样，那些无田的百姓也是可以围湖造田的了。”

王保长道：“这个自然。”

符世清道：“仅岩汪湖怕就有好几百亩吧，整个西洞庭又可以造出多少良田呢？”

王保长道：“那要看地形地势来，并且也要修筑堤坝才有用。否则明年春夏一涨水，水田就成湖泊了。”

符世清道：“说得极是。”

待符世清回到常德府，新年将至，虽然要紧的文件衙役都按时送到龙阳，但案头还是堆放了许多待办的事情。他首先和县丞商量着把欠岩汪湖的大户们赈灾粮的事情处理了，又遣人拟写通告，鼓励老百姓开荒垦地，围湖造田，并承诺凡新造的良田三年内免收一切课税。富贵一边天天上街大包小包采买，一边盼着符世清早日起程回辰州府。符世清犹豫着要不要回去，直到腊月二十日，手头仍有许多公务未处理完，又想着自己来常德府头一年，到底还是有些不放心，狠下心来让富贵独自回家。府衙内除去几个当值的衙役，也大都回家过年了。家在常德的州府同僚们晓得符世清不回辰州府后都来请他去过年，符世清一一婉拒，与几个当值的衙役过了个极其简单的新年。

不过，府衙自除夕夜开始就没有安静过，每天都有人提了大包小包来拜年。符世清倒是简单，一律以清茶相待，大包小包皆原封不动退回去，理由也很简单：家不在常德府，不便一一上门回礼。李怀廷虽然没有亲自来拜年，却也请家丁送来了过年物资。符世清不肯受，可那个家丁泥鳅一样，放下东西就跑了。新年里，大家轮流作东宴请符世清，三天两头喝得醉醺醺的。不待符世清清醒过来，一个新年便过完了。富贵也按时从辰州返回常德府。

又过了一个月，朝廷对李怀廷丁忧守制的批文也下来了，皇帝说时值地方官员严缺，暂不委派新的知县，考虑湖湘山民暴乱尚未完全平息，而龙阳又属沅水和西洞庭交通要塞，县衙不可一日无主，知县一职暂由常德知府符世清代理，县丞刘永寿全力配合。李怀廷得到消息后，亲自来了一趟常德府，说了许多工作上的事。符世清自然晓得他来的真正原因，也没有点破，只是劝他安心丁忧守制。

这天，符世清正在偏厅批阅公文，衙役进来禀报有个自称姓全的辰州商人想见他。自从符世清到常德当了知府，特别是开春后，朝廷又让他兼任龙阳知县，隔三岔五总有认识的不认识的辰州老乡来找他，他已经习惯了。符世清让衙役请他进来。符世清却并不认识这个全老板。全老板说他是辰州洞溪人，常年在辰州与常德交界的界首做生意。一个月前从界首运了一船木柴到德山来售卖。不想，他到德山后大病一场，前两日，他去码头欲取船回辰州，码头告诉他欠了多少费。他粗略一算，这一趟赚的钱不够付码头费用，气愤不过，又筹不到钱，特来找符大人。符世清写了一张条子，让他再去找码头老大。全老板拿着条子走后，符世清想着上次朱红溪船帮、乌宿船帮也是与德山码头的纠纷来请求帮忙，他也是写条子，这样下去终究不是长久之计，还是去一趟德山码头。

符世清和刘县丞突然来德山，码头老大们一点也不奇怪。迎接他们的是码头老大王德宝，人称王老大。

这王老大在德山码头虽然没坐头把交椅，却是德山码头新实力派人物，说话做事滴水不漏。

王老大祖籍在“天上九头鸟，地上湖北佬”的湖北荆州。为避战乱，曾祖父举家迁至德山镇。曾祖父在荆州时是一名厨师。荆州有“无鱼糕不成席”的民俗。王老大的曾祖父经过多年摸索，独创一道远近闻名的王氏清蒸鱼糕。迁至德山后，洞庭湖的鲜鱼更是让曾祖父的手艺发挥得淋漓尽致。最初，曾祖父只是靠路边摊卖鱼糕，不久之后，他的鱼糕名扬德山，曾祖父便租屋开了一家荆州鱼糕店。不几年，在德山镇建屋买铺，成为德山镇颇为殷实的大户。王老大是王家三代单传的独苗，大名王德宝。俗话说，公婆疼长孙，父母疼满崽，这根独苗在公婆在父母心里都是捧在手里怕碎了，含在嘴里怕化了的宝贝。少年时期的王德宝是德山镇上的孩子王，任性顽劣，在私塾里勉强混得两年，三字经、四书五经背不来完整的一章，可是算账出点子任何人都比不过他。八岁时，一次到父亲开的鱼糕店去玩，父亲临时有事出去了，有位顾客急着结账，店小二算盘打得慢，半天也没结好账。王德宝伸过头去瞄了一眼账单，便报出了金额，与店小二慢慢算出来的结果分文不差。王老大心大脑瓜子空，招揽生意的主意层出不穷，不断推出新的鱼糕品种，麻辣的、剁椒的、杂烩的。德山镇人逢年过节都要到他店里来买鱼糕。到后来，他的鱼糕店名声远播，桃源、常德、龙阳一带的乡绅商贾也专程到他的店里来吃鱼糕。王老大接管鱼糕店几年后，在常德、龙阳开了三家鱼糕分店，很快把祖业翻了一番。

几年前，一个叫陈安江的码头老大隔三岔五到他店里来吃清蒸鱼糕，一来二去，两人很快便称兄道弟。陈安江是个大赌鬼，一年的收入多半都送到了赌场。有一年，陈安江赌运特别差，光输不赢。陈安江开始向王德宝借钱，王德宝只要陈安江开口，借多少给多少，不讲二话。后来，陈安江越借越多，王德宝便提出用陈安江的码头作抵押。输红了眼的陈安江只想着扳本，哪有不依的道理。不出两年，陈安江的码头便悉数抵押给了王德宝。自古杀人抵命，欠债还钱，天经地义的道理，陈安江无话可说。王德宝名正言顺做了德山码头的一名老大。

王德宝真是个天生做码头老大的料。几分胆气，几分狡猾，几分狠气。只两三年，王德宝又通过各种方法将另外三个码头归并到自己的名下，成为德山码头实力派人物之一。

王德宝在外是老大，在家却是好性情。十八岁时依了父母之命媒妁之言娶了德山镇一位乡绅之女姜氏为妻。姜氏自幼好读书，做过秀才的父亲喜欢吟诗作对，看女儿聪慧，便亲自教她诗书。嫁给王德宝时十五岁，出落得如洞庭湖上一朵水莲花。新婚之夜，王德宝用秤杆揭开新娘盖头，第一眼看到美丽而极有气韵的姜氏时，当众大呼：我娶得一位仙女啦！一年后，姜氏为王德宝生育一女，取名为王青。王德宝以为，先开花后结果，姜氏还会如母鸡下蛋一般，给他王家生养十个八个孩子。可是，姜氏生下女儿王青后，大病了一场，便从此没有再生育。一开始，王德宝还满怀着信心满怀着希望一年又一年地等待，然而，一年又一年过去了，姜氏的肚子仍没有动静。小青青八岁时，王德宝便娶了二房浦氏，一年后，浦氏死于难产，腹中孩子也没能保住，一尸两命，王德宝彻底断了再娶的念头。姜氏自大病一场后性格变得抑郁，在后院设了佛堂，早晚念经，初一十五吃斋拜佛，一心一意做她的俗家弟子。

王青长相上酷似母亲姜氏，性格却遗传了王老大。小青自小活泼好动，如一朵太阳花一样开在姜氏和王德宝的生命里。王德宝在心里也曾暗暗想，小青要是个男孩子该有多好。小青常常缠着父亲讲鱼糕店，讲码头商人船夫的事。待到稍大一些，姜氏对小青的言行举止有了管束，又枕边叮嘱过王德宝几次，慢慢地，小青追着父亲问外面的事，王德宝便不再绘声绘色讲给小青听，只是三言两语敷衍过去。小青每每听后都会嘟起嘴说爹爹讲话没有以前有趣了。

平常，王德宝去码头，家里便只有姜氏和小青两母女。家里养了一只猫一只狗。黑猫是姜氏养的，小青不喜欢猫，黑猫时时跟在姜氏后面。姜氏在后院佛堂打坐念经的时候，黑猫也常常在另一个蒲团上团做一团，闭目聆听姜氏诵经，一动不动，一念不生，如入定之猫。小青倒是喜欢大黄狗，但大黄狗更喜欢待在院子里，喜欢去外面的巷弄溜达。家里人偶尔忘了锁院门，大黄狗会嘴脚并用，扒开院门，溜出院子，去大街小巷约会惹事。小青常常独自在阁楼上玩耍，阁楼北面的窗户正对着正德巷，巷子里的动静悉数收入小青眼底心里。日子久了，进出正德巷卖甜酒，卖鸡蛋，卖小菜的，几时来，穿着打扮如何，小青闭着眼睛都晓得。不过，正德巷只是一条住家小巷，来往的人并不多，多数时候，小青只能整天听院外的椿树或栾树枝上小鸟嗜嗜之声。

符世清不动声色地打量着王老大。

“大人，这几日，我猜你应该会来，这不，果真来了。”王老大道。

“呵呵，是嘛，有个词叫作心有灵犀，不会是说你我吧。”符世清笑道，“那你再猜猜看，我此番来所谓何事？”

“大人来码头，无非不为码头事。”王老大道。

“那倒也是呢，码头运营还正常吧。码头不比其他地方，往来人员杂乱，鱼目混珠，你们得事事小心，严格按照我朝百货统税之规定行事，对码头工人加强管理，切莫滋事惹官司。”符世清道。

“大人放心。只是这德山码头大大小小上百个码头，每天进进出出的船只没有一千，也有八百，哪里没有船碰船，桨打桨的时候。”王老大洪声道。“再说了，码头每年要养活四五百张嘴，上交的各类捐税费用也不是小数目，这个大人你是晓得的，我们哪天没有麻纱事。”王老大端起茶碗满满地喝了一口茶。

“德山码头这些年确实做了大贡献。”符世清道。

“这也多亏了县衙各位大人。当然，大人，您来了，德山码头会外甥点灯笼——照旧，我们这些人虽然斗大的字认不得几个，规矩还是懂的。”王老大意味深长道。

“前些日子，相继有几位辰州老乡来府衙找我，所求之事，相信你们也晓得。沅水船工和德山码头之间唇齿相依，当然，也免不了有牙齿咬舌头的时候。我此次来，是想请老大们可否想一个万全之策，实现沅水船工和德山码头双赢呢？”

“万全之策？哈哈，大人，你说笑了？这做买卖能有双赢吗？这些日子以来，在德山码头进进出出的辰州商贾船工都像是大人家的远亲近邻，一个个胆子都大了三分，说话底气十足。前段时间，有一个辰州人自称是符大人的老表，因不满码头管事人给他安排的船位，双方差点打起来。我们看在大人的面子上，已经是退了又退，再退下去，就无路可退了。这些日子，我们几个还商量着准备去衙门找你呢。”王老大一脸严肃道。

符世清内心顿了一下，心想，这王老大是装糊涂，还是真不懂我的意思？我来之前，已和刘县丞探讨过，想要永久解决沅水船工和德山码头的矛盾，沅水船工只要在德山建一个属于沅水人自己的码头即可。

“刚才我在来的路上，注意到这德山码头上有许多外省码头，比如九江码头、汉口码头，扬州码头等等，倒没有看到辰州人的码头。据我所知，在德山码头停靠最多的恐怕是沅水船只。”符世清不动声色道。

“大人，我知道你的意思。这德山码头从上上辈起就定下规矩，决不允许外地人在德山建码头。”王老大道。

“有这个规矩？”符世清道。

“大人要是不相信的话，我可以把祖训翻出来让您看一看。”王老大道。

“不必了。”符世清道。既然王老大一句话堵死了去路，还有什么多说的呢。符世清提出到码头各处看看。江面上泊着各色船只：洪江油船、麻阳船、辰溪船、白河船、铜仁船，还有如梭子一般的桃源划子泊满江岸，码头人流熙熙攘攘，商贾船工、渔夫橹手、走卒贩夫，只要细细分辨，即便不听声，符世清也能分得清这些人里哪些是辰州人。甜不甜家乡水，亲不亲家乡人。从内心里，符世清是想帮一帮他们，可现在，只能走一步看一步了。

第二十七章

在德山码头用过午餐后，符世清准备回龙阳，刘县丞却说他的老丈人就住在附近，他要去看看。刘县丞随即又补充说他老丈人先前也曾在常德府做事，符大人如有兴趣，请一起去，权当郊游。符世清也不细问，心想，前几年在常德府公务，按理我应该认识。此次德山之行没有一点收获，何不听从刘县丞的，四处看看，也是极好的。刘县丞请王老大备了一条桃源划子，一行人上了船，小划子便如一片树叶一般极是轻巧地离了岸，向上游漂去。符世清立于船头，但见乾坤千里水云间，天地就如一枚稍稍张开的大蚌壳，造化万物在蚌壳内砺沙成珠。不时有各色水鸟在空中盘旋，或贴着水面滑过。行不多久，便现出田园风光，一片片芦苇，如一丘丘正待扬花抽穗翠绿的禾田，中间隔着一湾一湾的湖泊，水蛇一般，水波明澈。两三艘渔船湾在芦苇荡边，有渔夫撒网，高挂在船桅上的红色旗子在湖风中猎猎作响。越往上游，港汊愈多，湖中洲岛也愈多，偶见洲上有旱船，一条旱船一户人家。桃源划子放慢速度，最后停靠在一艘半新的旱船边。

一个穿长袍的老者立于旱船的屋檐下，远远地揖手打招呼道："不知贵客大驾光临，有失远迎啊。"

符世清抬头一看，还真是他认识的故人，原常德府通判黄德水。符世清做沅陵知县时到常德公干，有过几面之缘。几年前因征皇木的事，与前知府黄似瑶意见不合，对官场全懒了心，提前告老还乡。符世清快走几步从桃源划子跳上旱船，拱手道："啊呀，是黄老啊，刘县丞一路瞒着我，这还真给了我一个大惊喜。"

"哈哈，那老夫今天要奖他三杯酒。"黄德水打着哈哈把众人让进屋。

"三杯不行，另外还要罚他三杯，我来常德府一年多时间了，他一直不曾透露半点风声。"符世清亦笑。

"冤死我了啊，大人，这过去的一年，你一直在忙，何曾得空过？"刘县丞翘着胡子道。

"是我嘱咐他莫告诉任何人我的行踪的。"黄德水道。

说话间，大家落了座。一位青衣女子送上茶水，符世清瞄了一眼。黄德水介绍道："幺女小婵。"青衣女子绯红了脸给众人上茶，转身退出了客厅。

"黄老，在下记得你老家在桃源啊，怎么想起到这水泽之洲来居住？"符世清即刻改了话题。

"蒹葭苍苍，白露为霜。所谓伊人，在水一方。溯洄从之，道阻且长。溯游从之，宛在水中央。符大人，你刚才一路泛舟而来，有没有体味到《诗经》里的这几句诗其实很写实？"黄德水道。

"黄老好境界。"符世清道。

"我近日重读高适的一首诗，其感受要不是住在这小洲上，会完全不同呢。"黄德水道。

“哦，高适的哪一首？”符世清问。

“我本渔樵孟诸野，一生自是悠悠者。
乍可狂歌草泽中，宁堪作吏风尘下？
只言小邑无所为，公门百事皆有期。
拜迎长官心欲碎，鞭挞黎庶令人悲。
悲来向家问妻子，举家尽笑今如此。
生事应须南亩田，世情尽付东流水。
梦想旧山安在哉，为衔君命日迟回。
乃知梅福徒为尔，转忆陶潜归去来。”

黄德水半闭了双眼沉吟道。

“是啊，居庙堂之高则忧其民，处江湖之远则忧其君。”符世清道。

“百姓苦啊，这几年无休止的征木，真是作了大孽。”黄德水感叹道。

“黄老真是一个有良知之人。”符世清道。

“在位时一心想着如何忠效朝廷，忠效皇上，现在自己做了普通百姓才晓得真正苦的是百姓。”黄德水道。

“是啊，最苦的是百姓。”符世清附和道。

小婵进来请大家去隔壁屋喝擂茶。大家欣然起身。符世清来常德府后，喝过几次擂茶，并不如何喜欢，不过，搭茶的小吃却很是开胃，少则八九碟，多则一二十碟，以坛子菜为主，也配有荤菜，但多为卤菜，比如小鱼干、酱牛肉、腊耳尖。小婵请大家喝擂茶又有些不同，不放大米，只有茶叶、芝麻、花生、生姜等，所以不像桃源擂茶浓稠密，小婵的搭菜也是别出心裁，除去坛子菜，还有各色面点：油煎糯米粑、炒汤圆、蒿子粑……

皆只鸽子蛋大小，色泽或金黄油亮，或青翠如玉，看着就养眼。小婵来来回回给大家端茶点、筛擂茶，符世清有意无意瞄了几眼。席间，大家又聊些杂七杂八的闲事，每一个话题一旦扯开来，便如这宽阔无边的西洞庭，没完没了。期间，说得最多的还是德山码头的各类麻纱案子，特别是跟沅水船工扯不尽的皮，符世清讲他此次来德山码头的目的就是想着让沅水船工在德山建一个码头，不承想王老大一口回绝了。黄德水说德山码头几十年没让外乡人建码头了，最后一个在德山建码头的是武昌人，他们先是跟德山码头帮打架，打了整整一年，武昌船几乎无法在德山停靠了，有人提出穿铁鞋。不怕死的武昌人真就有人站出来去穿铁鞋，活活用一条性命换来一个码头。符世清听了，心里像被锥子锥了一下，嘴里的炒汤圆差点呕出来。

从德山回来没多久，刘县丞到常德府给符世清说媒来了。对象就是黄德水的幺女黄小婵。九妹去世，符世清好几个月才回过神来，衰大莫过于心死，他似乎也麻木了，并且，隐隐中，他有些相信命运了，算命先生那句“成也萧何败也萧何”的话，他越揣摸，越觉得其间暗藏许多命运的玄机。有时候，他甚至觉得兄长符世根之所以隐姓埋名，带着贤儿远走他乡，就是想不受他命运的牵制，想改命。这么想的时候，他倒有些释然了，兄长是聪慧而极有商业头脑的人，到哪里都能谋生，到哪里都能把日子过得稳稳当当。这一年多，各类公务缠得他七荤八素，辰州府甲第巷那个家日渐遥远，盼兄长儿子回来的心思也淡起来，更不消说四处打听寻找。至于纳妾的事，家人不提，他也想都没想过。现在，刘县丞突然来说媒，符世清还真有些茫然了。符世清想要推脱，可是刘县丞却热情十足，说符世清一个人在常德府生活起居不方便，也不是长久之计，身边无论如何需要一位女子照顾，说小婵从小跟父亲读过四书五经，知书达礼，嫁过来定会是符世清的贤内助。符世清又说，自己辰州府已有妻室，小婵嫁过来只怕会受委屈。刘县丞说他来之前，黄德水已经跟女儿谈过，小婵说全凭父亲作主。符世清又说，父母皆已仙逝，如今相濡以沫的只有拙荆，应先告知她才是。富贵不晓得从哪里得到了消息，日日在符世清耳边念叨，好像是他自己要娶亲一般。符世清内心有些动摇。过了一月，辰州甲第巷来信，符夫人为着不孝有三、无后为大的理由，自然是赞成符世清纳妾。符世清便正式请了刘县丞去提亲，并选了日子。婚后，符世清也才晓得，原来他第一次去黄德水家，小婵便对他一见倾心，几次从父亲那里打听他的消息，黄德水懂得女儿的心思，便托了刘县丞来说媒。刘县丞想着能和符世清攀上亲戚，自然是求之不得，极力撮合。符世清在府衙后面租了房子，热热闹闹将小婵娶了过来。令符世清没有想到的是，黄德水不仅给小婵打发了全套嫁妆，还有三大箱书，除去四书五经，还有二十四史、朱熹的《四书章句集注》、陆九渊的《象山先生集》。小婵从小受父亲黄德水影响，年纪虽然小符世清十多岁，却博览经史，所读之书不比符世清少，像心学理学，符世清以往很少涉猎。符世清很惊奇，试着读小婵带过来的理学书籍，不久便对“心即理”“六经皆我注脚”思想发生兴趣，常同小婵说起自己读“朱陆”理学的感受，小婵偏爱于朱熹的“格物致知论”，两人常在“支离”与“禅学”上探讨，在常德府任职期间，符世清多次赴德山向丈人黄德水请教“朱陆”理学。不久，小婵有了身孕，符世清赶紧请了一个用人，富贵也从衙门搬过去同住，帮着料理家务。

沅水码头仍不时有船老大或是商贾来找符世清，请求帮忙解决的问题十之八九也仍与德山码头有关。符世清晓得这不是上上之策，却别无他法，只能尽力而为。德山码头的老大们也大都给面子。可是，到年底，德山码头上交的管理费却比往年少了三分之一。龙阳上解的租税也比往年少。符世清亲自将赋税上解到京城，皇上自然是不痛快了。更令符世清没有想到的是，李怀廷不知什么时候也到了京城。他让龙阳乡绅联名奏保请留，起复还任。原本，符世清这次进京，也带来了奏请刘县丞替补龙阳知县的奏章。两人的奏章都到了工部尚书师逵的手里。师逵对符世清说，县丞与守制的知县争同一个官位，你常德知府参与其中，说出去就是个笑话，况且这一年你上解的赋税比往年少了三分之一，皇上也不可能同意你的奏请。符世清无奈，收回奏章，闷闷不乐回常德府。年后，皇上准了李怀廷的请奏，夺情复任，继续做龙阳知县。

第二十八章

符世清到常德府第六年，辰州老知府石敦晟病逝于任上。恰逢此时，常德原知府黄似瑶官复原职。符世清调回辰州府任知府。

原本，朝廷想让他到湘潭或者永州任职，但符世清想着近年这两个地方仍有山民叛乱，朝廷的田赋税赋也有增无减，自己性格禀赋又与官场相去甚远，再升迁绝非易事，况且去湘潭或永州也只是平调，不如回到知根知底的家乡辰州府去。另外，老家来信，说有人在永顺府看到一个人像极了兄长符世根，符世清早已冷却的心又热起来，想着人这一辈子躲得过祸福，躲不过命运，兄长年事渐高，贤儿应该已长大成人，是该回归故土的时候了。便亲自去了一趟京城，在皇上面前力陈辰州匪患时发，水上纠纷不断，特别是沅水船工和龙阳德山码头上的矛盾愈演愈烈，而他对沅水，对辰州百姓知根知底，作为土生土长的辰州人，辰州府知府的位子，没有比他更合适的人选了。皇帝如他所愿，准他回辰州。

小婵随符世清回到辰州府时已有一儿一女两个孩子，住进甲第巷后，小婵更是沉溺于各类经史典籍。符世清不晓得从哪里弄来陆九渊、陈献年、傅子云等人的理学书籍，两人争相阅读，偶尔也一起探讨。至于家务事，符世清不插手，小婵也从不操心，孩子们的饮食起居，符夫人一手操办。符夫人倒是喜欢小婵，称她是符世清的私房文书。符世清白天忙于案牍公事，夜晚燃灯静坐，研读五经及先秦两汉儒家著作，文字功夫大进。符世清恍若回到十多年前，自己初进仕途时的光景，境域太平，人物繁阜，茶坊酒肆，柳陌花衢，皆繁盛浩闹。而符府也有了生气。符夫人的性格变得柔和了许多，不再问符世清讨要儿子，视小婵的孩子如己出，操劳家中大小事务，家眷佣人忙进忙出，孩子们打打闹闹，符府一天到晚总是热热闹闹的。在辰州府人的眼里，符世清从常德府回来后变了许多，他蓄起了胡须，面容愈发清癯。

这日，秋光正好，符世清和三五好友泛舟至河涨洲。河涨洲位于沅江上，距辰州府不过八九里，符世清每年春秋两季皆会到洲上来游玩。他说，河涨洲会变戏法，季节的变化让洲上景物变幻只是一方面，河涨洲还因了沅水的消涨，形貌不停改变。传说，河涨洲有金鸭凫在水底，水涨洲高，永世也不会被淹没，这才是河涨洲最神奇之处。

一行人一会儿便到达洲上，大家弃船上岸。

河涨洲彼时秋叶凋零，丛林黑黝，老树秃枝，盘根错节，肃穆空茫。洲中央的龙鸣塔在峥嵘岁月中呈碧落苍茫之态。白塔高耸空中，斑驳深沉，黄铜制成的塔顶在秋阳下熠熠生辉，每一层的棱角上镶嵌着的佛像神态各异，细看每一尊佛像，佛像也都似在与他对视，符世清不禁吟道：“寄蜉蝣与天地，渺沧海之一粟，哀吾生之须臾，羡长江之无穷；挟飞仙以遨游，抱明月而长终；知不可乎骤得，托遗响于悲风。”在一旁的龙兴讲寺的李秀才听后夸赞道：“大人好记性！”

“哈哈，江郎老矣！”符世清边哈哈大笑，边朝龙鸣塔走去，其他人紧跟其后。

众人沿着河涨洲的河滩走了一圈后，便择一处干草坡坐下来。下人将带来的酒食摆上，符世清拿过酒壶道：“想当年，我们在这洲上有过多少次斗酒作诗。”

李秀才马上道：“是啊，如今大人你总是忙于公务，虎溪诗社也名存实亡了。”

“诗兴减了，酒量可是增了不少。”符世清再次打着哈哈道。

“写什么劳什子诗罗，喝酒才是正事。”其他几位不喜作诗的人异口同声附和。

“哈哈，辰州府喝酒的人越来越多了，要多设几家酒坊才是。”符世清朗声大笑道。旋即，他又让人不易察觉地在心里深深地叹了一口气。符世清感觉秋天的肃杀还真容易影响人的情绪，觉得人这一辈子就如春夏秋冬，如今，造化走进了秋天，而他的人生又何尝不是进入了秋季，可是，春华秋实，他的秋实是什么呢？

大家正喝着酒，聊着乡间的奇闻趣事。辰州府衙役过江送信来了。

信是龙阳李知县寄来的。

前些日子，朱红溪船帮放排到苏州去，过龙阳德山码头时，码头的老大们死活不让他们靠岸，理由是他们的排太大，占去码头不少地方。双方先是争吵不休，后来朱红溪放排佬操起家伙打伤了德山码头的一位管事，于是德山码头扣押了朱红溪船帮的所有木排。事情最后闹到了龙阳县衙。

其实，符世清早就听说这件事情，只是因为事情发生在龙阳，自己又是在常德任职数年，不便过多干涉，一直在静观其变。据朱红溪排帮的人讲，龙阳县衙明显偏袒德山码头，常德方面的判决，等于是将朱红溪船帮运过去的木排全部送给了德山码头。

读完信，符世清不置可否地笑了笑。然后叫下人准备纸笔，以一块过膝高的大石头当桌子，当即给李知县回信。信中盛赞了一番李知县的同时，也婉言恳请李知县多多关照沅水船只。

众人也不过来看符世清写的什么，各自吃肉喝酒。大家都知道，符世清撰写公文时不喜人围观打扰。

写毕，用牛皮信封封了信，盖了官印。衙役划小舟离开。

符世清独自立于江边，看着小舟缓缓离岸。秋日的河涨洲四面秋水盈盈，河滩成一道长长的斜坡，春夏长满青碧的蒿草、灌木，如今秋水蔓延，秋风习习，蒿草和灌木在江水中摇曳，时有几只水鸟如耍杂技一般，俏立于枝尖，符世清看着衙役远去的小舟，一时兴起，转身挥笔在大石头上写下：

临江仙
雾锁青山林隐塔，
茫茫江水悠悠。
枯藤老树染深秋，
沙鸥频照影，不忘对江啾。

浪卷扁舟舟踏浪，
竹篙稳驾江流。
闲来尽兴怀古幽，
清风吹过处，山影笼河洲。

众人看到符世清在大石上题词，纷纷围在他身边观看。未待他写完，周遭已是一片赞叹声。

符世清也不回应，自顾回到酒食边攀藤引葛道："今日带来的酱牛肉真不错，是哪家卤菜店的呢？要多喝壶酒才对得起这牛肉呢，来，喝酒，喝酒！"

第二十九章

符世根一家仍住在罗衣岭。符世清和户籍官一行走后，一家人在山洞里住了三个月，见官府再无来人，便又搬回原屋生活。时光抹去了贤儿的记忆，更篡改了他的命运。贤儿自然而然成了符世根的儿子。上户后，贤儿改名为凌峋。凌峋自小跟着符世根读书识字，稍大后又跟着他学收山货，学做些小生意，长到十五岁的时候，逐渐能独自闯江湖，说服父亲买了一条船，往来于酉水沅水洞庭长江之间，将本地的桐油、茶油、柑橘运至江西江苏，再将九江的瓷器、扬州淮盐、花纱、苏州的丝绸贩卖到沅水白水各码头，生意不大，有亏有赢。

前些日子，凌峋从扬州进购了一船海货，送一些到黔阳城里的几家铺子里来。他的兄弟扛着一包海货从一艘本地渔船上穿过的时候，不小心将渔船上的一只竹篾缧箍一脚踢到江里去了，原本那只是个空缧箍，可渔夫却硬说里面有十来斤上好的鳜鱼，强行扣了凌峋的一包海货，凌峋便与他理论，引来许多人观望。

这日祖江没有跑船。前些日子过青浪滩时，木船的前舵被暗礁擦破，祖江准备用白石灰浆和细棕修补一下。听到吵闹声，祖江出于好奇停下手中活计走了过去，很快明白这是渔夫在敲凌峋的竹杠。祖江笑着问渔夫："老哥，什么时候打的鱼？"

船主说："自然是昨晚和今日大清早了。"

祖江道："不管你是昨晚还是今天早上，这么多鱼放在缧箍里好几个时辰，一定有一些鱼已经死了，大家找找，看江面上有没有漂着死鳜鱼。"

祖江一边说，一边在船舷边四处张望寻找，看热闹的人也一齐朝江中四处张望，有年轻人明白了祖江的用意，嘻嘻哈哈道："江面上没有一条鳜鱼哎。"

渔夫眼看敲竹杠不成，便要横道："我不管，江面没鱼不代表我的缧箍就没有鱼，反正他是把我的缧箍踢到江里去了。"

祖江正色道："那哪个又能证明你的缧箍里有鱼呢？"

渔夫无语。

凌峋拿出够买三个新缧箍的钱送到渔船主手里，祖江也顺手拍了拍渔夫的背道："老哥哥，都是靠水讨吃的人，多担待，多担待啊。"

渔夫本就晓得自己理亏，又看到祖江出来打抱不平，也不好再敲竹杠，让凌峋搬走了海货。祖江也回到自己船上去。凌峋紧跟其后叫住祖江道："谢谢你，兄弟，请问贵姓。"

"不客气。大名张祖江，初次来黔阳？"

"来过几次的。我叫凌峋。"

"听口音，你是辰州府人？"

"不，我是永顺府罗衣岭的。"

"呵呵，那你的辰州话讲得可真标准呢。"

“我爹娘都讲辰州话。”

“原来这样。”

“今天真谢谢你，帮了大忙。一起喝杯茶去？”

“好啊。”祖江痛快地答应了。都是长年在水上跑的人，都是年轻人，有许多共同的话题，一壶酒下肚后，便在心里认定彼此为兄弟。是夜，祖江一定要请凌峋到他家去玩，凌峋觉得有些唐突，但也没作过多的推辞，在水果摊前买了几样水果便去了祖江家。彼时，祖江的妹妹娇娇十四五岁，其容貌举止与小月当年几若一个模子里印出来的，凌峋一见倾心，而娇娇也对兄长带回来的这位大哥哥颇有好印象。往后，凌峋只要来黔阳，不管祖江在不在家，都要来看看娇娇，张老大和小月也喜欢这个年轻人。不过，想着娇娇还小，黔阳和罗衣岭又隔着几百里的路途，终归有些舍不得的意思。凌峋也不急，背地里与娇娇说，他不急的，他可以等娇娇慢慢长大。娇娇在家有父母疼着，凌峋又每月过来看她，给她带些南京九江的香粉、布料，以及一些好看好玩好吃的东西，要她哪样选择她都乐意。

第三十章

又是金秋良月，黔阳的甜柑大丰收。本地商人周实收购了十来船，准备送往镇江、苏州等地。祖江和他的黔阳弟兄们揽下了这笔运输生意。祖江让黔城的老船工黄阿伯领头，自己的船放最后压阵，船队中有个叫二佬的年纪最小，只十四岁，第一次出远船，祖江让二佬的船行在他前面。船队首尾相接，相互呼应，几天后到达辰州府。

辰州府照旧常年热闹着。码头上如工蚁般的搬运工及清一色服饰的衙役、兵士上上下下。周实的十船甜柑在中南门码头靠了岸。

二佬的船一靠岸，两个高大的兵士看到满船的甜柑，觉得稀奇，即刻跳到船上，兵士甲拿起一枚甜柑道："这是什么？桔子吗？"两位兵士显然是北方人，卷舌音特别严重。

"桔子哪有这样硬邦邦的呢？橙子吧？"

"橙子？可能是吧？"兵士甲将两个甜柑拿在手里像玩杂技般在空中抛上抛下地玩。刚停好船的二佬看到有人竟然不经同意上了他的船，还拿了他船上的东西，三步两步奔到两个兵士面前道："哪个叫你们上来的？"

"哟嗬，上来看看不行吗？"两位兵士听着带挑衅的话，心里老大不舒服。

"自然不行。随意拿人家船上东西，是偷还是抢呢？"

"您这话儿咋说的呢？"两位兵士一左一右，把二佬夹在中间。二佬后退两步，俯身拾起一枝船桨。

尚未把船停稳当的祖江看到二佬船上的情景，一个箭步跳到二佬的船上，一把扯开二佬，一边道："有话好好说，莫动手，莫动手。"不用二佬解释，祖江已从兵士手中的两枚甜柑知道事情大概的原委。

"两位兵哥哥，莫动气，莫动气，我们这位还未出道，多担待，多担待。来来，到我船上吃甜柑去。"说完，拉着两位兵士的手往自己船上走。

两位兵士倒也顺驴下坡，跳到祖江船上。祖江用小刀将甜柑切成四片，请二位兵士吃。两位兵士倒也不客气。兵士甲道："这水果叫甜柑？好甜的名字呢。"

"就是因为它像糖一样甜，才叫甜柑嘛。"祖江呵呵笑道。

"我们家乡没有这水果。"兵士甲边吃边道，"还真好吃呢。"

"好吃，多吃几个。两位哥哥北方人？"

"嗯。河北人。"

"来这儿多久了？"

"半年了。"

"哦，离家可真够远的。怎么到这儿当差来了？"

"是啊，我们俩原本在浦阳当差，半年前，辰州麻溪铺阴阳山一个叫符世民的土匪竟打着辰州知府大人的旗号四处抢掠，符大人请了浦阳驻军在麻溪铺阴阳山清了一次匪，活捉了他们的二当家，如今还关押在州府大牢里。大人怕土匪头子来劫牢，在驻军里抽了十来个人来辰州府当差。我们俩平时没事，就帮着州府在码头收一收捐税。”兵士甲边大口吃着甜柑边用河北话叽里咕噜说了一大堆。

祖江返身又从船舱里取出几个甜柑切了，两个兵士倒不好意思了，忙道：“谢谢，我们吃好几个了，不用再切了。”

“没事，你们难得吃到的，随便吃。”

“这辰州府是个好地方，样样东西都好吃，人也爽直，好打交道，知府大人也比浦阳驻军军官和善得多。”兵士甲道。

“呵呵，看样子你是蛮喜欢这里罗。”祖江道。

“是呢，是呢。”两人异口同声。

“那何不申请调到这边长期当差？”

“难呢。我俩刚刚也不是无缘无故上你们船的，今天我们俩在码头当值。这些装柑子的船都是一个老板吧。”一口气吃了几个甜柑的兵士甲用衣袖擦了擦嘴道。

祖江一边点头，一边转身喊周实过来。

两位兵士少收了两只船的码头费，周老板便送了两篓柑子给他们。两位兵士欢喜地收下了，但立即又觉得他们扛着柑子上码头不好看，请祖江替他们送上去，祖江叫二佬帮忙，一人扛一篓柑子上岸。兵士甲说他们住在梧桐山脚下。

四人一前一后上了码头。两兵士低着头用祖江完全听不懂的河北话叽里咕噜了一阵，没有去梧桐山的方向，而是带着祖江与二佬往西街走。祖江也不问，和二佬扛着柑子跟在他们的后面。

祖江来过辰州府多次，西街上一间挨着一间的店铺有些像自己的家乡黔城，但格局又似乎有些不同。一会儿，两兵士带着祖江和二佬拐进了一个小巷弄。高大的风火墙将一栋一栋的窨子屋隔开，窨子屋大门皆对着巷弄，朱漆大门上镶嵌黄铜铆钉，家家门檐上有绢制的大红灯笼。祖江一踏入巷子，心里突突地跳。这些年，祖江时常做一个同样的梦，梦到自己光着脚在一条巷子里来来去去。如今走过的这条巷子跟他梦里的那条巷子一模一样。在梦里，有时，他还会在一扇朱红大门前逗留一会儿，但却从来没有去敲过那扇门，那门也从来没有打开过。二佬用胳膊碰了碰祖江，低声道：这是大户人家住的地方呢。祖江不置可否地摇了摇头，不紧不慢地跟在两位兵士的后面。

没走多远，两位兵士在一扇朱红大门前停下。祖江看见门檐上红灯笼的“符”字，猜想这可能就是知府大人的家了。兵士甲轻轻敲了敲门，一个仆人开门探出头来。兵士甲说明了来意。仆人一声“你稍等”重又关了门。一会儿复又开门请四人进去。

这正是知府大人的家。符世清也刚从衙门回来不久，换了便服，正在院子里给他的兰草花浇水。两兵士给符世清请了安，符世清直起身子对两兵士点头笑了笑，复又低头边浇花边问监牢以及浦阳士兵在辰州府的生活情况，兵士甲一脸诚惶一一详细回答。符世清直起身子看两兵士的那一刻，祖江看到了符世清的脸，心里禁不住咯噔了一下，这人怎么这么面熟呢？自己在哪里见过？曾经有过交往？可是，尽管自己来过无数次辰州府，这些年来明明没有见过知府大人的呀。

放下柑子，开门的仆人拿了一些赏钱给祖江和二佬，四人便退出符府。祖江心里仍旧迷迷糊糊，虽然只看了符世清一眼，可符世清的样子却在心里挥之不去。二佬似乎特别高兴，出了门走到巷子里就哼起歌来。祖江笑道：“得了赏钱就这样兴奋？”

二佬边走边跳道：“也不全是呢，能进到知府大人家看看更让我高兴。”

“看到知府大人长三头六臂了？”

“知府大人在院子里吗？我怎么没看到？”

祖江和两个兵士哈哈大笑起来。兵士甲忍不住道：“那位浇花的，一直和我说话的人就是知府符大人啊。”

“啊，你们怎么不早说？”二佬跳起来道。三人复又哈哈大笑。

走至巷子口，祖江这才留意到入口处的风火墙上挂有“甲第巷”的牌子，祖江在心里默念了一遍，回头看了一眼幽深的巷子。

四人走至码头边便分了手。祖江带着二佬回到船上。

晚饭后，同伴们纷纷上岸。祖江原本想上街去转悠一下，看到黄阿伯一个人守船，便也不急着上岸，坐在船头听黄阿伯讲古。斗盘大的太阳挂在山顶，远处的江中也沉着一个，红通通的，不过，似乎比天空挂着的那个更温煦。很快，太阳不见了，只剩半边朱红色的天，而一轮弯月也不知什么时候高挂天空。江面起了薄雾，长河显得越发深沉起来。黄阿伯讲他年轻时头一次随了船老大去看秦淮河的经历。祖江不插言，像是听得入了神，可脑袋里却不时跳出符世清的样子，跳出清幽的甲第巷来。江浪一浪一浪地拍着船舷，偶尔，祖江听到有歌声在江面上飞。大小船只皆隐没在夜色里。没过多久，有两个同伴买了些日常用品回到船上来了。各处船舱里皆亮起了桐油灯，如天上闪烁着的无数星星。然而今夜除去一轮弯月，苍穹中只有一粒星子高挂在苍穹中。

祖江和黄阿伯交代了几句，便跳上岸去。

夜晚的辰州府和白天一样的繁华。巷子里的店铺都还未打烊，昏暗的桐油灯下四处是晃动的人影，酒肆里正热闹，男人喝酒吆喝的声音，女人唱小曲的声音，祖江皆无心去听，径直走进甲第巷。夜晚的甲第巷像一个悠长的梦，各家门前的红灯笼里摇曳着富贵的亮光，每一扇风火墙严守着各自的财富以及不可言说的故事。祖江抬头看两边的马头墙，每一垛都划出一道优雅的弧线，像伸展的水袖；两端垛头或是鳌鱼出水，或是鹊尾戏天。微风过去，满巷子桂花的香味，祖江忍不住用力吸了吸鼻子。祖江走到符府大门前，红灯笼上的“符”字在闪烁的灯光中忽明忽暗，院里的看门狗像似嗅到了祖江的气息，冲到门边，隔着门狂吠了几声后便“呜呜”地叫唤着，祖江听到院里有人道：“阿黄，怎么啦，是不是有客人来了？”祖江赶紧离开了符府大门，阿黄听到祖江远去的脚步声，随即又吠起来，甲第巷里所有的看门狗都像得到了号令，犬吠声此起彼伏，相互应和，送祖江出巷子。我梦里的巷子怎么跟这条巷子一模一样呢？我的前世今生跟这条巷子有着什么样的渊源呢？祖江暗自忖度。

第三十一章

数日后，祖江的船队抵达德山。

这个季节正是沅水大宗木材以及各类山货药材水果运往全国各地的高峰期，德山码头船满为患，祖江带着弟兄们好不容易找着一处停靠的码头，船锚还没来得及甩上岸，就远远地看到德山码头王老大手下一帮人在来来回回调度泊岸的船只。

黄阿伯好不容易找地方停好船，同伴的船也都依次靠过来。祖江刚用力将缆绳甩上岸，便听到有个小啰喽扯着鸭公嗓大声对他们喊道："咳，咳！这是谁叫你们停靠的，有没有规矩啊？是自家的菜园门吗？想进就进啊？"王德宝带着两个手下站在码头边看着祖江。

"每回不都是先泊船再交码头费嘛。"祖江站在船上，与王德宝四目相对道。

"码头费涨了，怕你们嫌贵，到时候船又要退出去麻烦。"王德宝笑道。

"又涨了，上个月不是才涨的吗？"祖江不高兴道。

“沅江的水年年涨，洞庭湖的水还一日三涨呢。”王德宝严肃道。

“沅江也只涨春水，洞庭湖的水涨也有规律。你们这码头费涨得可没有半点来由呢。”祖江心里十分不痛快，跳上岸沉声问道。

“怎么没来由！你没看到这物价涨得比壶瓶山还高。你上街去问问，米价肉价上个月是什么价现在是什么价？码头费当然要随行就市。”王德宝不紧不慢道。

“你这不叫随行就市，叫见风起浪。”祖江讥笑道。

“你要是不愿意交，你尽可以去他处落脚。你看看，江面上还有很多船等着靠岸哪！”王老大话未说完，使了一个眼色，他的一名手下走过去欲丢二佬抛到岸上的缆绳。

“今天谁敢动我的缆绳！我跟他拼了。”二佬什么时候已站到祖江的身边，将木桨往地上一蹬，一脚踩着缆绳气乎乎地说。船上的黔阳弟兄们看到阵势，生怕祖江和二佬吃亏，也各自操起船上的斧头，木桨等什物一齐跳下船来。

周实赶紧停下手中的活，三步并做两步走到王老大身边，满面堆笑地说：“老大别生气，别生气。兄弟们跑了一天的船，都饿昏了，只想先找个地方歇息生火煮饭，这码头费大行大势，未必王老板独独只涨我们黔城的船只，人家交多少我们交多少。”

“你这话才在理。”王老大并不想跟沅水船工打架。在码头几年，他比谁都清楚这些吃沅江水长大，靠沅江水过日子的船工橹手们。他们虽然敦厚木讷，但是也别惹急了这帮汉子，三句话不对头，操起家伙就打，不怕打死别人，也不怕被人打死，那股子舍死忘魂劲，王老大看着心里就先虚了三分。前些日子，朱红溪排帮就打了一位码头兄弟，伤者家属昨天还在找码头的麻烦。

周实示意兄弟们放下手中的武器，又从自己的褡裢里取出钱来，递给王老大身边的属下，一边朗声对王老大说："老大莫生气，莫生气，年轻人不懂规矩，你莫见外，莫见外。"

"你们也各自回船煮夜饭吧。"周实对祖江摇摇头道，王老大见收到了码头费，也不再啰唆，转过身时，对祖江上上下下地打量了一番，然后带着手下离开码头。

祖江心里憋着一股气，回到船舱，猛喝了几大口水，兄弟们都围坐在他的船头，愤愤不平。二佬骂道："狗日的，要是有自己的码头就好了，就不用受他王老大的欺了。"

黄阿伯道："是啊，我们沅水人要是在德山有自己的码头就好了。沅江流域的出产要想运出去，必经德山。洪江、辰溪、辰州，麻阳、麻洢洑在沅水各州府都各有船队，各有码头，但在德山却没有自己的码头，一直以来都不得不租用德山人的码头。沅水船帮就像被德山码头掐住了脖子，任凭德山码头欺侮。几百年来，不晓得流了多少血，死了多少人，吃了多少哑巴亏。"

祖江叮咚一声将水瓢往几案上一放，拍拍二佬的肩膀道："相信我！兄弟，我们一定会在这儿建一个属于我们沅水人的码头！"大家听到祖江的这句话，都仰起头来看着祖江。

第三十二章

晚饭后，船工们便三三两两结伴上了码头去镇上找乐子。德山镇比起沅水两岸的乡镇，商业和民风更为开放。镇上有诸多上至汉水宜昌，下至九江扬州苏州人开的商铺商行。吃四方饭的人也多，从码头上去，沿着大街前走不过百十米，再往左拐，便有一条胭脂巷。祖江提着一大包甜柑和两位船工在巷子口分手后，独自继续沿着大街走，在第二个街口，祖江走进一条名为正德巷的巷子。小青家住在这条小巷子里。

祖江认识小青一年了。

一年前，也是在这样一个傍晚，祖江和张老大去九江送货，夜宿德山。张老大懒得上岸，打发祖江来镇上买些日用品。祖江年轻好动，正烦如何打发慢慢长夜，爹派遣的差事，恰好可以消磨一些时光。

祖江上了岸，并不急着买东西，在巷弄间四处转悠。镇上的房屋主要是青砖平房。它与窨子屋不同。窨子屋结构繁复的房檐拱顶，镂花石礅红漆廊柱，用整块青石板铺就的天井，极其好看的雕花木窗皆透着来自森林深处，与大自然合二为一的和谐气息，温润内敛，能让人不慌不忙地讨生活。德山镇的空气里悬浮着一种喧嚣而又坚硬的颗粒，来自四海的商人以及靠着各种光明的或是不光明的手段谋生的人，其目光都如鹰一般犀利，狡兔一般敏锐，使得踏入镇子的人都不由自主生出一种胆怯和警觉，似乎怕被这繁复的小镇掳了心，花了眼。在语言上，德山和黔城也有极大的区别，黔城话生硬，鼻腔音又重，像是卷着舌头说话，吐词不清。德山人说话虽不是吴侬软语，却极其好听，音质绵软柔和，一句话里总会将某一字拖出长长的尾音，听起来像是唱歌一般。祖江的母亲在洞庭湖边长大，虽然在烧纸铺在黔城生活二十多年，但乡音未改，语音里总带着常德腔。所以，祖江听德山人说话，并不感觉陌生。祖江极有闲兴地在巷子里晃荡。傍晚的德山镇是另一种喧哗，孩子们在巷子里嬉戏追闹，各家的炊烟也升起来了，动作快一些的，店铺边的小方桌上已摆上热气腾腾的大碗小碗的饭菜。祖江正四处张望着，迎面走来一个手提大包东西的小脚妇人，妇人步履细碎，目不斜视，只顾埋头走路。一群正在祖江身后玩滚铁圈的小孩子飞快地从祖江身边越过去，其中一个胖墩墩的小男孩不偏不倚与小脚妇人撞了个大满怀，妇人站立不稳，一屁股跌坐在地上。小男孩爬起来嘿嘿一笑跑了。祖江忙走过去，双手搀扶起小脚妇人，妇人试图站起来时却咧嘴啊哟了一声，祖江问："大娘，你怎么了？"

"可能伤到腰了。"小脚妇人在祖江的搀扶下咬牙站起来。

"大娘，你住哪里？我去给你家人送个口信？"

"不用的，我家就在附近，我自己能走回去。"小脚女人说着迈开双脚要走，却又疼痛得直咧嘴。

祖江道："大娘，我送你一程吧。"

小脚女人这才抬起头来看祖江。祖江五官清清秀秀，神情大方。看着祖江很有分寸地搀扶着她，便告诉祖江她住在正德巷。祖江并不晓得正德巷在哪里，也不多问，只是扶了小脚妇人朝前走。

小脚妇人和祖江的母亲看起来差不多的年纪，但她显然是富有人家的老太太。她着深蓝斜襟外套，发髻高挽，额头上虽有细细的皱纹，却并未由此消减她的气质，相反，像是岁月额外的馈赠，让她更添一层岁月累积的庄重和沉静，让人敬重仰视。黔城民风淳朴，若是哪家的阿婆阿婶行动不方便，祖江常常背着她们一路飞跑，可是这是德山，十里不同音，百里不同俗，祖江不敢造次，只得亦步亦趋地扶着妇人慢慢走。

正德巷真没多远，拐过两条小巷子就到。要是让祖江独自走过来，不过一刻钟的工夫，扶着小脚女人一起走，竟走了小半个时辰。

小脚妇人的家住在正德巷巷尾。丈余高的青砖围墙上开一扇小门，小门从里面上了栓，妇人一边敲着门环，一边喊："青青，开门哪。"

还未听到人的回应，先传来旺旺的狗叫声。一会儿，门开了。一位十四五岁穿紫蓝对襟大衫的女子亭亭扶着半开的院门。

"姆妈，你怎么一个人回来了？"青青看到站在旁边的祖江，发觉自己说错话，即刻用手捂了嘴。

"你三表哥送我到半途，碰上一个多年未见的朋友，我就让他去陪朋友，我自己回来了。"妇人边说边走进了院内。

黄狗警惕地朝着祖江叫。祖江站在门槛边未动，他被青青迷住了，好清新好乖的一个女子啊。青青亦看到祖江痴痴地看他，即刻羞红了脸，低头对黄狗道："阿黄，你也不看人叫。"黄狗即刻住了声，朝祖江摇晃着尾巴。

妇人似乎这才记起是祖江送他回来的。对祖江说："小兄弟，难为你了，来，进来坐坐，喝杯茶啰。"

天色不早，祖江本想就此告辞，却又犹豫着跨进了门槛。青青关了院门。青青的妈妈这才告诉青青自己如何被胖小子撞倒又被这小兄弟送回来的经过。青青一面搀着妈妈穿过坪院，一面满眼谢意地回头看了看祖江。祖江正怔怔在盯着青青纤细的后背，四目相撞，各自心里像揣了几只蹦蹦直跳的小兔，彼此赶紧又慌不择路地收回目光。祖江扫了一眼院子，坪院不宽，不过四块簟子大，左侧一口方方正正的太平缸，右侧一棵栾树树冠庞大，一簇簇樱红的花朵像一片硕大的红云挂在树梢上，遮住半个院子，也让整座院子亮堂明艳起来。

青青想将母亲安置在太师椅上，可是母亲的腰痛得厉害，不能坐下来。祖江在一边道："让老人家躺到床上去会舒服一些。"

青青依了祖江的话，将母亲扶进里屋。老人在里面哼哼着。祖江站在房中间，也不好进去帮忙，打量着雕花繁复的橱柜方桌，太师椅上棕黄的麂皮坐垫虽然有了年月，却仍然油光发亮。心里有些纳闷：这家人怎么没看到男丁。正思忖着，青青走了出来，要给祖江烧水泡茶。祖江忙说："你妈妈可能伤着筋骨了，先给老人家涂一些跌打损伤药。"

青青原地打了一个转，似乎想从什么地方找点药出来，却又站着不动道："家里不曾备有跌打药啊。"

"药店有卖的。"

"嗯。"青青到里屋和妈妈说了声，便要出门买药去，走到门口，又回头对祖江说："你先坐一坐，我去去就来。"

祖江赶紧说："我替你去买吧。你在家照顾老人家。"说完，也不待青青回应，抢先出了门。

祖江飞跑到药店买了跌打损伤的药酒和三七，然后三步并作两步回到正德巷。远远地看到青青站在自家门口朝巷子口张望。祖江放缓了脚步。

待祖江一走到青青身边，青青微笑道：“我怕你记不得我家门。”

“你们家的大栾树是个特别的记号呢。”说着，两人一起进了院子。青青拿了药酒先去给妈妈涂擦。祖江无事可做，安心坐在厢房里，桐油灯放在厨柜上，隐约看得见柜上画的红鸳鸯。一种前所未有的美好的情绪缠绕在祖江的心间，让祖江莫名地兴奋，一颗心忍不住要跳出来。

好一会儿，青青才掌着灯出来。祖江忙站起来，两人面对面站着，一时竟不知说什么好。青青这才记起还未给客人泡茶，便洗了手去烧水。祖江陪着青青坐在灶坑边，红红的火苗映着青青粉嫩的脸颊，红通通的，美若初开的桃花。祖江看得出了神，看得青青十分不好意思，低着头，拿着火钳不住地往灶坑里添柴火。

往后，祖江每次过德山，都来青青家。

祖江提着甜柑走到青青家门口，正欲敲门，发现门虚掩着，便轻轻推开院门，看到青青正背对着他在做针线活，祖江唤了一声“青青”，青青转过背来，见是祖江，即刻叫了一声“哥——”，放下手中的纱线纺锤，起身过来迎祖江。祖江问：“一个人在家？”

“嗯。姆妈在后院佛堂念经。”青青看到祖江手中提着柑子，伸手过来接，祖江趁机一把握住青青的手道：“很重呢，我替你放到里屋去。”青青想将手挣脱出来，祖江反而握得更紧了。来过几次的祖江熟门熟路地牵着青青，穿过坪院，进到厢房。祖江放下柑子，牵着青青的那只手稍稍用力将青青往身边一拉，青青站立不稳，倒在祖江的怀里，祖江一手揽住青青的腰，青青娇嗔地唤了声“哥”，如小兔般倚在祖江的怀里半天未动。

“哥，前些日子家里来媒人了。”

“你答应了？”

“没有。”

“嗯，你是哥哥的媳妇。”

“可是，下次下下次再来媒人怎么办?”

“不怕，就是有花轿来抬你了，哥哥也会把你抢回去的。”

“可是……”

“别急，等哥哥在德山建起沅水码头，就来提亲，把你娶回黔城去。”祖江边说边捧起青青的脸。青青的心里似有十只小兽在左冲右突，却又耐不住祖江的热情，欲罢不能，微闭了双眼接住祖江送过来的双唇。

祖江离开青青家时，天已暗下来。走到巷子里，迎面碰上酒气酣酣的王德宝，王德宝虽已七分醉，但也一眼认出了祖江，两人几乎同时道了一声:“你?”祖江稍稍迟疑了一下，微笑着向王德宝抱拳行礼。王德宝微微点头回礼。祖江向路边靠了靠，算是给王德宝让路的意思。王德宝也没言语，径直走了。祖江摇摇头，走到巷子口，不由自主地回过头去，看到王德宝正站在巷子里侧过头来看他。

第三十三章

从苏州回来后，祖江和张老大讲了在德山码头发生的事，并说想联合辰溪、辰州、酉水、锦溪等地的船主，在德山建一个沅水码头。张老大无数次领教过德山码头的厉害，十分理解祖江的想法，可是，真要在德山建码头，却觉得几乎是不可能的事。几百年来，一代又一代沅水人，不是没有人有过这个想法，为了建德山码头，曾经谈判过，打过架，流过血，死过人，最终都是不了了之。张老大觉得祖江也不过是瞎子点灯白费蜡而已。

“不是你想的那么简单。”张老大道。

“不去试一试，怎么晓得建不建得成？”

“已经有许多人试过了。”

“不在德山建码头，沅水船工在德山永无宁日。”

“但是……”

张老大把到嘴边的话又咽回肚里，他晓得他阻止不了祖江，也不能阻止他。生之为人，必有其责，各有其命，管他王侯将相还是贩夫走卒，许多时候，外在的干扰只能成为他前行的动力。祖江把船只交给张老大，自己则约了几个船老大下辰溪、辰州、清浪等地联系在德山建沅水码头的事宜。各地船工也早已盼望着能有一个属于自己的码头，现在有人主动出面主持这个事，自然都热烈响应。

第一次碰头会放在辰州府，各大码头德高望重的船老大都应邀而来，罗衣岭的凌峋虽然不是沅水人，也在邀请之列。两颗年轻的心，满怀着年轻的热情与希望，两人私下里甚至已设想过沅水码头的样子。碰头会上，几位老船工讲了许多德山建码头的典故，讲了几百年来沅水船工在德山码头发生的种种流血事故。老船工的话让祖江的心沉沉的，张老大在家已给他上了一堂预备课，但没想到会有那么多实际的问题，也才晓得不是光凭了他的一股子热情就可以在德山建得起码头的。但开弓没有回头箭，即便德山码头老大们长着三头六臂，他张祖江也要扛起橹桨去闯一回。

大家一起商议如何建码头，凌峋认为可以先将建码头的费用由各地负责人收上来，然后带了钱直接去找德山老大们。祖江认为不妥，他说，这不同于做生意，一手交钱一手交货。贸然带了钱去怕是不好，还是先派人去和德山老大们商谈。大家认为祖江的想法更为合理，建码头最主要的问题在德山老大那里，那边的问题解决了，沅水这边不成问题。为了安全和公平起见，祖江还建议，与德山码头老大们的谈判不宜放到德山，那样不仅不安全，在气场上也压不过人家。最后大家选定沅陵县官庄镇作为谈判地点。官庄位于辰州府和常德府的中间，与两个州府相隔都差不多200华里。官庄虽然远离州府，却历来是官府的古驿道，是辰州向东通往长沙常德的重要陆路通道，时设界亭驿。驿道两边皆为高山，山势险要，易守难攻，外人侵入会成关门打狗之势（清朝吴三桂和太平军曾在此有过一场大战，血流成河，怡溪几里内皆被血水染红，后来，当地老百姓把怡溪的几段分别取名为马鞍堂、染血河，清捷河）。会上，大家推举祖江作为建码头的领头人，并请了秀才起草商谈邀请函，又派专人送至德山码头。

虽然说几百年来外地船帮、商行在德山建有十多个码头，比如扬州码头、江西码头、沈氏码头等等都是外地人在德山建的码头，但那都是多少年以前的事。也不知是哪一年，德山码头老大们相约定下规矩，外人一律不允许在德山建码头。德山码头收到沅水码头联合签名的商谈邀请函后，码头老大们吃了一惊，一部分人认为自古靠山吃山，靠水吃水，德山人靠着码头吃码头，外人凭什么想进就进，想出就出？完全可以不理送来的邀请函。另一部分人却认为沅水蛮子蛮横起来是不要命的，既然人家正正规规来了信函，装聋作哑，德山人首先就理亏了。于是，码头老大们商量着公推王德宝为首处理这件事情。

王老大也没敢大意，几番召集码头老大们商议后，又组织了一个谈判团。王德宝自然知道，他们平日在德山码头要风要雨，那是看沅水船工势单力薄，且又是在自家门口，真正远赴沅陵官庄谈判，那就由不得他王德宝了。为了替自己壮胆，王德宝还在德山及龙阳请了十多人同行。

然而，不知哪个误传，德山码头王老大请了一百多个德山壮汉，准备赴官庄与沅水船工一决高低。祖江怕沅水船帮吃亏，与另外几位德高望重的船老大商议后，紧急通知各大码头的船老大多带些人马赴官庄。

湘西人的地域观念比哪里都浓。沅水流域上至贵州交界的黔阳托口码头，下到与常德府交界的界首码头，浩浩几百里，上百个码头，早已是血脉相连，打断骨头连着筋的大宗族。如果说沅江是一条项链，倚山而居、依水而活的沅水船工便是那项链上的一粒一粒珠子。在沅水船工的心里，沅水人在德山建码头是整个沅水流域所有百姓千百年来的大事。消息很快一传十，十传百，各地船工都二话不说，放下手中的活，背着干粮，扛着火铳，背着柴刀，三五成群涌向官庄。朱红溪、清浪等码头老大们甚至组织了一批猎户、伐木工前往官庄。不出十日，竟有近二百沅水人到达官庄。

谈判地点放在界亭驿茶亭。茶亭距官庄镇约三里，亭子依山靠水，四面环山。以亭子为界，一东一西两块坪场。祖江的人马先行到达，船工手水们皆聚集在稍为空阔的东边坪场。根据事前约定，双方于巳时会面。祖江一盅茶喝完了，王德宝仍然迟迟未露面。有些沅水船工沉不住气，开始对天骂娘。就在大家猜测纷纷时，王德宝带着他的人马出现了，一进茶亭便道："辰州果然偏僻路远，山重山，弯拐弯，没有一脚好路走。"

待王老大等人落座，祖江便接过王老大的话微笑道："辰州的大山和你们德山的丘陵地貌就如高个子和矮个子站在一起。你还只踏过辰州的门槛，几时得空，我带王老板去看看辰州的大山大水，无数的山峦真真是与天齐眉呢。"

王老大道："山高不一定是好事，瘴气大，虫豹多。"

"名贵古树更多。你们德山的大宅院不知有多少梁柱出自咱辰州府呢。"祖江一脸的骄傲道。

王德宝不置可否地打了个哈哈。这些无谓的话题引不起他的兴趣。借着入座的功夫，王德宝不动声色地打量了沅水船工的谈判队伍。一律的酱色脸，一律或青或黑的上衣，一律宽大的双肩，从年龄上看，倒也老中青结合。坐在他对面的是张祖江，虽然只在德山见过几次，王德宝却有说不出缘故地感觉这个人格外地入心打眼。

小二给大家上茶后，开始谈判。

祖江先代表沅水船帮言辞恳切地陈述了在德山建沅水码头的理由。祖江发言的时候，亭子内外鸦雀无声，沅水船工们的眼神里满是期冀，全都屏气凝神将目光齐刷刷地落在祖江的身上。祖江第一次经历这样的场面，心里有些打鼓，手心都揣出了汗水，凌岣在一旁给他鼓励的眼神，祖江用力握了握拳头，好一会儿，才把自己的情绪稳定下来。

王德宝一直不动声色地听着，偶尔，端起茶杯轻轻地喝一口。祖江陈述完，王德宝也不接话，只是端起茶杯喝茶，好一会儿后，他吐出一句：“这就是你们要在德山建码头的理由？”

听王德宝的意思，祖江以为自己说的理由不充分，便接着说：“无论是沅水船帮在外地建码头的先例，还是沅水船帮如今在德山码头进出的状况，在座各位也都晓得，德山码头除去德山本地船只外，最多的要算沅水船只吧？在所有的船帮里，也只有我们沅水船只交纳的码头费最多吧？”

“德山码头是德山人的码头，不是沅水人的菜园子，想进就进。况且，德山码头的老祖宗们留下了永世不得让外人建码头的祖训。我们这一代德山人当然要守着老祖宗的规矩！”王德宝一副无动于衷的样子。

“现在商业越来越畅通，沅水船只出入德山码头也越来越频繁，沅水人在德山建自己的码头已势在必行。”祖江有些急切地回答王德宝。

“未必你沅水的船只这些年就没有在德山码头靠岸？”王德宝边笑边说。

“沅水船只要有自己的码头更方便，况且，我们也越来越负担不起你们德山码头的各项费用了。”祖江神情严肃，两颊的肌肉绷得紧紧的。

“我们只对沅水船只收费吗？码头收费是老祖宗千百年来定下的规矩，码头费涨跌也是大行大势的事情，德山码头更是随行就市，对沅水船工并没有格外多收任何费用。”王德宝说完，半闭着眼，长长地喝了一口茶，鼻翼稍稍地掀了掀，像是十分享受界亭茶叶的清香。

“那不同。德山大大小小上百个码头，有扬州人的码头，有九江人的码头，有汉口人的码头，沅水人在德山建码头于情于理都讲得通。”祖江看着王德宝油盐不进的样子，心里又急又躁，又不好发作。

“你讲的都是一些老皇历，后来前辈们又重新立了新规矩。况且，当今德山人要如何管理使用德山码头，那是当今德山码头人的事。”王老大不喜欢张祖江这种咄咄逼人的语气，也严肃起来。

“沅水流域，长河上下，外地人在外地建码头，也这是几百几千年的老规矩。”祖江的口气硬起来，端起杯子一口喝干了杯中水。

“那也要周瑜打黄盖，一个愿打一个愿挨才行。”王德宝拉下脸来。

……

两人你一言我一语，祖江步步紧逼，弓在弦上；王德宝城门紧闭，反弹琵琶，东扯萝卜西扯叶，不进半点油盐。坐在一边的老船工感觉祖江与德山码头老大的谈判越扯越远了，沅水船工谈判队伍里的一位白胡子老汉站起来道，“建德山码头，无论德山人还是沅水人都是千百年的大事，好事不在忙中，我看我们今天先各自回住处仔细合计合计，明天再商谈。”

王老大有力地哼了一声“行”，起身率先带领他的人马走出茶亭。

站在亭子外的双方人马从走出来的谈判队伍的脸色里看出了谈判的结果。王老大带过来的人马有一些是从德山龙阳临时请过来的街头混混，这帮唯恐天下不乱的家伙，挥舞着砍刀向沅水船工们咒骂叫喧，沅水船工们哪受得了这样的侮辱挑衅，操起家伙便向他们冲过去。

长年靠水吃饭的沅水人往日里都是拉纤、划船的好手，高强度的劳动把他们一个个打造成了沅江石一样的硬汉，哪里又怕王老大带过来的混混们。他们各自抽出带来的武器，找准对手就砍，一个个像五百年前的隔世仇人，棍棒飞舞，毫不手软。界亭驿茶亭立马便成双方混战的战场。祖江和凌峋来不及阻止，便有人操起大刀向他俩砍来，两人来不及多想，各自操起家伙加入到械斗的行列中。他们并没有盖世的武功，但他们年轻，身手灵活，躲过对方挥舞过来的砍刀长棒，又凭了自己灵巧的身子，以及一身的力气将对手三下五除二放倒。王德宝对这场械斗完全始料不及，他当初带来这么一大队人马，也确实心里虚着这帮沅水蛮子，想给自己壮壮胆。王德宝哪里经历过这阵势，既无招架之术，更无还手之力，成了一只彻头彻尾的纸老虎，虽然有两名手下极力保护，还是被沅水船工打破了脑袋。王老大的人马看自己远远不是沅水船工的对手，便赶紧相互招呼往官庄镇内撤退，沅水船工们追到界亭驿外面被祖江和凌峋等人叫了回来。

两边各自清点伤亡人数，沅水船工死亡一人、伤十余人，而德山码头死三人、伤三十余人。

第三十四章

符世清第一时间得到沅水船帮与德山码头准备齐聚官庄的消息后，与邓知县商量后一面派衙役赶赴官庄打探动静，一面请邓知县即刻通知龙阳知县李怀廷，而自己则亲笔给常德知府黄似瑶草拟了一封加急文书。符世清在信中道：……沅水船帮与德山码头之纠纷日久，近日，据闻他们将齐聚官庄谈判。沅水船工十之八九性刚直，生性好斗。而德山老大们亦带过来各色人物百十人，愚弟担心发生械斗事件，此事关辰州常德两州府百姓安危生计，拟请兄台共赴官庄，共商良策，防微杜渐……

常德知府黄似瑶得到消息后，即刻赶到龙阳，责令知县李怀廷全权处理。其实，李怀廷老早就听说了德山码头老大王德宝将带人赴官庄谈判的事情，不过，李怀廷的想法不同，所谓民不告，官不理。民间的事，百姓的事，只要不祸及地方安危，不殃及百姓日常生活，官府便不必插手。从内心讲，李知县也实在不想参与和“湘西蛮子”相牵扯的事务。李怀廷认为湘西人思维以及处事方式都与德山人有着极大的区别，湘西人执拗而野蛮，太难变通。他去不去官庄，码头建不建得起来，都会是一个大麻烦。码头建起来，他会多一群需要强加管理的“苗蛮”；码头建不起来，素有“苗家仇，九世报”“植草木为志，累世必报”的苗民不会罢休，以后，沅水船帮与德山码头还有扯不清的皮，打不完的架。所以，李知县实在不想蹚这趟浑水，他在给邓知县的回信里轻描淡写道：民间事，民间决，官府不宜越俎代庖……

箭在弦上，王德宝怕自己有来无回，派人火速回德山请人，沅水船工更是人心齐聚，磨刀霍霍，不请自来，人员有增无减。

双方再呈剑拔弩张之势。

符世清得到官庄发生械斗的消息后，考虑到邓知县是外地人，不如他了解情况，决定亲自去一趟官庄。

符世清不顾舟车劳顿，昼夜兼行，赶到官庄界亭驿，虽然械斗已结束，但双方皆磨刀霍霍，随时准备干第二仗。符世清一面派衙役维持界亭驿的治安，一面叫驿丞约两方代表第二天在界亭驿驿馆内见面。

当祖江和凌峋并肩走进界亭驿驿站的时候，符世清被两人的相貌怔住了，这两个年轻人，凌峋长得俊秀挺拔，符世清细细看凌峋的鼻子嘴巴眉毛眼睛，觉得似曾相识。而祖江五大三粗，身材体魄如龙兴讲寺的梁柱，可符世清细细观察他的五官，感觉他很面善，像在哪里见过，却又没有半点记忆。符世清心里疑惑，待祖江他们坐定之后，便忍不住问了他们的姓氏祖籍，一个住黔城，一个居永顺；一个姓张，一个姓凌，且祖籍都不是辰州人，跟符家没有半点瓜葛。时值械斗事件水深火热，火烧眉毛，符世清也不好细问。

王德宝也带着他的手下如约而来。虽然德山码头死伤惨重，但王德宝这只斗败的公鸡却仍然未乱方寸，狐狸的本性仍然完好无损，他傲然冷静地走进驿馆。

符世清的意思很简单，两方立即停止械斗，先安葬死者，安抚伤者，码头之事日后坐下来慢慢谈。

符世清的主张，王德宝在表面上不置可否，不过，在心里却是十分赞成符世清的提议。双方交手后，王德宝才切切实实地体会到什么叫真正不怕死，也才如大梦方醒般晓得自己完全低估了这群湘西蛮子的力量。如果说沅水船工是雪峰山林里钻出来的“扁担花（老虎）”，那么他王德宝带来的人马则只能算是洞庭湖边随风而倒的芦苇花了。另外，王德宝在心里细细地算了一笔账，从地方上请来的人除去管吃管住，每天还要开工资。现在死伤了几十人，医药费安葬费都不是小数目。德山码头老大们个个不是吃斋念佛的主，要他们乖乖拿出银子来，恐怕没那么容易，王德宝都不敢往深处想，不晓得还有什么大麻烦在德山等着他。

祖江却不赞同符世清的主张，想趁热打铁，这样不了了之各回各家，那等于这次的架白打了，大家的血也白流了。另外，沅水船工以后在德山码头的日子将更加难过。可祖江又不能说不同意，毕竟，符世清代表官府，官府都出面了，百姓不听，则是犯上作乱。

三方约定，半年后再商议。王德宝同时提出，下次的谈判地点放到德山去，沅水船工赢了头筹，胆子更壮了三分。多数的船老大都觉得，放到德山谈判也没什么可怕的，大不了再干一架。

数十人死伤的消息传到龙阳县衙的时候，李怀廷才知道事态的严重。倘若朝廷追究责任，自己作为龙阳知县，自然是脱不了干系。李知县连夜给朝廷撰拟了一本加急奏折。

第三十五章

王德宝带着他的伤兵败将回到德山镇。德山镇以及德山码头炸开了锅。有些人在等着看笑话，更多的人在等着看热闹。大街小巷一天到晚都在谈论官庄械斗的激烈场面，讲沅水船工打架如何地不怕死，如何刀枪不入，如何地使用巫术、神术先将德山人放倒，然后一顿棍棒；讨论王德宝如何收拾残局，有人甚至预言，王德宝只怕要倾家荡产，要卷起铺盖爬回湖北荆州老家去了。

德山码头四处皆是伤胳膊断腿的人，他们夸张地大声哼哼（有一些伤者是真的痛得厉害），有些伤员像大功臣一样在码头上，在停泊的船只上来回走动，炫耀他们的伤口；死者家属披麻戴孝，三具棺材一字儿排放在德山码头，像三枚黑咕隆咚的大炮，随时欲将德山码头夷为平地，又像三只张大的狮子口，随时准备将王德宝生吞活剥了。

德山老大们齐聚码头联合办公署内，个个脸色难看如丧考妣。德山大大小小上百个码头，王德宝不过几个，当初去官庄谈判，是代表德山码头去的，德山码头老大们出发时就已分摊了往返的生活费用及部分雇工工资。但是，没有人想到形势突变，会发生械斗，会有那么多的伤亡，现在要这些码头老大们拿出白花花的银子，他们哪里心甘情愿，个个责怪王德宝领导不力，惹出大麻烦，要大家来替他擦屁股。王德宝咬着牙半言不发听这群老大们满嘴怨怼。

但事情总要解决，总不能让三具棺材安葬在码头上。王德宝和一群码头老大们几番唇枪舌剑后，最后决定，所需医药费、安葬费、务工费等费用五五分摊，也就是说，王德宝承担一半的费用，其他老大们共同承担一半。王德宝自然心有不甘，但事已至此，只有打落牙齿往肚吞。

王德宝从镖局高薪请来镖师，抬了银子，按了事先签订的生死状上约定的赔偿金分文不少付给死者家属。将德山镇上几家药铺的郎中悉数请到码头，伤胳膊治胳膊，断腿治腿。无理取闹的，对不起，王德宝一个眼神，几名码头大力士如老鹰抓小鸡般将闹事者丢进洞庭湖。不出三天，三具棺材便悉数在稀稀落落的浏阳鞭炮声中抬走了。不出十天，几十名伤者也都悄无声息地回了家。

德山码头又恢复了往日的热闹和秩序。打发走所有的死者伤员，王德宝感觉自己从火焰山打了个转回来，真经没取得，还被烧了个焦头烂额，元气大伤。

这天，王德宝在碰头会上向码头老大们提出不再为首负责沅水船工建德山码头的事项，可是，码头老大们没有一个人肯接这个烫手的山芋，一个个嬉皮笑脸奉承王德宝，说无论能力魄力都只有他最适合。王德山大发了一通牢骚，说德山码头虽然有几十个码头老板，有数百码头工人，但是真心捍卫德山码头权益的有几个？这一次，沅水船工是铁了心要在德山建码头。官庄械斗，还只是跟沅水船帮过招的第一个回合，后面还有的是大戏看，如果没有万全之策，下一次挨打的，贴血本的就不可能再是他王德宝了。码头老大们全不敢作声。王德宝也不想再多说了，觉得自己说多了没意思，便起身走了出去。傍晚的德山码头风平浪静，千船归岸，渔船炊烟缕缕，晚归的渔民在码头上上下下，极目处帆影点点，水天一色，一只鱼鹰突然从船蓬上展翅飞起来，在半空中划了一个大大的弧线，一头钻进水中。

王德宝拖着一身疲惫回到家。青青已帮着妈妈做好夜饭菜，看到王德宝进屋，即刻打了一盆洗脸水放在父亲的脚边。王德宝看出青青有些不高兴的样子，边拧帕子边问青青："丫头，你的嘴巴可以挂油葫芦了，阿黄又惹你了？"

姜氏是信佛的人，喜欢清静。自公公婆婆去世后，除去早出晚归的王德宝，家里别无男丁。几年前，王德宝倒是跟夫人提过，请个家丁来护院，姜氏不要，说是让个外人住进来，她们母女俩倒更不方便。官庄械斗事件，王老大还未从官庄返回，母女俩从邻居的口里听到一些消息，虽然母女两人都很担心王老大的安危，但姜氏并未因此乱了阵脚，她甚至都不曾去娘家请人来合计商量，母女俩如沅江上的航灯一般守护正德巷的家园，整日于后院的佛堂吃斋念经，而青青则院门紧闭独守阁楼。王德宝回德山后，只回过一次正德巷的家。那天，王德宝雇了马车，带镖局的人从家里取了银两，衣服也没换，便回了码头，母女俩也只是不声不响地立在厢房的一角看着王德宝指挥镖局的人进进出出。

青青听到父亲问话，说了一声"没有呢。"便返身回灶房端饭菜。王老大将帕子在脸上抹了一把，用询问的目光看了看夫人姜氏。

"前街的陈媒婆来过了。"姜氏停顿了一下接着说："是金家托来说媒的。"

“金家？金员外？”王德宝一边将帕子放进洗脸盆中，一边问道。

“嗯。说是替金家大儿子提亲。”姜氏舀了一碗香菇排骨汤放在王德宝面前。

金员外是桃花源镇的财主，沅水入口处方圆十里的水田及油茶山都是他家的产业。数年前，王德宝还没有做码头老大，在经营清蒸鱼糕店，曾到金员外家的油坊里打过两次茶油。第一次是春天油菜花开的时候，十里平畴一片金黄，房屋茅舍都淹没在花海里，四处弥漫着浓郁的油菜花香。王德宝从油坊回来三天后还觉得身上有油菜花的香味。第二次是九月秋事当忙的时候，几百亩稻谷齐斩斩地熟透了，田垄上有百十割谷打谷挑谷的人，那场面，可真是浩大热闹。金员外家有三个儿子，大儿子管理百顷良田，二儿子常年在洞庭湖上做生意，守着油坊的三儿子，是一个像抹了茶油滑得像泥鳅一样的小子。王德宝就是在田埂上认识金家大儿子的。那时他年纪不大，不过十二三岁的样子，个头也还未到王德宝肩膀，说话做事却稳重有分寸，吩咐雇工们装袋上车，半丝儿也不含糊。王德宝当年还在心里默念这小子将来是块当地主的材料。几年未去桃花源镇，当年那个少年老成的小子长成了什么样子呢？

王德宝双手端起汤碗，习惯性地吹了吹，咕咚咕咚一口气将碗里的汤喝个精光。青青接过王德宝手中的空碗，起身装了一碗米饭。

“你应承了没有？”王德宝边夹菜边问姜氏。

“我说等你回来再作主张。”姜氏边说边望了一眼女儿。

“爹，我不嫁。”青青往嘴里送着饭粒，一脸的不高兴。

“准备跟爹妈住一辈子？”王德宝忍不住笑了。

“有什么不好嘛。”青青嘟噜道。

“你这个主意倒也不错，金家有三个儿子，拿一个出来招郎也不是什么坏事。”王德宝扒了一大口饭，“况且，我也慢慢老了，码头那边正需要一个自家人呢。”

“爹，你越说越离谱了。”

“哪离谱了，我只是顺着你的意思说。”

“我不是那意思。”

“那你是什么意思？”王德宝放下饭碗盯着女儿问。

青青不作声，埋头扒着碗里的饭粒。

第三十六章

虽然两方战事已休，符世清却一点也没有放松，时刻关注双方的动静，督促德山码头的人马撤离官庄，劝导沅水船工回家。可数日后，仍有少数德山小混混和沅水船工在官庄逗留，符世清不敢大意，决计留守一段时间后再返回辰州府。

符世清昨夜一夜未睡好，猫头鹰像恶婴啼哭般在屋外叫了几个时辰，吵得符世清好久不曾睡着，好不容易睡着后，又梦到沅江涨了滔天洪水，眼睁睁看着大浪将自己的小舟掀翻。清晨，符世清起来时，心里慌慌的，无故地不安，吃完早餐，准备去官庄镇上走一走，和驿卒们稍事交代一番后，便换了便服和范师爷一道出了驿馆。

官庄镇是辰州府的东大门，雪峰山脉在此峰回路转，矿藏丰沛，林海莽莽，茶园处处，人称“金都、林海、茶乡”。常年生活在沅水边的符世清，从水乡来到大山深处，一切的景物都显得格外地不同。峭拔的山峦，缭绕的紫雾，苍翠厚实的林海，无不透着神秘。从驿馆通往官庄镇的路上，几人合抱不过来的古树到处都是，盘根虬枝遮天蔽日。挑着菜篮穿汉服的女子和包蓝布印花头帕背着大背篓的苗族女子，头发都梳得溜光水滑，青布鞋上的绣花精致而大胆，有遮掩不住的俏丽。她们结伴行走在这森林繁茂的小路上，一个个宛如跳动的音符，飞舞的彩蝶。符世清停下来看她们，她们也不害羞，大大方方与符世清对视一眼，又无事人一般从符世清身边走过去。符世清聊发少年狂，带着范师爷紧跟在她们身后，可是竟跟不上她们的步伐，一会儿，就被她们远远地甩在了后面。

虽才过辰时，官庄街上却已开始热闹起来了，挨挨挤挤的店铺，店门皆已打开。屋檐下有男子或抱了水烟壶坐于矮矮的木椅上吸烟，或端着一把紫砂茶壶，跷了二郎腿喝茶。十里不同风，百里不同俗。官庄与辰州府相隔不止百里，这里的民俗果然就与辰州府大不相同。符世清早就听说，官庄都是女子当家作主，操持家务，哺育孩子，男子则心无挂碍下棋喝茶扯淡做大老爷。今天所见情形果然如此。

镇子上格外打眼的是茶叶店，一间接一间茶叶店已然成了一片茶叶专营区，红色的、绿色的、黄色的写着大大的茶字的幡旗高挂在店铺屋檐的一角，店门口大大小小的兰盘上堆放着茶叶，或是一包包用草纸包着的毛尖，或是堆得像小山一样青翠的绿茶。符世清与范师爷刚在一家茶叶店前站定，店铺里穿苗服的女老板走过来，问道："客官，想买些茶叶吗？我们店里茶叶品种齐全，每一样茶都几多好呢。"

符世清也不言语，抓起一把绿茶嗅了嗅。

"要不，进屋先品一品茶？买茶品味第一，看相第二呢，您喝了后觉得好就买。"女老板看符世清不搭腔，自顾着往下说。

符世清从兰盘中抬起头看了看女老板，女老板亦不避符世清的目光，露出她好看的虎牙，满脸的笑容里尽是妩媚。符世清和范师爷跟着女老板进了店铺，女老板在一张空桌前站定，请符世清和范师爷入座。符世清却见祖江和凌峋正坐在一张雕花檀木桌前品茶，祖江和凌峋也看到了进屋的符世清，两人同时站起来，符世清不想在老板娘面前暴露自己的身份，赶紧抱拳道："两位老弟也来买官庄茶？"老板娘一看，呵呵笑道"你们是熟人啊，那干脆坐在一起品茶好不？""行啊。"符世清边回答边朝祖江的桌边走过去。原本坐在上座的祖江赶紧抱拳让座。老板娘道："我去给你们取杯子来。"

祖江和凌峋虽然长年跑江湖，但交往的都只是商贾船夫，长到这么大第一次与知府老爷同座喝茶，两人一时竟有些拘谨，不知如何开口说话。符世清原本一清早心突突地发慌得厉害，看到这两个年轻人，心中像是有一块大石头落了地，心情突然就熨帖舒畅起来。他像一个长辈一样和蔼地问道："两位也喜欢喝官庄茶？"

"不是，我想收购一些到沅水酉水各码头去代销，第一次买官庄茶，不知这茶叶到底好不好。"凌峋见符世清问的与自己有关，恭恭敬敬回答。

这时，女老板端着一把紫砂茶壶四个乳白汝窑小茶杯走过来，一个丫鬟模样的人跟在后面，手里亦托着一个托盘，托盘上放着四个带盖青花瓷小碗，老板娘先将自己的托盘放在方桌上，侧身接过丫鬟手中的托盘，将四个青花瓷碗一一揭开道："明前茶、毛尖，绿茶、红茶。茶不同，口味香味色泽自然不同。我先给你们泡一杯明前茶。"说罢，便用长柄竹匙舀了二勺茶叶放入小茶杯中，用紫砂壶里的开水冲泡，一会儿工夫，只见杯中的茶叶一根根舒展开来，茶叶由浅黄变成浅绿，俄而，一片片茶叶亭亭立于杯底，如生于湖底的嫩黄翠绿的水草，四个茶杯并列一起，有如一派山清水秀的风光清清亮亮在杯中荡漾开来，淡淡的清香氤氲缭绕在水雾中。祖江和凌峋望着杯中茶出了神。

符世清端起杯来轻轻地抿了一口道："云雾高山出好茶啊，唐代权德舆作《陆执·翰苑集》序，'邑中出茶多处，先以碣滩茶为最，后界亭茶盛行，极先摘者名曰毛尖，今且以之充之贡矣'。唐开元二十九年，界亭茶列为贡品，至北宋，界亭茶为全国八大产茶区之一。你们现在品尝的明前茶便是真正的界亭茶。"

老板娘明白遇到懂茶的行家了，符世清一边说，老板娘一边不住点头，口里"啧啧"有声。

凌峋亦端起茶来喝了一口道："茶的色泽比我们永顺要明亮，味道却较之要淡一些。"

"嗯，界亭茶主要胜在色泽上，清明后的官庄毛尖和永顺的毛尖无论味道色泽都相差无几。老弟祖籍永顺？"符世清看着这对年轻人，忍不住问道。

"从我知事起，我们家便住在永顺。"凌峋道。

"永顺多为彭、覃、田、向姓人家，姓凌的不多吧？"

"罗衣岭上还真就只我们一家。"

"一个大家族？"

"不，家里六口人，父母及三位弟妹。"

"哦。父亲多大年纪了？"

"家父属马，今年四十八岁了。"

"哦，你跟我多年前的一位故人很像，不过，他不姓凌。"彼时，符世清在心里已明白了八九分，心跳不由加剧，端起茶喝了一大口，连声道："好茶！好茶啊！"

这时，一位衙役匆匆走进店铺，范师爷眼尖，起身几步踱到衙役身边。衙役附在范师爷耳边耳语了几句，范师爷也不作声，回转身走到符世清身边低声道："老爷，京城传圣旨来了。"

第三十七章

京城圣旨：革去符世清辰州府知府职务，打入大牢候审。

京官宣读圣旨的那一刻，符世清有如突坠深渊，跌坐地上，半天没有回过神来。他极力想稳住自己的情绪，但还是掩不住的惊恐，接圣旨的双手颤抖不止，跪谢龙恩时说不出半句话来。脱了官服，神情颓废的符世清，一下子老了十岁。

符世清被撤职查办让沅水船工震惊，让官庄老百姓震惊。人人都觉得不可思议。官庄镇炸开了锅，议论纷纷，说皇帝老爷的逻辑简直是牛都踩不烂。祖江和凌峋得知符世清是因德山码头和沅水船工的械斗而被罢官，皆心中内疚。我不杀伯仁，伯仁因我而亡。

符世清戴着枷锁经过官庄镇，引起不小的骚动。原本，辰州百姓信天信地，信神信巫，信宗族，大明朝在辰州百姓的眼里不过是天高皇帝远的庙堂（当然，辰州百姓在大明朝皇帝的心里不过一群南蛮）。符世清土生土长的辰州人，二十年来，从县丞到知县再到知府，与辰州唇齿相依，是辰州府的父母官，更是辰州百姓与朝廷沟通的桥梁。现在，朝廷要拆除这座桥梁，眼睛里揉不得沙子的官庄百姓哪里能够接受？有人大声质问京官：

“知府老爷犯了哪条王法？”

“为什么要抓他？”

“这皇帝老爷也欺人太甚了吧！”

……

符世清从最初的恐慌中回过神来，老百姓的诘问让他安心不小。原来，自己在辰州府十多年的父母官并没有白当。京官一开始还神气得很，一副京官的派头，但他很快便发现这些边民根本不把他当回事。官庄百姓将押解队伍围得水泄不通，一些好事者更是对衙役们推推搡搡，骂骂咧咧。有一些衙役原是辰州府当差的，跟随符世清多年，往日符世清待他们不薄，能关照就关照，能担待都担待。符世清突然轮为阶下囚，连他们都感到憋屈内疚，仿佛是他们给符世清定了罪，判了刑。他们懒得维护秩序，私下里，他们倒盼望有侠义之士持刀出来掳了符世清去。祖江和凌峋混在人群里，不动声色地将一切看在眼里。

数百人围在押解队伍的周围，京官几乎要寸步难行了。符世清也看到了眼前的形势，只要他稍稍扇动游说，稍稍作出反抗的举动，他周围的这帮男女老少就会蜂拥而上，上演一场官逼民反的大戏，他可以得一时的自由，但他就成了朝廷的叛贼，从此只能落草为寇，上山当土匪了。当然，符世清更清楚，大明朝建朝以来，湘西边民多次揭竿而起，筑墙为城，划地为界，拜自己的土司王，硬是不将大明朝放在眼里。大明朝也不惜动用兵力镇压，诸多苗寨村不留户，户不留人，一个村庄一个家族由此消亡。他不想这样。他符世清好歹是正儿八经通过科举考试，是大明朝委任的知府，堂堂正正的官员，清清白白的仕途可不能就这样毁得不明不白。符世清立定后稳定了一下自己的情绪，大声道："各位乡邻，你们的忠肝侠义我符某终身铭记，谢谢大家的厚爱，谢谢！也请各位放宽心思，我相信，朗朗乾坤，清明世界，大明王朝一定会还我一个公道。请各位乡邻少安毋躁，不要为难这位京爷，更不要因为符某而背上犯上之名。"符世清边说边朝四方作揖。符世清看到了人群中的祖江和凌峋，祖江和凌峋也一直在看着他。符世清张开嘴，似乎想要对他俩说些什么，又不知如何说，只是不停地摇头。祖江和凌峋往符世清身边挤过去，符世清用目光制止了他俩。祖江站在人群中，大声道："我们听符大人的，相信朝廷会给大人一个公道，请大家都散了罢。"说完，拉着凌峋走出了押解队伍。

符世清被押走后，祖江和凌峋亦踏上归程，两人结伴行至辰州府，约好再见面的日子。祖江逆沅水而上回黔城，凌峋沿白河过高滩凤滩回罗衣岭。

凌峋回到罗衣岭，将官庄发生的一切详详细细地说给父亲符世根听。当听到符世清入狱时，禁不住老泪纵流，坐在一边的凌峋以及三个弟妹觉得好生奇怪。符世根道："贤儿，辰州知府符世清是你的亲生父亲。他这一辈子终究是逃不脱牢狱之灾啊！"

凌峋一听自己竟然是符世清的亲生儿子，从板凳上跳了起来道："爹爹，我们明明姓凌，怎么可能与符大人有瓜葛?！还有，我明明是你和娘一手养大的孩子，怎么又成了符大人的亲生儿子了？"

凌峋的母亲看到凌峋慌乱的模样，紧紧握住凌峋的手泪流满面道："贤儿啊，你爹说的都是真的啊。"

过了一会儿，符世根从内屋取出符家族谱，擦干眼泪将当年大楠木事件一五一十地告诉凌峋。

"孩子，这些年你在外面闯荡，长了许多见识，爹娘看你也是个有担当的孩子，才觉得应该告诉你。我是老了，再没有能力去救你的亲生父亲，你能不能去救他，全凭你自己主张。”符世根再次泪眼蒙眬道。

“我自然要去救他，莫说他是我的生父，就凭他入狱的原因，我也要去救他。”凌峋哽咽道。

“你打算如何去救?”

“大不了劫牢房。”

“那不行。”

“有什么不行?！那日在官庄，我和祖江就打算见机行事，强行掳人的。”凌峋回想起那日在官庄数百人围观，民情激愤，那时要是将父亲救出来该有多好！现在回想起来，凌峋可真是悔断了肠子。

“你们那不是救他，是害他。”

“那总不能见死不救，让他在大牢里受罪吧。”

“孩子，我没说不救，我们要从长计议。”

“我明天去辰州府探监。”

“好，我陪你去。”符世根一听凌峋要去探监，即刻应承陪凌峋一起去。二十年未见的兄弟，二十年日思夜想的亲人，如今再遭磨难，符世根想着，一股苍凉感油然而生。

是夜，家人在一片唏嘘中度过。凌峋更是思绪难平，夜不能寐，他没想到自己竟然有这般离奇的身世，一直以来，只觉得养父说话做事深藏不露，有大家的气势，原来，还有这般深厚的背景和渊源。

第二天大清早，凌峋和符世根便行船下了辰州府。符世根自从二十年前离开辰州府，便再也没有回来过。二十年，物是人非。中南门大码头，沿江的吊脚楼，青石板长街，以及长街两边店铺字号都是当年的老模样，就连街边的屠桌，米粉摊子，也像是落地生了根，二十年未曾挪动过地方，一切都是那样熟悉，一切都还是符世根心里的模样。当年离开时，惶惶然，凄凄然，为了兄弟，为了符家的香火命脉背井离乡。白驹过隙，山重水复，如今归来，当年愁云仍未散。符世根忍不住暗暗感叹他这一世终究躲不过命运。为了不让街坊邻里认出他，符世根将头上的棕笠压得低低的，领着凌峋匆匆穿过中南门码头直奔辰州大牢。

符世根和凌峋倒没费多少周折，稍稍打点了牢头狱卒，便很快见到了符世清。当狱卒打开狱门，符世清抬头看到符世根和凌峋，扑过来抓住符世根的双臂，先是埋头长哭，继而引颈长笑。符世根亦泪眼婆娑搂住兄弟。十年生死两茫茫，岁月的锉刀无情无义，尘满面，鬓如霜，相对无言，唯有泪千行！在一旁看着的凌峋亦笑亦泪，感动不已。

一阵唏嘘后，三人擦干眼泪，席地而坐。

“我此次入狱，按理说应是有人向皇上递了折子。不过，吾皇素来对辰州边民抱有成见。一朝被蛇咬，十年怕井绳。此次械斗，虽未危及大明朝，却也祸及常德、辰州两府百姓安定。天高皇帝远，吾皇不明事理真相，责我有失职失察之罪，现在想来，也是情理之中。在劫难逃啊。”符世清拉着符世根坐下来分析道。

“这么说来，这牢就坐定了？”符世清的一番话，凌峋急得忍不住插言进来。

“孩子，别急。古语说得好，祸兮福之所倚，福兮祸之所伏。失之东隅，收之桑榆。你看，皇帝老爷把我关进大牢，老天爷却让我们父子相认，兄弟相聚，我现在死而知足了啊。”符世清拉着凌峋的双手，呵呵地笑道。

“可是，你不应该有这牢狱之灾啊。”符世根道。

“是啊，如果一定要有人坐牢，也应是我们这些参与械斗、致人死伤的人。”凌峋接口道。

“湘西地区向来民风彪悍，民间个别的伤亡，民不告，官不理。但像官庄这样大的械斗，既然已经惊动朝廷，皇帝自然不能再睁一只眼闭一只眼。沅水船帮在德山建码头之事，还远远没有结束，你们以后一定不要鲁莽行事，凡事要三思而后行。”符世清谆谆教导凌峋。凌峋在一旁不住点头。

“沅水人在德山建码头，也是情势所逼。但当务之急，是如何先将你救出来。”凌峋道。

“还望皇上明察啊。”符世根道。

“我明天上京喊冤去。”凌峋的双目里有执着的光芒。

“傻孩子，人命大于天，官庄械斗死伤几十人，你父亲失职在先，皇上责罚在后，何冤之有？”符世清一声长叹。

……

狱卒过来提醒探监时间到，三人匆匆告别。符世清跟到牢门边，一把扯住符世根的衣袖，在他耳边飞快地耳语了几句，符世根不住点头。走出牢门好远，符世根说不出由来的不舍，忍不住一再地回过头去，道：“家中事，你莫担心，你自己多保重。”符世清心里一阵悲凉，泪水夺眶而出，别过头去挥手踉跄离开。

两人接着去了甲第巷。

凌峋的从天而降，将符夫人从以泪洗面的日子中拯救出来。她拉着凌峋的手，再也不肯放开。符世清入狱后，管家向本孝与符夫人商量着清退了一部分的下人，仅留下富贵两口子，以及一位服侍夫人的老用人。小婵也从书堆中抽出身来，帮着打理家务，符府倒也没有因为符世清的入狱而凌乱肃杀。青石小院仍然洁净清幽，南面靠墙根数十盆兰草花正当花期，粉白、浅紫、深红，各色花朵开得热热闹闹，而西墙根的芭蕉青翠得葳葳蕤蕤，梅花树修剪得娉娉婷婷。

符夫人拉着凌峋的手，上下打量，问这问那，等到终于住了嘴，凌峋这才告诉母亲，他们已经探监看过符世清了。夫人似乎这才记得狱中的相公。一提到符世清，夫人的眼泪又来了。

“这一次，谁又能救得了他啊！”符夫人看着符世根道。

“我们一起想办法。”符世根安慰道。

“又不是钱财能解决的问题，能有什么办法呢？”符夫人不无忧虑地叹了一口气。

“娘，我觉得爹是冤枉的，我想去京城替他申诉。”凌峋再一次提出了他的想法。

“少爷去京城替老爷喊冤，倒不失为一个办法。十多年前，来辰州府征过楠木的工部尚书师逵是老爷的老师，对老爷也挺看重的，要是能见到他，将状纸递到他手上，老爷应该有救。”一直站在一边的管家向本孝道。

“好主意，我明天就去京城。”凌峋像是看到了希望。

“我觉得应该听你父亲的，不要去。”符世根冷冷地说。

“要去，那是救父亲的唯一希望。”

“我们先静观其变。”

“能有什么变化？等着充军？等着砍头？”

“不会的。”

“怎么不会，朝廷最无信任。我等不得，我要到京城去喊冤。”

“你不能去，你觉得硬要去，那让我和富贵去。他跟你爹去过京城，找得到师大人的家，我多年前跟京城的商贾有过生意上的往来，也有落脚的地方。”符世根不置可否地道。

“不行！京城千山万水，你一把年纪了，哪能遭那个罪。”凌峋激动得站起来提高声音道。

“你现在是我们符家的当家人了，一切大小的事务都要由你来作主，你走了，谁来管这么大一摊子事？你娘谁来照顾？还有，你爹在牢房里的动静你也要时时关注。”

“可是……”凌峋还是想亲自去京城，仿佛他去了，就看得到父亲得救的希望了。

“听我的没错。”符世根停了一下，又对管家向本孝说：“向管家，麻烦你请个好一点的秀才来，先把状纸写了。准备妥当了我们就出发。”

“本孝啊，一定要记得让富贵多带些银两。”符夫人赶紧嘱咐道。

第三十八章

符世根和富贵顺沅水而下，过洞庭，穿长江，一个月后抵达京城。

京城的繁华和热闹，远远不是辰州府可比的。眼前的花花世界让富贵目不暇接：砖屋木楼雕梁画栋，店铺货物琳琅满目，街上人流奇装异服。富贵觉得自己长一百双眼睛也不够用。

符世根的心思都在符世清的案子上，根本没心思打量眼前的繁华世界。他只想先找个旅店安顿下来，养足精神，去拜见师逵。一路舟车辗转，身体累，心更累，感觉自己随时会倒下去。

主仆俩入住东街的一家名为“悦来”客栈。符世根只要了一个客房。店小二诧异地嘟噜了一句，这样小气，主仆共睡一个房间。符世根装作未听见，跟小二上楼进了客房。店小二交代两句便离开了房间。富贵将自己随身带来的包袱打开放在地板上，符世根道：“富贵，你跟我一起睡。这床还宽，睡得下两个人。”

“可是……”富贵嗫嚅着。在富贵心里，符世根离开多少年，也是辰州木材商行的老板，是辰州府上首屈一指的富商，是州府老爷亲亲的兄弟。憨厚老实的富贵哪里敢和符世根抵足而眠。

“我最怕冷了，一起睡暖和。”符世根抢过话来。

时令已是暮春，客房闷热、潮湿，空气里能拧得出水来。到夜半，符世根感觉有些冷，不由自主往富贵身边靠。富贵从睡梦中醒来，感觉符世根的身上很烫，坐起来问：“老爷，你没有哪里不舒服吧？”

“感觉有些冷。”符世根翻了个身道。

富贵起床给符世根倒了一杯水，符世根起身接过来喝了又迷迷糊糊睡过去。

清晨，符世根醒来时，感觉浑身酸痛得像要散架了，头也像是安放了一个大炸弹般胀痛得厉害，爬起来穿衣，感觉身子轻飘飘的，几乎要站立不稳。符世根心里一急道：“完了，完了，只怕是伤寒上身了。”富贵已起床多时，看到符世根踉跄的脚步，赶紧走过去扶他坐下道：“老爷，你双唇火红，只怕是受了伤寒，要不，我给你刮下痧，把寒气逼出来？”

“好。”符世根说罢复又趴回床上。

富贵从怀里摸出一枚铜钱，蘸了水，在符世根的背膛着力刮，不几下，一条条紫红的血痕便现出来了。富贵边刮边说：“寒气果然很重呢。”

“嗯，你重重刮，寒气散得快些。”尽管富贵每刮一下，符世根痛得嘴角直咧，还是咬着牙要富贵重重地刮。刮了背膛，富贵又在他的眉心鼻梁上重重地刮，直到现出一指宽紫红的血印子。

刮了痧，两人又下楼吃了稀粥汤包，符世根感觉整个人舒服了许多。向店主打听了师大人的住处后，主仆俩便出了东街。师逵的家，如辰州府的衙门，几岁小孩子都晓得。主仆俩没费多少劲，便径直找到了师逵家。棕红大门，门柱，过膝高的石门槛儿，黄铜门环，光从外面看，一切倒是普普通通，与辰州府甲第巷的住户并无二致。符世根用门环敲了敲大门，过了好久，才有人来开门。开门人用双手双脚抵住门里的上下两个门闩，打开的宽度一分不多，一分不少，刚好容他的小脑袋钻出来。他伸出脑袋一抬眼看到印堂血红的符世根，结结实实吓了一大跳，不待符世根开口，小脑袋嗖地缩了进去，将门关上。符世根又赶紧敲门，过一会儿，门开了一条缝，一只眼睛露在门缝里，这次不待符世根开口，便极不耐烦地问道："你找谁呢？"

"尚书大人，师大人。"符世根道。

"他不在家。"

"他上哪去了？"

"哪去了?! 自然上朝去了。难不成大清早敲你家门去了?!"

"那么请问，大人什么时候回来？"

"什么时候回来？那你得去问皇上，看皇上什么时候恩准他回来。"开门人不待符世根再问，砰的一声便关上了大门。

符世根似乎是被开门人一顿抢白弄累了，不顾斯文一屁股坐在门槛上，好久都没回过神来。富贵一声不响，像个影子一样，站在符世根的身边。

不晓得师逵什么时候回来，主仆两人不敢回客栈，也不敢走远，一直蹲守在师府大门附近，可到了傍晚，仍然不见师大人的影子，主仆两人只得返回客栈，符世根饭也没吃，倒在床上便睡了。半夜，富贵发现符世根身上像炭火一般，问符世根要不要请个郎中来，符世根只哼着摇头，富贵自言自语道，若是在家里，喝一碗紫苏、桑叶、老姜汤，用厚棉被捂一身汗出来，这热病寒病自然就去了。这人生地不熟的地方，富贵也不晓得要到哪里去请郎中。富贵忽然想起临出门的时候，屋里人放了一张平安符在他贴心衣袋里。富贵从贴心衣袋里取出平安符放在符世根的枕头下，想想，又拿出来，悄悄放入他的内衣口袋里，替他掖好被盖，忐忑睡去。

过寅时，符世根便叫醒了富贵。富贵以为符世根不舒服，连忙爬起来。符世根道：“昨天我们去迟了，师大人上朝了，今天我们早些去。”

主仆俩走出客栈，凌晨的风清冷扑面，富贵禁不住打了个寒战。符世根原本昏昏沉沉，这寒风一吹，他的头即刻又感到清痛得厉害了。天还未亮，大街小巷空寂无人，偶尔，远远地传来“梆梆”的更声，似乎是从遥远的星空中传来，符世根感觉那样的不真实，站在大街上，一时竟不知身处何方。

两人走到师府大门时，天已微亮。师府大门上的“师”字大灯笼里透着微微的光。可是，主仆两人等到日上三竿也没看到师逵出门。好不容易等得一个下人出来，这个下人昨天出师府的时候，看到符世根主仆两人守在大门口，今天一开门又看到他们俩。这位下人倒也忠厚，主动告诉符世根，尚书大人昨天歇在皇宫，一夜都没回来。符世根立在那里，走也不是，不走也不是。富贵从大清早爬起来，到这时已是饿得前胸贴后背，对符世根道：“老爷，我看师大人一时半会儿不会回来，要不，我们先到附近吃点东西吧。”

“我不饿，你去吃吧。我在这儿守着。”符世根怕师逵突然回府。

富贵犹豫了一会儿，便对符世根道：“那我给你去买早点。”

“好。你去吧。”符世根在台阶边坐下来，他不觉得饿，只觉得全身酸痛，像挑过千斤担子回来，恨不得就地躺一会儿。

富贵转过一条街，便看到有吃早点的小摊，走过去要了一碗面，三个包子。富贵是真的饿了，面还未端上桌，就三口两口将三个包子吃了，接着又将面条风卷残云般一扫而光，小摊老板看得呆了，笑道：“客官真是好胃口。再来一碗面条？”富贵呵呵笑道：“好啊。”小摊老板又给富贵下了一碗面条，富贵接过来稀里呼噜吃完后，方才觉得饱了。叫小摊老板包了五个包子，结了账，慢慢往回走。走到街的拐角处，远远看到师府石阶下围着一群人，心想，这师府门前会有什么西洋把戏看呢？快步走过去，竟是符世根昏倒在地上。富贵一把拨开人群，俯身大叫道："老爷，老爷。"符世根没有丝毫反应。旁边有人提醒道，快掐他的人中啊！富贵这才如梦方醒般一手把符世根搂在怀力，一手用力掐他的人中。好一会儿，符世根回过气来，哼了一声。大家看到符世根醒来，慢慢散去。富贵一边将符世根的双臂搭在自己的肩上，一边道："老爷，我们回客栈去。"将符世根背上背就往客栈跑。

客栈老板看着富贵背着符世根回来，吓了一跳。听富贵说是昏过去了，才赶紧叫小二去请郎中。富贵跟着郎中去药铺买药时，郎中叮嘱富贵，病人伤寒入腠，急火攻心，脉理微弱，要好好调理，切不能让其再受风寒。富贵点头一一应承下来。

然而，几副中药下来，符世根的病并没有半点好转，相反，越来越严重了。开始两天，尚能坐起来自己端碗喝药，后来，连坐起来的力气都没有了，富贵又叫郎中过来瞧了两次，重新开了药方，但仍是不见好转，常常处于昏迷之中。

富贵焦急万分，却又无法可想。客栈老板怕符世根死在客栈晦气，几次要富贵走，富贵求着老板，在客栈赖了一天又一天。

符世根也晓得自己不行了。这天，符世根清醒了一些，把富贵叫到跟前道："富贵，我看来是要客死他乡了。我死了倒不要紧，没能将申冤状交给师逵大人我真是不甘心啊。富贵，你无论用什么办法一定要亲手将申冤状交到师大人手里，你答应我。"那日，符世根探监离开牢房门口时，符世清附在他耳边说，凌峋太过血气方刚，又是此次官庄械斗的首脑人物，无论如何不能让他去京城，他去了就可能有去无回。既然凌岣不能来，符家能来的，就只有他符世根了。可是，来了又有什么用呢？连尚书大人家的门都未能进。他老符家只怕是大势已去啊。符世根想到这里，禁不住老泪纵横。

富贵拉着符世根的手道："老爷，你别想得太多了，你会好起来的。"

"我自己的身体，我自己知道。富贵，客栈老板的话，我听到了。我们也不要为难人家了，你下楼去结账，我们另外寻个地方住。"

富贵跪在床边红了眼睛道："我们还能去哪儿啊！"

是啊，哪儿又寻得到容得下奄奄一息的符世根呢。

是夜，在一座破庙里，富贵通宵未眠，守着符世根咽下了最后一口气。

天大亮后，富贵先到棺材店买了一口棺材，将符世根入了殓，然后身戴重孝径直来到师府，也不敲门，也不叫喊，举着一个"冤"字，跪在师府的大门前。师府门前人来人往，一个彪形大汉跪在尚书府门前，即刻便引来人们驻足观看，指指点点，富贵全然不顾，神情漠然。一炷香工夫，师府的下人开门出来，被跪在门前的富贵吓了一大跳，随即转身关了门，跑进去通报主人。

不一会儿，富贵被带了进去。富贵亲手将申冤状交给了师逵。

师逵看了申冤状后告诉富贵，他几年前就不是礼部尚书，官庄械斗案，他可以找机会上书皇上，但不能保证救得了符世清。

富贵悲从心来，跪在师逵大人面前，放声长哭。

第三十九章

离辰州府最近，最有势力的土匪是盘踞在麻溪铺阴阳山上的符世民，诨名符一刀。此人确实是杀猪出身，有一年在麻溪铺镇上卖肉，与一位买肉的发生争执，挥刀杀了买肉的，为躲避官府的追捕，上山为匪，后来又凭着一股子蛮劲，深得匪首的赏识，匪首毙命后，符一刀顺理成章坐上了阴阳山上的头把交椅。近年，符世清对辖区的治安管理愈发严格，土匪们根本进不了村寨，符一刀眼看着阴阳山留不住人了，灵机一动，让土匪们乔装打扮成辰州府税丁衙役进寨，竟然屡屡得手。符世清得知后，请了浦阳守备军围剿，活捉了阴阳山的二当家。辰州府数月来的变故，符一刀都看在眼里，几次乔装打扮到辰州府探水采点，准备趁机劫牢，救出二当家。

这天，符一刀带着两名手下在辰州府凤凰酒楼吃中饭，邻座几个人的谈话引起了他的注意。

“咱们辰州府符大人这回坐牢，看来是凶多吉少。”

“前些日子符大人失散二十年的儿子回来了，听说很有个性，他应当不会坐着等死吧。”

“有个性又怎么样？胳膊肘儿能拧过大腿？他一个平民百姓能干得过大明朝？”

“狗日的，要是换了我，我劫了牢房，远走高飞。”

……

说者无心，听者有意。符一刀匆匆结了账，带着两名手下回了阴阳山，和他的军师二狗子关起门来合计了半天。符一刀主张先拉凌峋入伙。因为他阴阳山上正缺有头脑，有来头的年轻人。二狗子从心里有些不愿意阴阳山再多个比他厉害的角色，他说不如趁着符府人心惶惶之机去捞一把。最后两人商量，先由二狗子带人去摸一摸凌峋的底细，再作打算。

凌峋在甲第巷巷子口拦下二狗子和另外一个小土匪。他们跟踪凌峋两天了。第一天也是在甲第巷，凌峋发现屁股后面有尾巴，一开始吓了一跳，以为是大明朝东厂的人盯上了他，但凌峋很快从相貌举止上发现他们不是朝廷的鹰爪。凌峋不动声色，甚至故意在街上闲逛，看他们两人到底想做什么，可他们什么也没做，只像个影子一样跟在他后面。凌峋想，这些人一定有目的，自己在明处，他们在暗处，不能让他们牵着鼻子走。凌峋待二狗子进了巷子，趁他们不注意，往小弄堂一闪，二狗子只顾往前走，不想凌峋来了个螳螂捕蝉。

凌峋快步走到二狗子身后，伸手轻轻拍了拍二狗子的肩膀道：“兄弟，什么眼神嘛，人跟丢了呢。”

二狗子吓了一跳，回过头，鼓着一对牛眼睛道：“你？你……”

“哈哈，两位劳心劳力地跟了在下两天，再不打个招呼，显得在下太不讲礼貌了。我看着二位也不像官府的人，倒像是道上的人，说吧，两位跟踪我，有何贵干？”

“俗话说，龙生龙，凤生凤，老鼠生儿打地洞。不愧是辰州府知府的公子，虎父无犬子，符公子火眼金睛。此处不是说话之地，能不能找个地方坐坐？”二狗子道。

凌峋看着巷子里人来人往，便道：“好啊，你们跟了我两天，也辛苦了，我请你们喝杯茶去。”

“符公子真是爽快之人。”二狗子说罢，便带头走出了甲第巷。

凌峋带着他们两人进了望江楼。凌峋选了靠江的桌子落座。凌峋看了看窗外的沅江，这几日连续的暴雨，沅水浊黄，江浪滔滔，一叶小舟在浪尖上跳跃，凌峋担心小舟要钻到大浪里面去了，然而船夫显然是大浪里行船的老水手，他手中的橹左一划右一划，便又轻巧地跳到了大浪的另一边，凌峋不由得在心里念一声，好身手！三人落座，小二泡了一壶茶送过来。

二狗子交代了自己的来路。

果然黑道中人！凌峋不动声色地看着二狗子，一言不发，端起茶杯埋头喝茶。

“符公子，请放心，我们没有落井下石的意思。”二狗子道。

“那你们是什么意思。”

“我们老大看中你是个人才，想邀你上山一起打天下。”

上山为匪？虽然现在家里出现这么大的变故，伯父上京申冤杳无音讯，凌峋也思谋着不计手段救出父亲，但真还从没有想过上山为匪，世道再不济，他也不想落草为寇，大不了，倾家荡产解了爹的牢狱之灾，再带了他们去罗衣岭颐养天年。

“符公子想必也看到了辰州府的局势。原本，辰州的事务就该辰州人自己来管，莫说辰州府对于大明朝来说，就是后娘养的，即便他皇帝老儿有心思管好咱辰州，天高皇帝远，他也鞭长莫及。如今符大人入狱，辰州府成了一盘散沙，辰州府有势力的人都在伺机而动，符公子何不趁机出来干一番事业？”二狗子不愧为军师，在凌峋面前口若悬河飞沫四溅。

“你们老大高看我了。我目前唯一想做的事情就是替家父申冤。”

“莫须有的罪名，天高皇帝远，你到哪里去申？莫做梦了，年轻人！”

“王道国法，总有讲理的地方。”凌峋说出这句话的时候，也感觉没有底气，但在二狗子面前，他不想顺着二狗子的意思。

“不如做梁山好汉来得痛快。”

“上山是一条不归路。”

“人活在世，横竖都得死，不归路总比没得路走要好！”二狗子嘴角浮起嘲笑的意思。凌峋在心里也冷笑了一声，做了个手势打断了二狗子的话。

“请回去转告你们老大，他的好意我符某心领了。我短时间内暂不会考虑。”说着端起茶杯喝了一口茶。

“行，人各有志。以后有用得着兄弟我的地方，请尽管带话。”二狗子倒也爽快，没再啰唆，端起茶来一饮而尽，起身告辞。

凌峋喝了杯中茶，又在包厢里坐了一会儿，才起身回家。

自从符世根带着富贵去了京城，凌峋就住进了甲第巷。不几日，街坊邻里便都晓得二十年前符家突然消失的孩子回来了，纷纷过来看凌峋，凌峋很快适应新环境，结交新朋友，拜访该拜访的亲戚。大家每每在凌峋面前提及符世清，无不称赞他的才情，以及他在任时为辰州百姓做的种种好事，这让凌峋在进一步了解生父的同时，心里也愈发地崇拜他，每去一次大牢，想救出父亲的心就强烈一次。但是，凌峋却想不出半点办法来解救符世清。

这天，凌峋刚回到家里，就有船工送来了富贵自京城带来的信。凌峋看到信后欲哭无泪，生父尚在狱中，养父已客死他乡，凌峋觉得老天爷简直是将他推到了绝望的顶峰。符世根去京城申冤，他是满怀着希望的，这种希望里有对未来全新生活的期冀，更有一份年轻人的天真和肤浅。符世根的死，撕碎了他对大明朝天真的信任，且有说不出的迷茫和无助，更有说不出的悲伤和绝望，他觉得，符家的所有不幸和遭遇都是那个不分青红皂白的大明朝一手造成的，他将全部悲痛压在心里，咬牙道："狗皇帝，你这明明是要让我家破人亡，你不仁在先，休怪我今后不义不忠。"他一面安排人去接符世根的灵柩，一面带信去阴阳山，约二狗子三天后望江楼见。

第三天，凌峋提前去了望江楼，选了楼上最里面的一间名为"幽薇阁"的包厢。包厢临江的窗子紧闭着，房间真正昏暗幽清，散发着一股湿湿的霉味。凌峋叫店小二打开窗户，宽阔的沅水即刻跳进眼底。凌峋独自坐在窗边喝茶。这些日子，诸多变故接踵而来，他来不及欢喜，来不及悲伤，就如江中的小舟一般，被命运的巨浪高高地托起，尚未回过神来，又被卷进另一个旋涡里，他唯一能做的就是担当，再担当。他甚至来不及细细想一想他做得对不对，只一味地凭了他年轻的热血和直觉勇往直前。凌峋看到窗外沅江湍急奔腾，船来船往，对岸连绵青山氤氲在浅淡的岚雾里，似乎那山那雾就是天与水的尽头。

凌峋刚喝完一盅茶，二狗子准时来到望江楼，阴阳山老大符一刀也来了。凌峋一副儒商的派头，符一刀像个伯乐一样，一眼认定凌峋是他想要的一匹千里马。

符一刀自报家门道："一笔写不出两个符字，三百年前是一家。不对，不对，我和知府大人，你父亲是一个班辈，咱们现在就是一家人。"说完哈哈大笑，露出他满嘴被草烟熏得乌黢麻黑的牙齿，一股大蒜臭扑鼻而来，凌峋感觉像有一只苍蝇突然飞进了自己嘴里，有说不出的恶心。

"打虎亲兄弟，上阵父子兵。有了贤侄你的加入，我们阴阳山如虎添翼。”

符一刀以为凌峋准备投靠他，也不待凌峋开口，自顾自说着。

凌峋不想跟这个土匪头子绕圈子，开门见山道：“老大，你可能有些误会了，我没说过要上山。倘若老大真看得起我，在救父这件事上，想请你助一臂之力。我晓得，道上有道上的规矩，你开个价，当然，得在我承受能力之内。”

符一刀愣了一下，继而哈哈大笑。那声音大得可以震落江上的麻雀。好一会儿后，他才止住笑，说：“你看不起我们这一行。”

“这不是看得起看不起的问题。”

“那为什么不肯上山。”

“人各有自己的活法。”

“劫了牢，你在这辰州府也待不住。”

“我没准备在这待一辈子。”

“除了上山，你别无他路。”

“路在我自己的脚下。”

……

符一刀见凌峋态度坚决，也没有再劝，答应帮忙去劫牢。他向凌峋开了价，凌峋爽快地点了头。钱财乃身外之物，凌峋不想计较太多。他关心的是符一刀如何去劫牢。符一刀全盘托出他的劫牢方案。凌峋在细节上作了些改动。符一刀说，劫牢后，他们将人带回阴阳山，凌峋带钱去阴阳山上领人。凌峋坚决不同意，从牢房到阴阳山，无异于才出狼穴又入虎口。这几天，凌峋已计划好，劫牢成功后，直接带父母去罗衣岭。所以，凌峋要求符一刀将他父亲送到酉水的入口，他在入口处付另一半酬金。符一刀想了想，答应了。最后，他提出要跟凌峋去探一次监，一来认一认符大人的面相，二来采一采劫牢的路线。凌峋说他安排。

过了几天，凌峋带着符一刀去了监牢。

凌峋没有把劫牢计划告诉符世清。他晓得，依了符世清的脾气，不仅不会配合，还会坏了他的好事。

凌峋也没把符世根客死京城的事告诉符世清，看着长须如野草，不断咳嗽的符世清，想着客死京城的伯父，凌峋禁不住眼泪双流。

凌峋考虑到家里还有一堆的事情要处理，况且，伯父的灵柩尚在路上，劫牢时间定在一个月之后。

第四十章

符世清入狱后，辰州府的日常事务便陷入了群龙无首的境地，州府官员们各怀心事。符世清任知府时，请浦阳守军剿过几次匪，各路山匪水霸皆极力收敛，尽量不与官府短兵相接。符世清锒铛入狱后，府衙官员们各自为政，邓知县又根本压不住台面，各类扯皮打架、人事纠纷一下子多了起来，水匪路霸更是纷纷出山，恣肆犯案。县衙府衙每日门庭若市，邓知县和衙役们如救火队员，忙得焦头烂额，但辰州的治安状况还是每况愈下。

江苏镇江桐油商人陈侬从黔城托口收购了三百桶桐油，一路过沅州、浦阳、辰阳皆平安无事。过青浪滩时，陈侬舍不得多出几个纤夫脚力钱，三百桶桐油悉数滚进沅江里，船工橹手们跳入江中极力打捞得百余桶。是夜，陈侬入住烧纸铺，不想，一早起来，百余桶桐油不翼而飞，雇来守夜的人也不知去向。这可气坏了陈侬，租了船跑到沅陵县衙报案。

县衙内正热火朝天。舒溪口张姓大户与向姓大户为一块山界发生械斗，伤了好几个人，各自带着一大队伤员人马来官府要求主持公道。舒溪口人是佤乡族，但邓知县操着一口湘乡音处理公务，辰州百姓不晓得他咿咿呀呀说些什么，他更是听不懂佤乡人唧哩呱啦地嚷些啥。不待邓知县听师爷翻译清楚，双方又开始在大堂内你来我往舌战。到后来，又不由自主动起手来。衙役原本是想劝架，不想，在拉扯过程中，衙役头子挨了打，这一下子激怒了他，一声令下，衙役们拿起棍棒不分青红皂白对大堂内百姓一顿乱打。顿时，衙门内乱作一团。陈侬目睹了全过程，案也未报，租船回了镇江。

这陈侬也是有来头之人。其兄长和叔父都在朝廷为官。陈侬回到家后，便将桐油被盗以及在辰州府内目睹的一切如此这般告诉了兄长和叔父。几天后，这两位朝廷命官上朝时，便将辰州治安情况上奏给了皇上。这天，师逵恰巧当值，听了陈家叔侄的陈述后，赶紧跪述了官庄械斗的前后经过，并把符世清的兄长符世根为弟兄来京申诉，客死京城一事也一并讲了。末了，师逵又细数了这些年来符世清的政绩，年年岁赋徭役从未少过半分不说，为修建紫禁城运送大楠木也是贡献最大。最重要的是，这些年，辰州那片南蛮之地安宁祥和，不曾发生叛乱。师逵跪请皇上明察，对符世清法外施恩。陈侬叔侄与师逵几十年交情，符世清上京时也曾几次拜访过叔侄俩。他俩也双双为符世清求情，还他一个公道。

皇帝沉思良久，派师逵赴辰州常德两府重新调查官庄械斗事件。师逵虽然年过六旬，身体欠安，但还是欣然从命。

师逵带着他的随从亲信二下辰州。

师逵抵达常德府后，派手下就官庄械斗事件在德山码头展开明察暗访。

过了几天，有衙役来报，辰州府衙门内聚集了数百蠢蠢欲动的辰州百姓，辰州街上到处是可疑之人。

师逵一方面从常德府带衙役飞船逆水而上，一方面修书浦阳守军，请求派兵援助。

师逵抵达辰州中南门码头时，五百浦阳守军几乎与师逵同时抵达。

辰州府衙即刻戒备森严，浦阳军士将衙门监牢箍得像水桶似的。

师逵和浦阳守军的到来，牛鬼蛇神们纷纷缩回洞内，符一刀亦带着他的手下连夜摸回麻溪铺阴阳山。凌峋的劫牢计划胎死腹中。

在皇帝的心里，符世清的案子是小事，维护辰州府稳定才是大事。皮之不存，毛将焉附？边民叛乱历来是大明朝最伤脑筋的事。皇上对符世清案件作了如下处理：符世清官复原职，不过，官庄械斗，符世清仍有不可推卸的责任，杖责二十，罚半年俸薪。

符世清被八抬大轿送回甲第巷时，甲第巷的鞭炮响了一天一夜。

第四十一章

祖江回到黔城，继续跑他的船。上至托口、白市，下至安江、锦江。以水为路，以船为生的人，沅水、㵲水、清水江……四处是他的身影。

春天是榨油的季节，黔城的油坊巷子里成天飘着茶油香、桐油香，还有菜油香。祖江接得一单生意，送一船桐油去镇江。二百只油篓子将祖江的船载得满满的，压得沉沉的。官庄之战后，张大旺生怕祖江在德山吃亏，陪祖江同下沅江。祖江拗不过，由着张老大作主。

父子俩有惊无险抵达德山。

德山码头一如既往地热闹，一如既往船满为患。不过，沅水船只比械斗之前少了许多。这一路下来，祖江在沅水各处码头泊船时都听说胆小的船工根本不敢独自下德山，而结伴来德山的人也都小心翼翼，生怕德山码头的人报复。父子俩好不容易寻得一个泊位，刚停好船，王德宝的两个喽罗便过来收码头费。祖江手持木橹立在船头，两个喽罗一眼看出祖江是官庄谈判的老大。"交码头费，交码头费"的声音一下弱了三分。祖江问："两位老哥，要交多少？”

“外甥打灯笼——照旧！”其中一个正眼也不瞧祖江道。

王老大倒也遵守约定，没有涨价乱收费，祖江一面想，一面从口袋里掏出钱来交给其中一位喽罗。站在船篷口的张老大高声道：“两位哥哥不坐一会儿吃杯茶？”

两位喽罗收了钱，一声“谢了”后，一溜烟下了船。

张老大生火煮夜饭时，祖江说要先去镇上办事，换了一身干净衣服，从船舱的铺盖下取出一包东西放入怀里，便跳上码头。张老大也不问，只是在背后叮嘱了一句：“早些儿回来。”

祖江径直去了正德巷。

祖江站在青青家院子外学了几声画眉叫，不一会儿，青青便如一只燕子一般飞出来。情人相见，两颗炽烈的心即刻便燃烧起来。青青的手才打开院门，祖江的手已迫不及待伸过去将其握住了。

“我就晓得你这些日子一定会来。”祖江一脚踏进来，青青随手掩上院门。

“你哪么晓得呢？你未必是我肚子里的虫虫啊？”祖江逗着青青。

“你才是条大虫呢。”青青佯装生气嘟起嘴巴，心里却欢喜得像喝了蜜。

“那是我的魂先跑来报信了？”祖江牵着青青的手站在栾树下。

“我跟你讲不清了。”青青娇嗔着欲挣脱祖江的手，想进屋去搬个凳子出来让祖江坐。祖江从怀里取出纸包，放到青青手里。青青问：“什么东西呢？”说话间打开了纸包。一匹湘西扎染蓝花布。青青将布展开来呼道：“好漂亮啊！”一面就将布往身上一披。祖江退后一步，看青青如一只蓝花蝴蝶在他面前翩跹起舞，忍不住伸出手去，想将青青揽进怀里。青青看到祖江伸出的手臂，披着蓝花布笑着朝相反方向逃，两人围着栾树转着，嘻闹着……

这时，院门被推开了。王德宝站在院门边。

“爹……”青青高举飘飞着的蓝花布猛地站住，王德宝的突然出现凝固了她和祖江的笑容。

爹？祖江看看王德宝，看看青青，马上明白了怎么回事。祖江极其尴尬地站在栾树下，不知如何是好。

王德宝看着笑容僵在脸上的祖江，像有一记闷棍在他头上狠狠敲了一下。不过，他更纳闷，他纳闷这个沅水船工怎么站在他家的院子里，怎么与他的女儿有瓜葛。

王德宝对祖江视而不见道：“青青，你娘呢？”

“娘……娘在后院佛堂里。”青青嗫嚅着用眼睛偷偷看王德宝。

“你好，王……前辈。”祖江想打破尴尬的场面。

“人生真是何处不相逢啊。”王德宝突然说出这句文绉绉的话，但从他嘴里吐出来，却字字喷着怒气。

“还真是这样。”祖江尴尬地笑了笑。

“你觉得我们有必要在这里相逢吗？”王德宝训斥道。

“那我先告辞了。”祖江像是对王德宝说，又像是对青青说，更像是自言自语。说着便往院门边走。

青青跟在祖江的后面，王德宝沉下脸喝了一声：“青青！”

祖江听到，停下脚步，转过身来对王老板道：“前辈，我是真心喜欢青青。”

“我要是不让你喜欢呢？”

“我会娶她的。”

“那恐怕比沅水船帮在德山建码头更难。”王德宝哼了一声。

祖江回过头去对王德宝道："娶青青为妻和建德山码头都是我想做的事。"

"你太放肆了！你相不相信我一声招呼，你就走不出这正德巷，走不出这德山镇？"不过，王德宝不想也不敢这样做，唤人来捉了祖江打一顿是小事，坏了女儿的名声才是大事。他才不想得不偿失。

"我相信。不过，即便死，也改变不了我娶青青的心，如同改变不了我在德山建码头的心一样。"说完，头也不回径自出了院门。

"你太放肆了……"王德宝气青了脸。

"爹！"青青看着祖江离开，转身委曲地叫了一声王德宝。

"这就是你一而再再而三不要媒婆说媒的原因么?!"王德宝板起脸吼道。

"是！"青青仰起头倔强地说。

"自古婚姻大事，皆父母之命，媒妁之言。你趁早死了这条心！"王德宝满目怒火。

"要是不能嫁我想嫁的，我宁肯死了。"青青满眼含泪道。

"你晓得他是哪个吗？他就是领着几百号沅水船工在官庄跟你老子干仗拼命，差点让你老子倾家荡产的家伙！"王德宝咆哮道。

"我哪晓得你们是前世的仇人，我只知道他是我喜欢的人，我想要嫁的人。"青青亦带着哭音倔强道。

王德宝不由分说，扬起手臂"啪"的一声，狠狠地给了王青一记耳光。青青"啊"了一声，捂住即时看得见五个手指印的脸，惊恐地看着王德宝。长这么大，这是爹第一次打她，好一会儿，青青才回过神来，满眼是泪低头跑回屋子，上了阁楼。

晚上，王德宝吩咐夫人尽快将青青与金家的婚事定下来。

第四十二章

半年的期限如约而至。祖江和凌峋带着几十个沅水船工飞舟前往德山镇。一路上，凌峋跟祖江讲了自己的身世及家庭变故，祖江慨叹不已，也为凌峋回到甲第巷感到欣慰。

符世清官复原职，旧官理旧事，带着衙役顺沅水而下，前往龙阳县。

当初，符世清身陷囹圄，在狱中思前想后，认为朝廷能在第一时间内知晓官庄发生械斗，可能是李怀廷向朝廷参了他一本，但到目前为止，他并无任何证据。上次师逵来辰州府，符世清想着自己的冤情既已澄清，也就未作声。现在，马上就要见李知县，符世清回想旧事还是如鱼鲠在喉。符世清撤职入狱之事，也出乎李怀廷意料，当初只为明哲保身，不想却给他带来牢狱之灾。符世清抵达德山码头，黄似瑶和李怀廷都到码头来迎接，李怀廷隔得老远抱拳拱手招呼，符世清亦朗声回应。相互寒暄一番后，李怀廷在德山最好的酒家为符世清接风洗尘。李怀廷言词谦谦，符世清云淡风轻，两人把酒言欢，只叙旧谊……

第二天，大家一起交流看法。事前，黄似瑶和李怀廷皆认为德山码头和沅水船工的商谈，官府只负责其安全警戒即可。符世清却认为，官府的视角毕竟不同，参与商谈有利无害，也算是为百姓做一件好事。黄似瑶虽然不置可否，却吩咐李怀廷全程参与，自己只身回了常德府。

谈判地点放在德山驿馆内。双方仍然各持己见，争得面红耳赤，互不相让。

李怀廷站出来打圆场，措辞温软和谐，不厚不薄，不痛不痒。符世清对李怀廷的发言很是腹诽，无论是站在沅水船工的角度上，还是德山码头的立场上，他的话都等于没说。为了这一次谈判，符世清也是有备而来的。他查阅史料，让衙役在沅水流域几大码头查访外地人到当地建码头的各类案例。两边代表争得不可开交时，符世清引经据典谈了自己的看法。听到符世清如数家珍般说出各处建码头的先例时，在座的无不暗暗惊叹。

李怀廷心里不禁嘀咕：这不明明在替沅水船工说话嘛，你这知府未必管得也太宽了。李怀廷不动声色地看了看符世清。

王德宝听到符世清报出的一串串数字，脸上有些挂不住，却又不好发作，提高声音道："大人说的都是猴年马月的故事，今非昔比，您说的，没有多大参考的价值。"

祖江不由得反问了一句："请问，你提出来的理由又有何依据？"

"德山码头自然有自己的根据。"王老大自然也不是吃素的，叫人搬来了德山码头几十年来，外地人想到德山建码头而未建成的所有案例，并且陈词措措，滴水不漏。符世清听后感觉是秀才遇到兵，有理说不清了。

德山码头老大们不想作半分妥协，王德宝更是不想让步。半年前的官庄械斗，让他损失惨重，伤了元气不说，还让他几乎在德山码头站不住脚跟，倘若这次德山镇的谈判，他王德宝要依了沅水船工，那就是丢了老祖宗留下的产业，他恐怕会在德山镇彻底失去威信，真要卷铺盖走人了。

符世清请李知县做德山码头老大们的思想工作。李知县虽然不乐意，但又不好拒绝。他内心清楚，倘若这次在龙阳地界发生械斗，革职进监狱的将不是符世清，而是他李怀廷了。谈判前，李知县私下警告德山码头老大们，一是不准发生械斗；二是在万不得已的情况下，德山老大们要稍稍做些让步。码头老大们再牛逼，知县老爷的面子是不能不给的。王德宝说，沅水船工想在德山建码头的真正原因，无非是嫌我们的码头费用太高嘛，行，我们退一步，适当减少码头费用。于是，和其他老大们商议后，提出沅水船帮不在德山设自己的码头，而德山码头每年码头费涨价不得超过一次，涨幅不得超过一成。有些忠厚的老沅水船工听了有些动心，符世清也觉得可行，并且愿意由官府出面公证签下合约。但大部分沅水船老大不同意，沅水的货船不经过德山就运不出去，船到了德山，就不得不由德山码头作主。那时，官府公证的合约就是一纸空文。祖江也觉得这样太不可信，太不靠谱，认为两边官府管得了一时，管不了一世，更管不了世世代代的沅水船工。

谈判继续僵持着。

李怀廷觉得官府既已出面就一定要一个结果，否则对上不好向朝廷交代，对下，沅水船工和码头老大们都会让他不得安宁。

李怀廷龙阳衙门干了一辈子，又土生土长的龙阳人，对各码头的设立自是了如指掌。许多年前，武昌船老大想要在德山设码头，德山人不肯，于是也像沅水船工一样发生械斗，不过时间更长，像斗鸡一样的武昌船老大带领他们的船帮与德山码头老大们打斗了一年。双方死伤数十人不说，武昌船只几乎不能进入德山码头，德山码头自然也不得安宁。最后，有人出主意，用“穿铁鞋”来解决。所谓穿铁鞋就是斗大的铁铸的鞋子烧红后，人赤脚穿上去，以示穿铁鞋那方的态度和决心。去穿铁鞋的人自是必死无疑，但是不敢穿铁鞋的一方无条件满足另一方的要求。这种死亡进驻法由民间流传至今，百年难得一见。武昌人是不怕死的九头鸟，有血性汉子站出来拿命换了码头。

李怀廷在谈判席上讲了武昌人穿铁鞋的典故。李知府的话音刚落，所有在座的人都惊呆了。虽然年老的船工大都知道穿铁鞋是怎么回事，年轻的船工也有人听说过，但是谁也没有想到会走这一步。符世清更是震惊和反感，他不晓得李怀廷为什么连这种老黄历都能翻出来，这不是太残酷了吗？

由于事情太重大，双方都不便立即作出决定，各自回客栈商定。

王德宝不想为着一个码头把自己的命搭上去，在他的心里，道理很简单，既然命都没有了，守护那个码头又有什么意义？德山码头的其他老大更是没有这种牺牲精神，他们几乎没有商议，就全体放弃。

祖江和凌岣回到客栈后都沉默不语。祖江连晚饭也没有吃，把自己独自关在房间里。祖江回想自己这短短的一生：喝着沅水长大，在沅水上来来去去。他年纪轻轻，身强力壮，做什么都不怕，什么都敢做，虽然没有大富大贵的人生，却非常喜欢当下的生活，更何况，这世间有太多值得他留恋和不舍的东西，比如青青，比如他娘，比如沅水……他真不想死，也从来没有想到过会死，现在，这个问题，突然很轻巧地摆在他面前，让他感觉既沉重又无法拒绝。他想，这可能就是他的命，他应该顺应和达观。他十三岁开始跟随张老大在沅水流域讨生活，鬼门关前闯过无数回，深谙生命的脆弱和无常。当然，南蛮之地，蛇虫瘴气，病痛瘟疫，哪一样都能取人性命，即便是一次小小寒热症，也是要人命的魔怔。其实人的生命如蝼蚁般轻微和卑贱，而死亡是一种常态，也是一种宿命。祖江想起那些在青浪滩上，在洞庭湖里转瞬消逝的兄弟，觉得自己是为全体沅水船帮而死，无论如何是值得的。船工们祖祖辈辈在沅水上行走，且还要世世代代这样走下去，沅水流域的船工太需要在德山有自己的港湾，现在机会来了，作为一个沅水船工，不应该放弃，否则沅水船工们将永远都没有自己的憩息之地！尽管要用自己的生命来作代价，但想想死在德山码头的沅水汉子，祖江觉得自己的死无论如何是值得的。尽管他还很年轻，只有二十岁！

第二天，祖江召集沅水船工们开会，宣布了他的决定：他将代表沅水船工们去穿铁鞋！

凌峋坚决反对，这个硬汉子也思前想后了好久，觉得他比祖江去更合适。一方面他比祖江大，是兄长，另一方面，祖江是沅水船工的领袖，今后在德山建码头还得靠他去具体实施，无论如何也是不能让祖江去送死。两人争得面红耳赤，所有船老大们也都不好作主。祖江了解凌峋的性格，知道这个有情有义的兄弟是舍不得让自己去赴这场死神之约的。他对凌峋说："我们俩不要争了，抽签决定吧。"凌峋不能说服祖江，只好同意。祖江叫人取来纸笔，背对着凌峋写好之后，然后将纸揉做一团，请凌峋先行抽取。凌峋毫不犹豫从祖江的手心里取了一个纸团，当众展开一看，是"不去"两字，沅水船工们都无话可说，祖江悄悄将另一个纸团放在口袋里，然后用力拍了拍凌峋的双肩，什么也没有说，走出了房间。

符世清对于祖江的决定更是震惊。他对祖江有说不出由来的亲切，几天的相处，越发喜欢这个年轻人，认为他将来一定会在沅水船帮有所作为。现在祖江主动提出自己去穿铁鞋，符世清有一种莫名的心痛，但是作为知府，他却不能阻止，毕竟这是人家沅水船帮的事，不能做太多的干预，他只是再三劝祖江慎重考虑，其他也不好多说。

王德宝也没有想到祖江肯去穿铁鞋，太年轻了，黄瓜秧子才起蒂啊！

谈判桌上的数次较量，王德宝觉得祖江是个做大事的汉子。那天他甚至想，要不是为了德山码头，他还真愿意将女儿许配给他。德山码头老大们无话可说，应承只要沅水船帮有人穿铁鞋，他们就无条件让沅水船工们在德山设自己的码头。

穿铁鞋定在两个月以后。

祖江没有再去正德巷，径直回了黔城。

这些日子，青青晓得祖江来德山了。青青和金家大少爷的婚事已定下来了，王德宝不想节外生枝，临时请了一个家丁护院，王德宝叮嘱家丁，不准放外人进来，更不准青青迈出大院半步。青青天天守在窗前，等候画眉鸟的叫声，然而，画眉鸟没有来。

这天，邻居阿婆过来剪鞋样子。自从王德宝打了青青一巴掌后，青青心里一直闷闷不乐，虽然照常帮母亲打理家务，但常常一整天不下楼，不说一句话。姜氏怕青青憋出病来，隔壁阿婆过来剪鞋样子，姜氏留阿婆喝擂茶，叫青青下楼帮忙。

擂茶是青青和妈妈一起做的。擂了花生、黄豆、芝麻、生姜，又加了上好的糯米，擂茶还煮在锅里，已满屋满院飘着香味。阿婆长长地吸了一口香气道："青青，你是不是用的辰州的小籽花生和芝麻啊？"

"是呢，阿婆，你的鼻子真厉害呢。"青青将一碟一碟的擂茶小吃端上桌。

"辰州那地方到底是个什么样的地方呢？桂皮花椒长在深山老林里要香三分。住在深山老林里的人也要蛮三分。"阿婆捏了一块香干子放进嘴里，接着说："你们晓得不？沅水船帮要在德山建码头，你们家老大不答应，最后用穿铁鞋来定决，听说有个叫张什么江的站出来，愿意去穿铁鞋！穿铁鞋！就是点一把火烧了自己啊！我年轻时……"

“阿婆，你说张什么江，是不是张祖江？”青青打断阿婆的话，急急地问。

“是呢，是呢，就是张祖江，黔城的一个船老大，年纪轻轻的小伙子呢。瞧我这记性。”阿婆一边兴高采烈地发布着新闻，一边又捏了一块炒米糖送进嘴里。

青青端着擂茶的双手止不住颤抖。姜氏看在眼里，轻轻道：“青儿，你去后院看看，黑鸡婆是不是又带着一群鸡崽跑出去了？”

青青嗯了一声放下擂茶碗，跑出门，径直上了阁楼自己的闺房。

第四十三章

不待祖江回到黔城，消息已先行飞回了家。小月听到这个消息后昏厥过去。张家整个儿笼罩在一片愁云悲雾之下。小月脸上的泪水几乎没有干过。张老大带着小儿子天天去码头接祖江。几天之后，祖江从德山回到黔阳。

祖江回到家中，面对哭泣的母亲和叹息不止的父亲长跪不起。对沅水船帮，自然是一个最好的交代，而对于父母家人，他真不知怎么面对。小月和张老大不好也不能阻止祖江，特别是张老大，一辈子在沅水上行船，深知船工的艰辛，做梦都想在德山建一个沅水人的码头，现在终于有一个站出来了，让所有的沅水船工们都看到了希望，有了盼头，只是张老大做梦都想不到这个人是自己的儿子！家里的空气变得像铅一样的沉重。

一家人谁也不提祖江去穿铁鞋的事，每天好饭好菜细心地侍候着祖江，而祖江则像要远行一般，砍柴挑水，修船做楫，还带着弟妹从江边挑来沙石，给自家的围墙又增高了一尺，从山上砍来竹条，给菜园围上了篱笆。

偷空教给弟弟一些行船赶码头的规矩，和妹妹娇娇单独在一起的时候，总是摸着她的头，叮嘱她以后多照顾娘，体贴娘。这个往日只知撒娇的妹子似乎一夜长大成人，眼里含着泪花一一答应下来。

一天傍晚，一家人正准备吃晚饭，院子外有人大声喊："祖江，祖江，你出来，你出来一下吧，有人找你呢。"祖江放下碗筷，走出去，看到青青提了一个小包袱站在院子外面，满身疲惫，满脸忧伤。那个带青青来的人说："她在码头边问你家住在哪，我就顺便带过来了，你们认识的吧？"

"认识，认识，谢谢你。"

"不客气，那我走了。"那人说着转身走了。

"傻丫头，你怎么来了？"祖江无比心疼地问。

青青叫了一声哥，便不管不顾地扑进祖江的怀里，放声大哭起来。那天，青青从阿婆口中听得祖江要穿铁鞋的消息，她祈盼着穿铁鞋的张祖江不是她的情郎张祖江。晚上，王德宝回到家，青青问王德宝，王德宝只是不作声，他不晓得要如何给青青解释，青青没哭没吵，第二天天未亮，趁着姜氏和王德宝尚在睡梦中，背了小小包袱从家中逃了出来，逆水而上，寻到黔城。多少天来的委曲、思念、害怕、伤心，这一刻都如打开的闸门，一并发泄出来。张老大一家听到哭声，不晓得发生了什么事，一齐奔了出来。祖江拍着青青的背道："好了，好了，不哭了，不哭了。我们先进屋去。"说着，牵了青青的手，进了院子。看到祖江和青青进屋，张老大和小月一头雾水赶紧跟着进了屋。

"青青，这是我爹娘。"祖江指着张老大和小月介绍道。

青青松开祖江的手，走到张老大和小月面前，扑通一声跪在地上道："叔，婶！请让我做你们的媳妇，请让祖江哥哥娶我吧。"

小月被青青突如其来的举动吓得倒退了两步。张老大倒也冷静，一边俯身去扶青青，一边说：“孩子，你起来，你先起来再说。”

青青摇了摇头说：“你们不答应，我就不起来。”

“不行，我不能娶你。”祖江道。

“哥，你答应娶我的，你从来说话都算数的。”青青含着泪道。

“可是……”祖江心里一阵绞痛。

“没有可是。请叔婶成全我和哥哥。”青青向张老大和小月磕头。

张老大赶紧扶住青青，轻轻地问：“孩子，你真心想嫁给祖江吗？”

“嗯。”青青用力点头。

“好，我们答应你。你们今晚就成亲。”张老大说。

青青眼里含泪，嘴角含笑，再次给张老大小月磕头。小月一脸慈爱地弯腰扶起青青，青青甜甜地叫了一声：“娘。”

“哎！”小月伸手去拭青青脸颊上的泪滴，自己脸上却泪流成河。

“娇娇，快去给姐姐打盆洗脸水来。”张老大高兴地叫着。

“好哎。”娇娇看着从天上掉下一位像仙子一样的嫂子来，高兴得像只山雀一般飞出了厢房。

“老二，你快去买红烛，对了，我得请隔壁的大爹爹过来给祖江主持婚礼。”张老大又吩咐二儿子这样那样，二儿子答应着，也如箭镞一般飞出了家门。

张老大安排这安排那，指挥这个指挥那个，像个将军一样。小月拿起这样，又放下那样，看看青青，又看看祖江，从厢房走到堂屋，从堂屋走到厢房，不晓得自己要干什么。

娇娇牵着青青进了自己的闺房。

祖江不知所措地站在屋中间看着大家忙里忙外跑进跑出。他感觉自己是在梦境里。在德山决定去穿铁鞋的那一刻，他几乎都没有想过他的死会给爹娘、青青、他的亲人带来巨大的痛苦，那一会儿，他的心里只有一个念头，只要德山码头能建起来，他愿意去穿铁鞋！回到家，他才晓得他不只是沅水船工的老大，他更是他爹娘的心头肉，是这个小家的主心骨。他要是不在了，就等于生生拆掉了他家房屋的主梁。这几天，他看到黯然垂泪的娘，看到弟妹像霜打的茄子，看到整个家因为他的决定而笼罩在一片厚重的乌云之下，他的心除了内疚和疼痛，更多的是不放心，是不舍。现在，老天爷又把青青送到他跟前，他不晓得他是要接纳她还是拒绝她，他已经抽刀斩断了自己和青青的未来，无疑，就要掐熄对她的念想，可是，他心里又是多么想要她，想要和她结为百年之好，想让她成为自己爱之不尽的妻。

一场突如其来的婚礼，就这样简单地举行了。一家人的脸上既是泪花，又是笑容。

一对新人被送进洞房。

一对红烛在青漆条桌上静静地燃着。桌子有些年月了，还是张老大的前妻带过来的嫁妆，桌面上的青漆已剥落。桌上有一面小小的铜镜，是娇娇从自己的闺房临时拿过来打扮哥哥新房的。镜子里反射出一对红烛，桌子上像有两对红烛了。架子床、青布铺盖以及一对新人也都映在镜子里，像是要记住今夜，记住这对新婚夫妇。青青穿着祖江送他的那匹扎染的蓝花布做的收腰斜襟上衣。那天，王德宝打了青青后，青青三天未下楼，一针一线缝制了这件衣服，她一直没舍得穿，不想，现在竟成了她的嫁衣。一组组扎染的白色花朵就如一束束盛开的百合花，开在这新婚之夜，开在这烛光闪烁的铜镜里。祖江紧紧地搂着青青，亲吻着她，青青热烈地回应着，在祖江宽厚的怀里热切而颤抖地呼唤：哥，哥……青青的呼唤更是激起了祖江的激情，如一个莽撞的汉子猛地闯进了无与伦比的神奇花园，很快便陶醉在瑰丽的花丛中。两颗心融合在一起，飘飞在幸福的云端，尽享瑶池的琼浆玉液！且不管未来岁月在哪里，且不管这幸福里包裹着的是决绝和无奈，至少，今夜，金风玉露一相逢，便胜却，人间无数！

因了这场喜事，因了祖江突然间成了家，有了青青，笼罩在这个家庭厚重的愁云明显要薄了一些。青青在张老大及小月的心里，不只是新媳妇，更是菩萨派遣来慰抚儿子的救星，对青青感激又怜爱，一切都由着她。而青青也还未懂得做媳妇的责任和义务，将全部的心思都放在她的新郎身上。祖江从没有离开过她的视线范围。小两口下江泛舟，菜园摘菜，烧火做饭，时时刻刻都是公不离婆，秤不离砣。每日傍晚，小两口会站在沅江与㵲水的交汇处，看夕阳含着一层薄薄的水雾一点点落下去，看江中一轮红日荡起碧波万顷，天空一轮红日射出万道金光，木船、渔人都像渡上了一层金粉，一条江水飞彩流辉！

黔城对于青青来说，是个陌生而又新鲜的地方。祖江带着青青去上河街，去下河街，河街的人没有哪个不认识祖江，也没有哪个不晓得二个月后祖江就要去穿铁鞋了，黔城人正替祖江叹息，现在，祖江身边突然就多了一个女子，人们又惊奇又替祖江感到宽慰，每天都有人问祖江同一个问题：这个妹妹哪里来的？祖江不想给他们一一解释，总是调皮地说：在我家院门口检的呢。青青也不辩驳，大大方方地笑笑。新婚第二天，小两口肩并肩穿过安远门，穿过嵌有铜钱漏的青石街，去南街买一把梳子，杂货铺的老板不仅不肯收钱，还硬要送给小两口七七八八一堆日用品，说是送给新婚夫妇的随礼。祖江又带青青去吃绿豆粉。青青以前没吃过绿豆粉，直说好吃。下午，小吃店老板就包了一大包绿豆粉送到祖江家来了。黔阳的船工们听到祖江有了妻子，都挑着酒食，提着鲜鱼来贺喜，陪祖江喝酒，聊天，但大家都像约法三章了一样，都不提祖江去穿铁鞋的事。祖江也和往常一样，陪大家喝酒聊天，说说江湖大事，行船见闻。家里总有来来去去的人，一家人在迎来送往里打发日出日落。青青几乎每天都让祖江带她在黔城的巷弄间走一走。青青喜欢这个小城，朴朴实实的土城墙，高高大大的风火墙，青瓦木墙的窨子屋、晒楼、祠堂，清清幽幽的巷子，郁郁翠翠的兰草点缀各家的墙垛，这些，青青有说不出的亲切，说不出的似曾相识感。

这天，小两口在北街的小巷子里转悠，青青老觉得后面有人跟着，回过头去看，却没有人。青青悄悄告诉了祖江，祖江调皮地眨了眨眼道："让我把他揪出来。"祖江牵着青青没事人一般继续走，走到文庙的大门前，祖江装作系鞋带，弯下腰去，果然见后面有个灰衣青年男子鬼鬼祟祟跟着，那人看祖江突然停下来，瞬即转过身去，祖江拉起青青飞身跳进文庙内。一会儿，灰衣男子便站在文庙前张望。青青从门缝中一看，是二表哥！

"二表哥！"不待祖江反应过来，青青从文庙里跳出来，对着正四处张望的灰衣男子叫道。

"青妹。"二表哥也看到了青青。

"你怎么到这里来了？"青青问。

"你这不是明知故问嘛。"

"爹叫你来的？"

"嗯。"

祖江也从文庙里走了出来。青青向祖江介绍她的二表哥。祖江笑着给二表哥行礼，二表哥勉强回了礼。祖江道："既然是表哥来了。就请去家里坐坐吧。"

"不麻烦了。"二表哥神情冷漠。

"那去附近茶楼坐坐，喝杯茶。"祖江没有理会二表哥的冷漠态度，继续邀请道。

“去嘛。”也不待二表哥点头，青青说着径直在前面带路。其实，茶楼在哪里，青青也不知道。她只是不想三个人都尴尬地站在这巷子里。祖江紧走几步，与青青并肩走着。拐过北街，便看到有一个小茶楼。祖江带头走进去，拣了个靠窗户的茶座。二表哥二话不说坐下来。待祖江入座后，青青挨着祖江坐下。二表哥看到青青和祖江亲热的模样，脸色越发地难看起来。青青不管那样多，一坐下便迫不及待地问：“我娘还好不？”

“她天天哭，眼睛快哭瞎了。”二表哥道。

“都是我不好！”青青说着，眼里含满了泪水。祖江用力握了握青青的手。

“姨父叫我来找你，并把你带回去。”

“我不回去，我已经嫁人了。”

“嫁人了？谁允许你嫁的。”二表哥几乎要跳起来。

“我自己允许的。”青青原本刚才因想着娘内心有些愧疚，有些伤心，看到二表哥的样子，青青的倔脾气即刻又上来，没好气地对二表哥道。

“没有姨父姨母的同意，你这婚不作数的。”二表哥道。

“我们有证婚人，主婚人，拜了祖先，拜了天地，入了洞房，谁说不作数？”祖江听了二表哥的话，一脸不悦。

“青妹，你跟我回去。姨父说只要你回去了，一切都还好商量。”二表哥看着祖江五大三粗的样子，他怕祖江跟他动粗。

“她都已经成了我的妻子，怎么可以随便跟你回去。”祖江已是很不高兴了，声音不自觉又提高了三分。

“青妹，你日后会后悔的。”

“我不晓得日后是黑是白，是长是短，我只晓得我现在的日子像蜜一样。”

“你真的不肯跟我回去？”

“不！”青青用力摇了摇头。

二表哥沉下脸喝茶。祖江也不再作声，埋头喝茶。二表哥喝完杯中的茶，站起来往外走。祖江匆匆付了茶钱，和青青跟在二表哥后面。二表哥径直去了码头。他不能说服青青，更无力量强行带走她，除了回去跟王德宝交代过程原委，他别无他法。祖江替二表哥叫了一条船，并吩咐船家好生照顾二表哥。

二表哥踏上跳板时，青青道：“二表哥，请替我好生照顾我娘。”

“嗯。”二表哥走上了船，祖江向他拱手作别，他亦拱了拱手。船家用篙子用力一抵江岸，船只缓缓地离岸而去

祖江和青青的日子过得确实像蜜一样。有时候，祖江都忘记要去穿铁鞋的事了。青青未来之前，大船是他的爱人，现在，青青是他的爱人。每天，他不再大清早去江边侍候他的大船，他拥着他的爱人醒来又睡去，睡去又醒来。他们融合在彼此的生命里，就像鱼和水的融合，花朵和雨露的融合，清风和鸟语的融合，月亮和银河的融合。有时候，祖江想，这种日子要是永永远远过下去，没有尽头该有多好啊。有了青青，他真的舍不得死，他想活到一百二十岁。祖江的不舍得，青青都懂，她将她对祖江的爱含在双眼里，融化在他的臂弯里。一天半夜，青青从梦中醒来，看到祖江竟然不在身边，心里一惊，翻身起床，祖江不在堂屋，不在院子。院子门虚掩着，祖江站在江堤边柳杉树下，清亮的月光如一袭蚕纱披在他身上。青青轻轻走过去，依偎在祖江的怀里道：“哥，你带我到深山老林里去做野人吧。”

“傻丫头，我也想啊，可爹妈弟妹怎么办？他们将如何在这世上为人？”

青青不作声，只是紧拥着祖江。

“哥要是一走了之，哥就不是哥了。”祖江说着，长长地叹了一气。

“嗯。我听哥的，哥到哪妹跟到哪。”

“哥走了，你也要好好过日子。”

没有了哥，日子在哪里呢？青青不作声，泪水含满双眼。

“在黔城，或是回到德山去，由你自己定。”祖江叮嘱。

泪水在青青的脸上淌成两条河。她极力不去想未来。她只想把现在紧紧地握在手中。

青青越想留住时间，时间越是无情地飞跑。小两口才品出小日子的甜蜜，两个月转眼就到了。

到了出发的这天，一家人像送祖江远行一般替他打点行装，每一个人的脸色都平静，没有泪水。祖江早晨起来时，爹妈弟妹已起床许久了，或许，他们一夜就没上过床，合过眼。一大桌子的菜已摆上桌，母亲坐在灶膛前，娇娇依偎在她身边，父亲从堂屋忙到灶屋，也不晓得在忙些什么。青青捡拾自己的小包袱，她要跟着祖江一起去辰州。祖江默许了她，这个烈性的女子，她敢只身来黔城，哪里又拦得了她。张老大和小月都想随了祖江的船一起下辰州府，但祖江坚决不答应，白发人送黑发人已是最大的不孝，又怎么敢让父母亲睹他赴死的场面，那样太过残忍了。他只要求弟弟和青青一同随行。吃了早饭，祖江在堂屋祖宗的牌位前烧了香，叩了头，又给张老大和小月叩了三个响头，小月终于忍不住，抱住祖江放声大哭。家人无不落泪。送别的邻里乡亲无不落泪。

黔阳的船只都来送行，安江托口码头的船老大们也都划着船赶过来了，上河码头下河码头停满了船只。码头很安静，安静得只剩木桨划水的哗哗声，一二只不知事的鸥鸟嗖地一声钻进水里的声音，人们在岸上，在各自的船上目送祖江下码头，再目送他上船。

凌峋也乘了船逆水而上，在祖江出发先一天，赶到黔阳码头来接祖江。凌峋才葬养父，又要与兄弟死别，短短几个月，人世的悲欢离合让他一一经历，在江堤上遇上娇娇，两颗年轻的心里竟没有了几个月前的浓情蜜意，有的只是沧桑之后的凝望。

待到祖江的弟弟收起缆绳，将长长的竹篙抵着江岸离开的时候，突然有船工大喊道：兄弟，十八年后又是一条好汉！祖江扬起手臂向送行的人告别，向抚育他的黔城告别！江水呜咽，壮士一去不复返。

第四十四章

祖江和他的兄弟们出发后，张老大和小月从码头回到家中。小月昨夜一夜未曾合眼，祖江走后又嚎哭了一场。哭过后的小月很累很累，合上眼沉沉地睡去。睡梦中，小月又回到了烧纸铺那栋吊脚楼上，倚江的窗户，过往的木船，小月在窗户边做着女红，听到楼梯有脚步声，小月用心聆听，脚步越来越近，楼梯不高，但脚步声却似乎一直在响，小月寻思着，这个人应走上来了，却没有，小月想站起来到房门口去迎接，却发现自己怎么也站不起来，感觉身子挺沉，就像当年怀着祖江的时候，小月低头看自己的脚时，不知什么时候，有个男子却站在了她的床前，背对着小月，好熟悉的背影，那男子把头上的帽子取了下来，小月看清了，那是老爷符世清的帽子，小月站起来去接他的帽子，那男子转过身来，小月抬头看，却是儿子祖江，祖江满头大汗，一脸痛苦地看着小月，却又不叫她，小月看着害怕，想伸手去牵儿子的手，而儿子却一直往房门边走，门边的楼梯好陡好陡，楼梯的中间快要断裂了，小月叫着：不要下去啊，不要下去啊！

“娘！娘！”娇娇一直坐在小月的床前，听到小月在睡梦中惊恐地喊叫，知道娘一定是在做噩梦，俯身摇醒小月，小月翻身坐起，娇娇扶着小月的肩膀问：“娘，你是不是做噩梦了？”

小月也不作声，闭眼坐着，极力地回忆起梦中的情景，回忆起那个背影，那分明是老爷符世清，那个摘帽子的动作，一点都不会错的。二十多年了，小月很少梦到符世清。张老大初娶小月时，曾问小月以前的经历，小月只说她的父母及祖江的亲爹都死了。张老大觉得小月带着孩子跟要饭的麻婆生活在一起，肯定是无依无靠的人，又看小月是一心一意和他过日子，便也没有盘根究底，特别是祖江跟了他姓张之后。

小月靠在床头呆坐了一会，叫娇娇去把父亲叫过来。娇娇跑到堂屋叫了父亲，张老大随即进来，小月打发女儿出去，把刚才做的梦和张老大说了，然后把自己当年如何来到辰州，如何在烧纸铺遇上符世清，怀上祖江，颠沛流离，直至在辰溪遇上张老大的过程告诉了张老大。最后，小月对张老大说，她想去辰州府，去找符世清，或许他能救祖江，请张老大陪她一起去。

张老大捧着脑袋坐在床头，小月的述说让他震惊和恼怒。小月向他撒了一个弥天大谎，她将自己的过去和祖江的身世瞒了近二十年，他简直不认识眼前这个跟自己生活了近二十年的女子，他突然觉得在他心里沉静的小月是那般的复杂，那般有心计，而他张老大竟然娶了一个吃四方饭的女子为妻，这要传出去，该是多大的笑话，他老张的脸往哪儿搁，他甚至怀疑小月的心里一定还有许多不可告人的秘密。再有，在张老大的心里，祖江是他的儿子，是他老张家的后人，现在小月说出祖江的身世，仿佛祖江就生生被别人牵走，不再是他张老大的儿子一般，他的心里有一股无名火直往上冒，却又不好发作，小月看到张老大好一会儿没有声响，从床上爬起来，然后“扑通”一声跪在张老大面前，泣不成声道：“他爹，我求求你救救祖江吧。请你看在这么些年来他孝顺的份上，看在我的分上，救救祖江啊，他还太年轻，还有很多日子可以过的啊！”张老大霍地一下站起来，怒吼道：“要去你自己去，我是没有那个脸去。”说完也不待小月反应过来，摔门走了出去。

小月趴在地上恸哭不止，张老大的咆哮如给她倾盆泼下一盆冰水，一股从未有过的绝望感如荒郊的野草迅速地生长。父死母弃，她没有绝望过；符世清找到了大楠木，却不来吊脚楼看她，她没有绝望过；符夫人欲将她母子分离，她没有绝望过；在那些苦不堪言的日子里，她只觉得艰难，但都没有绝望过。而今，最令她欣慰的儿子绝尘而去，与他相濡以沫的老伴恶言相向，她不晓得自己活在这个世间还有什么意思。是的，一点意思也没有，一点必要也没有了。小月止住哭声，抹干眼泪，从地上爬起来。她从衣柜里取了一个包袱，这个包袱，她从烧纸铺一路背到黔城，里面有她做姑娘时穿过的一件衣服，有她跟着巧姑讨生的小渔鼓，还有她背小祖江时用的背带，每一件东西，都是一本书，写着她的历史，她的辛酸。现在一切都应该结束了。她拿起背带，站在板凳上，将背带往屋梁上一搭，背带绕过横梁荡起厚厚的灰尘悠然地飘下来，小月将背带打了一个死结，将头伸进背带里，双脚用力将板凳一蹬……

板凳轰然倒地的声音惊醒了在外屋打盹的娇娇，她以为母亲起床打翻了板凳，跑了进来，看到上吊的小月，一声尖叫：“娘啊——”在堂屋的张老大飞奔进来，被眼前的景象吓得魂不附体，他迅速将小月抱下来放到床上，娇娇从惊恐中回过神来，扑到床边放声大哭。张老大抱着小月的头，口里不住地道：月，你这是何苦呢，你这是何苦呢。从死神的门槛边打转回来的小月，紧闭双眼，泪水如断线的珠子从眼角滚出来。

张老大附在小月的耳边说："月啊，你别这样啊，你起来，我们去，我们现在就去辰州府找符大人。"

张老大又回过头来叫娇娇替她娘打洗脸水，娇娇止住泪水，走了出去。

小月拉着张老大的手道："他爹，我晓得不该瞒你这么多年，我也晓得我的要求过分，但是，祖江是我的儿，我真的不想他死啊。"在小月的心里，符世清就是一根救命的毫毛，她舍下她的老脸也要去抓住它。

"我晓得，我晓得，月，你别说了，我陪你去辰州府。"张老大接过小月的话。

娇娇端了洗脸水进来，拧了帕子给母亲洗了手脸，小月又休息了一会儿，便起床收拾东西。张老大把家里的事简单地给娇娇交代了几句，又怕娇娇一个人在家害怕，跑到隔壁，叫了大爹的女儿给小女儿做伴。

夫妻俩坐船赶往辰州府。

第四十五章

青青坐了数天船，感觉浑身上下像散了架一般地疼痛，但她一路上硬是没叫半句苦，到达辰州码头的时候，只跟祖江说有些累了，要到船舱躺一会儿。

江面上的船比往日多了何止十倍。沅江上的船夫橹手都晓得沅水船工里有个叫张祖江的年轻人为建德山码头，要去穿铁鞋了。锦江码头、浦阳码头、辰溪码头、麻伊洑码头、朱红溪码头的沅水船工们，还有许多辰州百姓，他们住在深山老林里，以耕种为生，以狩猎为生，以伐木为生，听说了张祖江要穿铁鞋的事，也想看看张祖江到底是个什么样的角色，长着什么样的五官。他们反正闲着也是闲着，权当来赶一场集，看看热闹。辰州府河边码头的大小船只自上南门一直泊到下南门。

凌峋请祖江一家人上岸去他家住，但祖江不肯去甲第巷。穿铁鞋的日子越是临近，他越不想打扰别人的生活，也越不想给别人添麻烦。他只想住在船上，他生来就是一个船工，沅水就是他的家，木船就是他的床，就像船离不开水一样，他与船与沅水血脉相连，他的生命因沅水而充满激情，也即将因沅水而画上句号。凌峋理解祖江，送来了很多菜肴和酒水。祖江把船泊好后，就叫弟弟在船尾生火做饭。码头边，已有许多船只生火煮饭，一时间，辰州码头上炊烟缕缕，偶尔有人影在跳板上来去，在夕阳下跳跃。有橹手亮起嗓子唱起渔歌，声音激越而苍茫，久久缭绕在暮色渐浓的江面。青青和弟弟什么事都不让祖江插手，祖江只得呆坐在船舱里，透过船舱看对岸群山层峦叠翠，莽莽苍苍，沅水酉水汇流处落日熔金，染红了半边江水。

江面上渐渐热闹起来，辰州府本地的船主从酒铺搬来一坛坛烧酒送到祖江的船上，祖江也不推辞，一一谢过，又叫兄弟把酒赠送给附近船只。

有几个老橹手相约着一起端着大海碗过来给祖江敬酒，祖江并不认识他们，赶紧起身接过酒碗，说了声“多谢”，与他们碰了碰碗，先干为敬，老橹手们也个个端起碗来一饮而尽。大家彼此并无多言，一切的心意都在那一碗酒里，祖江懂得，船工橹手们也懂得。

又陆续有船工端碗过来，祖江来者不拒，与他们同饮同醉。酒越喝越多，祖江内心不由得生起英雄般的豪迈和苍凉。

青青看着祖江一碗又一碗酒入肚，怕喝坏了祖江，悄悄叫二弟做了一大锅醒酒汤。

暮色苍茫，沅水码头渐渐安静下来，船工们收拾起船头的炊具行头，将桐油灯也挂回了船舱。青青和二弟一起收拾好碗筷后，弯腰走出船舱，对祖江说：“哥，我想上街买些东西。”

“好，我陪你去。”祖江道。

“你喝了许多酒，休息一会儿，我让二弟陪我去。”青青回头喊了声在船尾的二弟。二弟即刻放下手中的活计，将双手在身上擦了擦，走到船头来。这时，刚好有几个船老大过来找祖江。“好，让二弟陪你去。快去快回哦。”祖江又嘱咐二弟多长个心眼。青青拢了拢头发，和二弟一前一后上了码头。

德山王老大也带着他的人马准时来到了辰州。王德宝这次仅带了一二十人。他们住进了辰州客栈。青青上岸不是去买东西，而是去找王德宝，她的父亲。王德宝下榻的旅店很好打听，青青带着二弟，不一会儿便找到了辰州客栈。可是，王德宝却不在店里。店小二说，王德宝带着一群人吃晚饭去了。青青等了半个时辰，仍不见王德宝的影子，怕祖江担心，寻上岸来，便匆匆和二弟返回船上。上船前，青青嘱咐二弟不要将她来找王德宝的事告诉祖江。二弟似懂非懂地点头应允。

祖江虽然喝了十来碗酒，却似乎没有醉意，一直在和几个船老大聊天。看到青青回来，船老大们即刻起身告辞。趁着二弟收拾船舱、铺被关船窗的当儿，祖江牵着青青悄悄地来到了船尾。静谧的沅江宛若一条宽阔平整的长草地，大大小小的船只憩息在沅水温婉的怀里。江水轻轻地荡漾着，抚拍着，低吟着，如疲劳的孩子在母亲的怀里睡去。这些年来，祖江在沅水上来来去去，沅江每一道河弯，每一处暗礁他都了如指掌，就连这沅江夜空里的星星在沅江上的哪一个位置，祖江闭上眼睛也能想得出来。他祖江就是这沅水的孩子，是沅水给了他智慧和胆魄，沅水也让他感觉到一种力量，让他兴奋，让他安稳，让他寻找到了生命的落脚点，以致他一天不划船一天不下沅江，都觉得憋得慌，要到江边坐坐，要去看看他的大船。他是如此地喜欢沅水，把沅水当家，他就是为这沅水而生，为这沅水而活的人。现在为了这沅水船帮，他要去穿铁鞋了。他舍不得看着他长大的沅水，舍不得和他一起风里来雨里去的船帮兄弟们，舍不得他的娘，那个善良的女人，一辈子不曾说过他一句重话，总是用怜爱的眼光看着他，守护他；他更舍不得身边这个女子，她给了他那样多的欢乐，让他体味到做一个男人的幸福。老实说，他还没享够这快乐和幸福，一想到这些，他舍不得死，也不想死，他真的就想带着青青去深山老林做野人，去老死山林。但他不能一走了之啊，他若是走了，张老大不会原谅他，沅水船工不会原谅他，浩浩沅水不会原谅他，他自己更不会原谅自己！

祖江就这样呆坐在船尾，青青依偎在他怀里，像是要睡着了，其实青青半点睡意也没有，她紧紧地握着祖江的手。这个贞烈的女子，也正以最大的坚强迎接无情的命运。两口子也不知坐了多久，月亮渐渐隐去，满天繁星依然高挂在苍穹中，宛如遥远村落的点点灯火。江风习习，江面微波皱起，船上的人大都熄灯睡去，不时传来邻船汉子沉沉的鼾声。不远处的辰州街上也静无人声，偶尔听到更夫轻打铜锣报平安的悠长声音，有狗不知深浅地叫几声，然后一切便又归于平静，归于这深深的夜色里。

第四十六章

天大亮后，王德宝才起床洗漱。虽然德山到辰州府只有二百里，王德宝却是第一次来。滩急浪险的沅江，两岸风景秀丽，群山连绵如黛，岚雾缭绕。一路上，王老大数次惊叹这是一个真正的世外桃源。昨晚在凤凰酒楼用晚餐，店小二端上来的几个辰州特色菜更是让王老大胃口大开，醉得人事不知。

早上客栈伙计告诉他，昨天他们出去吃夜饭时，有个年纪轻轻讲德山话的女子来找过他，在客栈等了小半个时辰后什么话也没有留下，便走了。王德宝猜想应是青青。老实说，自从青青离家出走，特别是青青的二表哥从黔城回来后告诉他，青青已和祖江成婚，他还真不知道该如何处理祖江穿铁鞋的事。女儿横下一条心，自作主张嫁给张祖江。倘若张祖江是个泛泛之辈，无用之徒，他王德宝只会惋惜自己的女儿用错情，看错人。偏偏这个年轻人是条汉子，虎豹一样的人物。他王德宝对女儿真是又气恼又叹服。他有时甚至天真地希望，青青能站在他这边，说服祖江放弃沅水码头，放弃穿铁鞋。

王老大用过早餐后，看看时间还早，便和几个德山老大们到辰州街上闲逛。辰州府比往日更热闹。祖江为建德山码头要穿铁鞋的事二个月来已是人尽皆知，现在，这一天终于到来，辰州府街头巷尾人头攒动，接踵并肩，好不热闹。小商小贩更是比往日多了许多，每一家餐馆酒店里人满为患。后来，有人说，这是辰州府百年来的盛况，就连当年符世清中了举人，寻得大楠木入京也没有这样热闹。

祖江直到三更才和青青一起入船舱躺下。在酒的作用下，祖江很快睡着了。可天色微亮的时候，邻船有人起来小解惊醒了祖江，他便再也不能入睡，但他没有起来，闭着眼睛装睡。他将青青紧紧抱在怀里，青青像是在睡梦中，脸贴在祖江的胸膛上拱了拱，枕着祖江的胳膊继续睡。祖江怜爱地抚摸着青青，这个他生命里最爱恋的人，他真想给她一个白头偕老的未来，真想与她活到齿落发白。可是，鱼和熊掌不可兼得，他别无选择。这些天，祖江试着劝慰青青，他走后，她要好好地活着。可是每次祖江一提起这个话题，青青总是说，哥，我们不想将来的事。可是，祖江怎么能不想，怎么能不考虑，怎么能不安排？青青一夜未睡，闭着眼依偎在祖江的怀里，她舍不得睡。她明明白白晓得时间过去一分，她和她的爱人在一起的时间就少一分，她的时间不多了，一分一秒于她都是珍贵的。她从德山正德巷里逃出来的时候，就想得清清楚楚，从未后悔，她觉得她所做一切都合乎自己的心意，觉得幸福。她也完成了自己的愿望——成为了祖江的妻子。尽管过于短暂，但这短暂抵得过她的半世人生，抵得过别人携手白头，她觉得她应该知足。青青静静地听着邻船四处的说话声，听着人们在船舷跳板上来来去去的脚步声，听着江水荡起船只的哗哗声。

祖江起来洗漱，青青也跟着起来，趁青青在船舱里梳洗，祖江叮嘱二弟这一天要寸步不离守着青青，二弟点头应允。祖江和凌峋几位兄弟用过早餐后，又聚在一起商量了一些建沅水码头方方面面的琐事，这才带着青青和大家一起上岸去辰州府衙门。

辰州府衙比往日早了一个时辰开门，衙役们早早地来到了衙门。符世清半点不敢懈怠，两个月前已将沅水船工建码头，穿铁鞋等事宜原原本本地上报了朝廷。为了预防意外动乱，大街小巷张贴了治安公告。近日，符世清还特意在辰州府加派了治安差役，命他们二十四小时上街巡逻。辰时，符世清由范师爷陪着从甲第巷坐轿到了衙门。

祖江一行刚走上中南门码头，迎面碰上了张老大和小月。小月和张老大一路马不停蹄，在这天辰时赶到了辰州府下南门码头，早饭也没有吃，便和张老大到了中南门街上。祖江快步走到小月面前叫了一声“娘！”小月看到祖江，未曾答应，眼泪已在眼眶里打转了，若不是在这大街上，小月便要抱住儿子大哭了。青青走过去挽住小月的手臂轻轻叫了声“娘”。

“不是说好不来的嘛。”祖江责怪道。

“你娘有个心愿未了。”张老大抢先说了话。他边说边向小月使了个眼色。

“什么心愿，要我陪着去吗？”

“你爹陪我就行了。”

“让青青和二弟陪你们一起去吧。这人生地不熟的，你们相互也有个照应。”

“要得，你和你的兄弟们先去衙门。”张老大道。

中南门人来人往的，有人认出张祖江，大叫道：那个穿新青布衣的不就是张祖江嘛。周围的人都转过来看张祖江，对着祖江指指点点。祖江一行顿时成了围观的对象。祖江嘱咐二弟好生照顾爹娘和青青，便匆匆走了。

小月知道符世清住在甲第巷。她以为符世清没有那么早去衙门，想先去甲第巷会符世清。

不一会儿，祖江和他兄弟们便来到了府衙门，刚要进门，抬头看到王德宝也正朝衙门走来，停下脚步看着王老大，一时竟不知如何称呼他，愣了一下后，向王德宝恭恭敬敬地作揖行礼。王老大亦不知如何和祖江说话，心里有些尴尬，有些不是滋味。

祖江终于开口微微笑道："唔，前辈……您来了？"

"嗯，昨天来的。"

"一路还顺畅吧？"

"哈哈，不错，不错，辰州还真是个山清水秀，人杰地灵之处。"王老大由衷地赞叹道。

"呵呵，辰州确实是个好地方。"祖江没想到王德宝对辰州有这么好的印象，一时竟无多话回应，侧身作揖让王老大先进衙门，王老大也没有揖让，带着他的一班人马进了衙门。

范师爷看到祖江和王老大先后进了衙门，即刻进去禀报，符世清整了整衣冠，随了范师爷一起走到了大堂。大堂两边早已摆放了数张太师椅，王老大和祖江的人在大堂两边分别入座。见符世清步入大堂，祖江和王老大即刻起身作揖问候。

符世清和两路人马稍作寒暄之后，便进入主题。符世清将目光转向王老大和祖江，两人相互望了望。祖江做了一个先请的手势，王老大意味深长地看了看祖江后道："今天原本是来执行两个月前的约定的，倘若沅水船帮有新的打算，或者说放弃在德山设码头，我们愿意再行商议，毕竟，我们德山码头没有人想做恶人。"

"谁说我们沅水船帮要放弃在德山建码头的打算？"沅水船帮里一位老

船工高声反问。

王德宝不置可否地笑笑，也不作反驳。

张祖江看了看王德宝，在心里叹了口气，摇了摇头，站起来对符世清说道："既然沅水船帮和德山码头在两个月前已经约好，那我们还按约定办好了。我祖江不后悔。相信德山码头也会一诺千金。"

王德宝的心像被刺了一下，他霍地一下站起来说："张老弟能践行诺言，我们德山码头没说的。"然后将头转向符世清道："一切就听知府大人的安排了。"

符世清听着王老大的话，心里很不舒服，但又不便发作，怕失了自己的身份，便不软不硬地道："既然双方都不想反悔，就依原先商定的行事吧。"

符世清一眨不眨地看着祖江，祖江看到了符世清投过来的目光，咧嘴对他笑了笑。王德宝的两个同僚起身走出了大堂。

第四十七章

小月他们在甲第巷没有遇上符世清。衙门的正门外聚满了上千沅水船工，几十个衙役如围墙一般堵住衙门，小月他们根本不可能进入。张老大说，一定还有后门，我们找找看。果然是有后门。不过，也有好几个差役把守。差役们不准他们进去。张大旺拿出来一些碎银，低声和一位差役说了几句，差役接过碎银，转身跑进了衙门报告给符世清说有个二十年前住在烧纸铺的名叫小月的人有急事拜访他。符世清听后愣了一会儿，吩咐差役把张大旺几个带进大堂的偏房。

差役带着张大旺四人走进来的时候，符世清正欲有所思地盯着墙上松雪道人的《汲黯传》，这幅他看了二十几年的书法已锈满时光的黄渍，闭上眼睛，也能在心里描摹出《汲黯传》上面的每一个字。符世清常常想，或许，这正是艺术的不朽之处，生死交替、沧海桑田，时光改变一切，唯有艺术如日月之光，璀璨万古，永存于世。小月怯怯地跟在张大旺的身后，踏进房门的那一刻，她的心跳得如打鼓一样。自那日，在床边跟张大旺说了祖江的身世，小月就觉得羞愧难当，觉得自己对不起张大旺。若不是为了祖江，她真的不想说，打死她都不想说。如今，她来见符世清，更觉羞愧。她双手紧紧地捏住自己的衣襟，贴在张大旺背后，还未抬头看符世清，已感觉双颊火辣辣地烫人了。符世清从墙上的字画中回过头来，扫了站在门边的四人一眼，若不是差役之前报告说烧纸铺的故人小月来了，符世清几乎认不出站在自己跟前的中年女人就是小月。符世清细细地端详她，这是那个小月吗？符世清在脑海里努力寻找当年烧纸铺年轻小月的模样。小月微低着头，当年的羞涩端庄仍然依稀写在眉宇间，只是，二十多年的光阴毫不含糊地改变着各自的容颜，当年的红颜青丝已是霜染双鬓，皱纹满额头。小月微微抬了抬头，用眼稍稍扫了一眼符世清，叫了声："老爷。"符世清抬了抬手，似乎是想要去抚摸小月，然而手停在半空中却停了下来，做了个叫下人上茶的手势，自己在太师椅上先坐了下来。

小月却不敢坐，看了看在一边站着的差役，似乎是有话要单独和符世清说，符世清会意，叫下人退出，关了门。

小月扑通一声跪在地上对符世清道："老爷，请你救救祖江，他是你的亲生儿子啊！"

符世清听了小月这句话，惊得从太师椅上站起来，对小月低吼道："什么？你说什么？"

"祖江是你的儿子，是当年我在烧纸铺为你生的儿子。"小月向符世清讲述了她那两年的经历。符世清听着小月的诉说，呆坐在太师椅上半天说不出话来。小月最后说："老爷，祖江真是你的血脉，你不救他，就没有人救得了他啊。"符世清起身扶起小月，说："我救，我想办法救他。你让我先想一想，想一想。"然后叫下人领小月一行人到隔壁休息。

小月走后，符世清一个人在偏房里独坐了一会儿。小月的话无疑给了他当头一棒，他努力让自己镇定下来。小月说祖江是自己的儿子，这一点毋庸置疑。现在棘手的是怎样想一个万全之策去救祖江，或者说是阻止他去穿铁鞋。权衡了一会之后，符世清把范师爷叫进了偏房，叫他请王老大过来，他有话单独和他谈。

王德宝快步跟着范师爷进了偏房。符世清即刻叫下人看茶，请王德宝上坐。王德宝有些受宠若惊，也有些莫名其妙，不知道符知府葫芦里卖的什么药。符世清也不着急跟他谈祖江穿铁鞋的事，只是和他聊一些生意上的事，一些德山码头的概况。王德宝一一回答，不过，答话时句句机警，处处设防。符世清和王老大绕了一个圈子之后言归正传，问王老大就祖江穿铁鞋一事，能不能变通。王德宝终于看到符世清亮出了底牌，端起茶杯一阵大笑之后，很爽快地答复符世清："只要沅水船帮不建码头，他张祖江当然完全可以不穿铁鞋，我王老大完全可以成全。"

符世清道："退一步海宽天阔，请王老大让沅水船帮在德山把自己的码头建起来，毕竟这是沅水船帮几百年来的心愿。沅水船帮自然也要相对做一些牺牲，比如说，在租金上适当再加一成。"

"符大人，你要知道，靠山吃山，靠水吃水，我们德山人靠着码头吃饭。其实，在码头上混口饭吃，也很不容易，要守住码头，则更难，那是德山人用血汗在拼，也是用多少代人的生命换出来的，不是哪家的菜园子，想进就能进来的！"

"王老板，你不觉得以一条命去换码头代价太大了？况且还是那样一个年轻的生命。你我不妨换位思考一下，如果他是你的子女，你一定舍不得。你何不把这个年轻人当作你的子女或是朋友，这样，解决问题的视角就完全不同了。我想，沅水船帮将来只会成为你的朋友，而不会成为你的竞敌。你何不网开一面呢，要知道，退一步海宽天阔呢。"

“哈哈，符大人，您的意思我完全理解，但你忘了一个最重要的因素，德山码头不是我一个人说了算的，有大大小小几十码头主，有几百个码头工人，现在，就是我答应了，我如何去说服那帮老大们？我估计他们会把我丢进洞庭湖。”

“现在，只要王老大你先答应了，其他人我一个个做工作嘛。”

“我不敢先答应你。请知府大人站在我的位置上替我想想。我想，知府大人在辰州百姓的心里一定是公正廉洁，讲信用的好官。我王德宝虽然只是一个码头老大，却也知道什么叫一言既出，驷马难追。”

符世清看到王老大把话已说到了这份上，知道在王老大身上再下功夫也是枉然，于是端茶送客。王老大欲语还休，终究没有启口，摇摇头离开了房间。

符世清在心里重重地叹了一口气。然后又叫范师爷把祖江叫进了偏房。祖江一走进来，符世清的眼睛就一直跟随着祖江，是他符世清的儿子！虽然长得高大威猛，满脸络腮胡子，但细看鼻子和嘴唇却是和自己有几分像的。特别是那鼻子，简直是一个模子里印出来的。符世清目不转睛地看着祖江，看得祖江有些不自在，但是祖江分明能感觉符世清眼里有长辈的慈爱和关怀，于是也大大方方地向符世清问了安。符世清连连点头，叫下人给祖江送上茶来。待祖江坐下后，符世清直入主题，问祖江：“沅水船帮在德山建码头的事，能不能不这样急？”

“大人，沅水船帮不知盼了多少代了。等不得了，再等下去，又不知是哪一年哪一月的事了。再说，官庄械斗后，沅水船工和德山码头的矛盾只有越来越深，不尽快在德山建起码头，沅水船工的日子将更难过。”祖江恳切地说。

“可是，你这样用生命去换，代价太大了。”

“不大，我区区一条生命算不得什么，再说，为沅水船帮值得。”祖江沉下心道。

符世清一时语塞，不知如何劝说祖江，端杯埋头喝茶。祖江觉得蹊跷，不晓得符世清如何突然说出这样的话来。

第四十八章

这时，小月和张老大从隔壁房走出来。祖江抬眼看到母亲，十分惊讶。站起来，叫了声“娘”，小月几步走到祖江身边，抱住祖江，忍不住又呜呜哭了起来。祖江不知怎么劝说母亲为好，只是反复对小月说：“娘，你别这样，你别这样。”

小月终于收住了自己的眼泪，然后拉起祖江的手让祖江跪在符世清的面前，祖江有些莫明其妙，但还是依了小月的话，跪了下去。

小月对祖江道：“儿啊，这是你的亲生父亲。”

这话如同晴天霹雳，跪着的祖江挺起身子，对小月道：“娘，这怎么可能，怎么可能！”

“是的，不会错的。”符世清接过祖江的话，三言二语把祖江的身世告诉了祖江。祖江疑惑地看着小月，小月一边落泪一边不住头点。

祖江心乱如麻，呆了一般跪坐在地上。祖江小的时候，听邻居一句二句弦外之音时，也曾对自己的身世有过怀疑，但那念头也只是在心里一晃而过。张老大视他如己出，把所有跑船的本领教给了他，把他几十年来攒下的家业也悉数交到了他手里。在祖江的心里，张老大就是自己的亲生父亲。现在凭空站出来一个人，说是自己的爹，祖江真不敢相信自己的眼睛和耳朵。然而，看着泪流满面的娘，不由得祖江不相信。年少时埋在心里的那些疑惑彼时一点点地打开。祖江看看张老大，又看看符世清，他真张不了口叫符世清一声爹。

“儿啊，本来娘是想将你的身世带进坟墓的。娘只想你平平安安长长久久地过一生，不想你走在娘的前面，没有你，娘不知怎么活在这个世上！娘想让你亲爹帮帮你渡过这个难关。”小月一边哭泣着一边对祖江道。

“刚才我已和王老板谈过了，我觉得王老板说得也有道理的，你不妨试着从另一个角度想想，况且，既然官方已参与了这件事，就会加大管理力度，特别是我，不会撒手不管的。”符世清边说边回到太师椅上。祖江抬起头来一言不发地看着符世清。

“祖江，沅水船帮在德山建码头的事，还是从长计议的好。”符世清习惯性地端起茶杯喝了一小口茶。“我想，有了两边州府的共同努力，不愁建不起码头。你呢，也退一步，好不？”

“那没有用的，这个架已经打了几百上千年了。且不说地方官会站在地方百姓一边，维护地方的利益，就是常德府秉公办事，今年治理了王老大，用不了多久，还会站出来很多个李老大，张老大。”祖江从认父的思虑中清醒过来。

“不会的，不会的。”符世清连忙安慰着祖江，插进话来。

“再说了，这是全体沅水船帮多年的心愿，也是两个月前沅水船工们共同的决定，现在，我祖江为了个人的生路，跳出来对大家说，这事要缓一缓，要从长计议，所有的沅水船工们会怎么看我，我们在沅水上行走，靠的就是一个义字。我若背弃了沅水船工们，我还有什么脸面来面对他们，我今后还怎么在沅水上行船讨生活?!”祖江越说越激动，不由自主地跪直了身子，直视着符世清。祖江的眼神咄咄逼人，让符世清不敢与之对视。

“你这样走了，就对得起娘了？”小月忍不住又哭了起来。

祖江泪流满面地说：“娘，自古忠孝不能两全，请你原谅我这个不孝的儿子，我来世再做你的儿，再报答你今世的养育之恩。”

小月双膝跪地，双手扶住祖江的胳膊，泣不成声。符世清看着这一切，亦是热泪盈眶，悲从心来。眼前这个青年人，虽认识不多日，暗暗欣赏，却一直不知是自己的至亲骨肉，如今相认，却是在生离死别的时刻。

一直站在小月身边未作声的青青“扑通”一声跪在符世清面前道：“大人，我是祖江的妻子青青，请将德山码头的王老大王德宝请进来，他是我的父亲。”

所有的眼光都齐刷刷地转向青青。所有在场的人听了青青的话都惊呆了。祖江扶起娘，走过去，又扶起青青。

王德宝很快被请了进来。青青看到王德宝进来，“扑通”一声跪在王德宝面前，叫了一声：“爹！”

“你还认得我这个爹？”王德宝脸色一沉。

“爹，你让祖江修码头吧，他是你的女婿啊。”

“他什么时候成了我的女婿？我什么时候嫁了女儿?!”王德宝一听到青青这话，气就不打一处来。

“真是不打不相识哪！”符世清向王德宝拱手道。王德宝一脸茫然地看着符世清。符世清向王德宝介绍了小月和张老大。张老大向王德宝微微点了点头，算是打招呼。

王德宝脸色暖和下来。

“求你放祖江一码吧。”小月突然双膝一弯，也跪在王德宝面前，泣不成声。

“娘！你这是做什么！”祖江扑过去用力扶起小月。

王德宝真正是被小月的举动，被数双祈求的眼神弄得不知所措。他怔怔地看看青青，又看看祖江，他哪里不明白大家的意思，可是事到如今，又岂是他王德宝一人能扭转乾坤的啊。突然，他仰头哈哈大笑道：“不需要我放祖江一码，他自己放自己一码，就是放自己一条生路。为了一个码头，用一条命去拼，值得吗？你命都没有了，那个码头对你还有什么用！”

“这不是我一个人的码头，是全体沅水船工的码头！不要说一条命，十条命，百条命也值。树活一张皮，人活一张脸，你现在让我去跟所有沅水船工说，我不想死，不去穿铁鞋了。那我以后还如何在这沅水上混？我的爹娘弟妹还怎么能抬起头做人？我宁愿直接跳进沅江里去！”祖江气乎乎地大声道。

“人家是死要面子活受罪，你是死要面子不要命！你死了就对得起你爹娘了？对得起我的女儿了？好！我跟你过去的恩怨我可以放到一边，我现在认了你这个女婿！你不是想要一个码头吗？行！你做了我的女婿，我把你当半个儿看待，你和青青跟我回德山去，我让你管理德山码头，我只有青青这一根独苗，百年之后，我王德宝所有的码头就是你张祖江的，到时候，你想拱手送给沅水船工都由着你！”

所有在场的人，为王德宝的话震住了。大家面面相觑。祖江亦沉默不语。

大家正静默着，一个衙役慌慌张张跑进来道：“大人，不好了。外面有人散布谣言说大人你不准沅水船工在德山建码头，上千沅水船工要冲进来和你理论，外面的兄弟们快挡不住了。”

祖江“霍”地转过身就往外走。众人来不及阻拦。好几百船工橹手果然聚集在衙门外，衙役们横着棍棒站成人墙阻止他们往里冲。祖江在门口站定，大喝一声：“各位兄弟，我是张祖江，没有人说不建沅水码头，我张祖江更没有说不去穿铁鞋，大家不要性急嘛。”正和衙役们推推搡搡的船工们即刻安静下来，人群中有人大声道：“有兄弟这句话，我们就放心了。”站在衙门里的一位德山码头老大阴阳怪气地道：“是啊，急什么呢？我们的铁鞋都还没有烧红呢。”人群里有人脱下一只鞋子狠狠地对那说话的德山老大打过去，偏了一点，没打中，又有人将一支木桨砸过去，德山老大来不及躲闪，被木桨打中了双腿。德山老大“嗷嗷”叫着跑进了大堂。祖江朝大家拱了拱手，走进了衙门。

祖江走进侧室，对王德宝说：“叫他们去准备吧。”

众人无言。青青大叫一声：“哥，我不要你死！”随即晕死过去。祖江一把抱住青青，泪水夺眶而出。小月也不管不顾地号啕大哭起来。

祖江将青青放在太师椅上，转过身扑通一声跪在众人面前叩了三个响头，符世清跌坐在太师椅子上。

第四十九章

祖江将在沅水的河涨洲上穿铁鞋。王老大没有去河涨洲，直接回了客栈。他的手下将穿铁鞋的一切事宜皆准备妥帖。祖江在凌峋等人的陪同下按时来到河涨洲。河涨洲在辰州府的郊区。时涨时消的江水，到处都是枯树老枝，德山码头的人便寻得了这里。

符世清也来了。他心痛却无能为力，觉得自己唯一能做的就是送儿子最后一程。

辰州府万人空巷，酉水沅水上泊满船只，河洲上更是人群攒动，如潮水一般，向一个方向涌来。

河涨洲头，熊熊的火焰烧得噼啪作响，像斗一样的大铁鞋早已在大火中烧得红通通的。德山老大的手下仍旧在不断地往火堆上添加干柴。

一个德山码头老大走到祖江和符世清面前道："一切都已准备就绪，如果府台大人和张老大没有什么意见，是不是就开始？"

符世清怒目道："你急什么！"

“知府大人，江湖有江湖上的规矩，请你理解。”德山老大毫无惧色道。

“德山老大放心。今日承蒙沅水船帮的各位弟兄看得起，让我来担当这个重任，我张祖江也断不会后悔。还望你们践行承诺，按协议办事。”祖江对那位德山老大抱拳道。

“这个自然。我们德山码头一言既出，驷马难追！”德山老大内心亦是十分钦佩眼前这个不怕死的汉子，抱拳回礼道。

烧得火红的铁鞋已被王老大的手下们用铁钳夹出来。

“好！”祖江说着转身对着自己船帮的兄弟。“各位兄弟，这么多年来，祖江和你们一起，在这沅江上风里来雨里去，同甘共苦，今日又承各位看得起，来送祖江一程，祖江在此感谢各位弟兄。来世，我祖江还做沅水船工，还和兄弟们一起行船走天下！”说完，祖江走到船帮兄弟面前，双膝跪地，对着沅水船帮的兄弟叩了三个响头。沅水船帮几百位兄弟一起对着祖江跪下还礼。这些铁铮铮的沅水船工，这些不怕风浪，不惧死亡的汉子们，当他们的兄弟真的要奔赴死亡的时候，哪一个又不是挥泪不舍！

祖江走到沅水边，双膝跪地，对着沅水叩了三个响头。

江浪滔滔，沅水无言……

祖江走到符世清面前，双膝跪地，对着符世清叩了三个响头。符世清双手扶着祖江，泪流满面，别过脸去。

祖江站起来，向铁鞋走去。

这时，江上传来了一声清脆的呼喊：“哥哥啊——哥哥啊——”祖江听出这是青青的声音，回过头去，看到青青穿着他俩拜堂那晚穿的蜡染的碎花衣裳，头发如黔城已婚女子一样在后脑勺绾成一个大发髻。青青也看到祖江了，抬起双手朝祖江扬了扬，然后，拼出全身的力气拉长声音唱道：

桃花开来李花开，
打生打死就爱来；
在生同妹共枕睡，
死了同妹共棺材。
……

唱毕，青青又双手合成喇叭状放在嘴边大声喊道：“哥哥，我们来世还做夫妻呀！”祖江用力地点了点头，转身朝红炭一样的铁鞋走去。

青青纵身一跃，像沅水的一尾大红鲤鱼一样，飞身跃入江中，撑船的汉子看岸上的祖江看得呆了，还没有反应过来，有人大喊道：跳江了，跳江了……

撑船汉子来不及脱衣，将木桨一摔，纵身跳下河去，附近船上好些人也跳下江去……

祖江像是听到了喊声，又像是没听到，闭着眼踏上铁鞋……

后记：

半年后，符世清向朝廷递了辞书，回到甲第巷，一心研究心学理学，著书立说。

为了纪念张祖江，从那一年起，沅水船工在自家堂屋的神龛上设“张王德高之位”，敬奉这位为沅水船工献出生命的汉子。